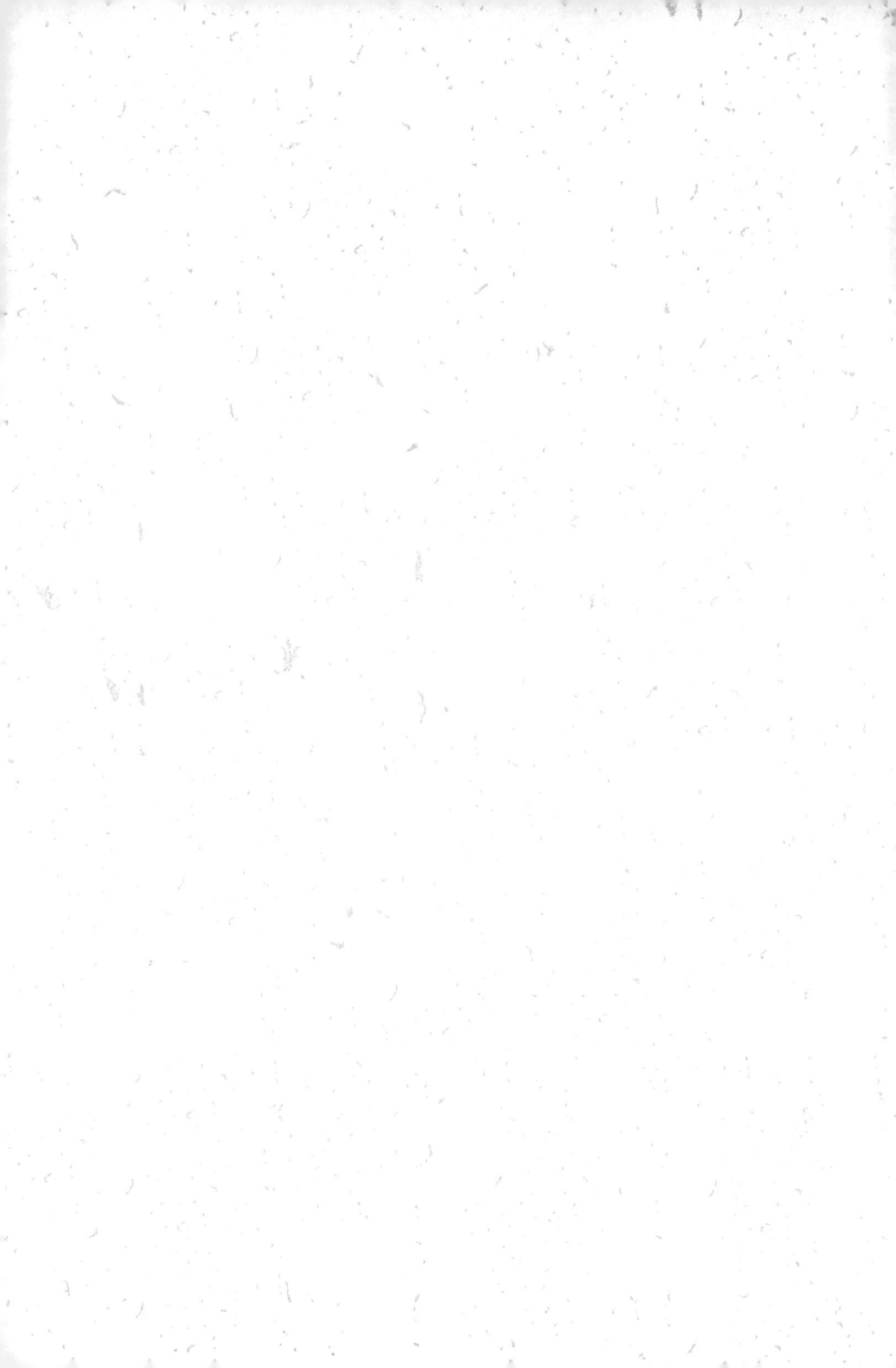

自由如风

生活在别处

如风 著

中国文史出版社

目 录

山　城

自由之城

东方之珠

傲娇之城

上海啊！上海

　　上海拉开了我人生的序幕，都说人生如戏，因而，我选了一个大舞台演出，以防我的这出戏过于平常。

　　我几乎是逃出北方的，并非无路可走，而是担心被套上卸不掉的枷锁：家庭、孩子、无休无止的关系和琐事，再想出来就不能了。

　　对于全省招生的师范学生来讲，我有着最好的就业去向——到省城的课堂拿起粉笔，授业解惑。但是我整整在课堂里生长了十六年，从一个一尺来高的孩子到一个亭亭玉立的少女，我不想再出课堂就走进课堂，与外面的世界再次隔离。况且，所学的那点东西不足以为自己解惑，如何为学生解惑？

　　我自然不知道自己想要什么样的人生，但我有着原始的第六感：

这不是我要的人生，而且不能把别人要我要的当成我想要的。

我选择到未知的世界，探索别样的生活。

于是，大学一毕业，家也不回，就拎着行囊独自来到上海。

上海是一座神奇的城市，能够滋生各种可能，容纳各种人生。

作为男人，你可以穿着睡衣去买菜，也可以把女人宠得没有底线，可以执着训练跨栏，也可以去 NBA 打篮球，还可以去参加汽车拉力赛、拍电影。作为女人，可以过着名门闺秀的生活，也可以过着天涯歌女的日子，可以在老弄堂里流言蜚语一生，也可以与叱咤风云的男人恋爱，还可以成为中国最早的女飞行员。

所以，旧上海既有文豪，又有青帮；既有作家，又有名伶；既有循规蹈矩的百姓，又有特立独行的叛逆。

上海能包容任何一种身份的你。尤其是女人。

我到上海时只有一种身份：打工者。有生以来，第一次独自生活，目标极其明确：工作。工作的目的是赚钱，在上海立足，养活自己，开创不一样的生活。

我很认真地过每一天，因为每一天都不一样，不再有铃声，不再有班级，不再有成群结队的同学，不再有人给讲课。

上海就是学校，公司就是班级，同事就是同学，领导就是老师。这所学校里的人想的、说的、做的，与那所学校完全不同，没人教，但有人考试，那所学校是每半个学期，二三个月一考；这所学校是每天要考，考你是否按时出勤，是否工作积极，是否在会议上提出积极创意，是否有工作成绩。在那所学校，只要不极其出格，你可以安稳地待在那里；这所学校，彼此试用三个月，不喜欢就可以离开。

我去的时候，上海前所未有的热闹，突然从四面八方来了许多人，聚集了天南海北的毕业生，外来人像潮水一样涌入上海，从各个角度去寻找自己的生活。毕业生们每周末去到各大人才市场，人山人海，摩肩接踵，只为找一个合适的公司，这是大海捞针，不只是难，而是必须捞到，否则，就得离开上海。

上海的庞大与冷漠使我生活在看不见的魔沼中，被迫加速成熟与世故，而我既简单又直率，又真正来自乡下。

初到上海时，我还没见过地铁，没坐过空调公交车，没吃过肯德基，没出过门，最远到达哈尔滨，最大的世界是呼兰河，能够发生什么？

就像一个孩子独自去迪士尼乐园，跑到成人的世界里去玩，而上海不是迪士尼，所有的游戏都是真的。更可怕的是，我根本不懂游戏规则，时常把过山车当作旋转木马，惊得自己尖声呐喊，却动弹不得。

学校生活就像旋转木马，上海的生活则是过山车。好几次头悬向下时，保险带差点脱落，我双手死死地拽着锁扣才能自保，还有那不讲道理的速度，使我完全没有能力思考，只被迫旋转奔跑。

我在人生最无知、最幼稚的时刻生活在上海，两年后便匆匆逃离。逃出上海后，从未想过回来。无论它怎样精彩，都不属于我。

但之后每次去上海，感受极其异样，不同的年纪，不同的心境。回到上海，都有一种回溯当年初入社会时的疼痛感，也有一种探望性情相左的老友的重逢感，总之，每一次，都会五味杂陈。

尤其刚离开那两年，每次回去，都会感慨：

这里，我住过！

啊，这幢大厦，我工作过。

这里，那个中秋节，我独自站在窗边流泪。

这里，我一个人看着 APEC 会议的烟花绽放在黄浦江上。

又开一条地铁？三条？哇。

我甚至还会特意开车去之前住过的那些房子，去寻找那个心酸的打工者的辛酸历程，然后，便找一处饕餮，慰藉当年连的士都打不起的自己。

无论是在上海新天地喝咖啡，还是黄浦江畔喝德国啤酒，或是到穿六人间吃西餐，然后去淮海路购物，衡山路泡吧，都有一种雪耻的感觉，似乎是猿人学会了直立行走之后，再到爬行的地方奔跑，让它知道：我长大了。

这种感觉几年之后，才渐渐消失。一是因为时间，二是上海的变化。

上海不是我生活时的上海，我也不是当初的我。我和她之间，都没有坚守那份原始的质朴，尽管越来越美，却非人生初见。我知她之变，她却不知我之变。

上海赋予人这样一种狂妄及能力：能够在上海生活一年以上的人，足以在中国任何城市生存。我用人生证明：生活在任何一座城市都比上海简单。而我却在人生最简单的岁月里，生活在最不简单的城市。

傲娇女人

1

女人，是上海的灵魂。人活着，必须带着灵魂，但却时常遗忘，或者过度张扬。

我记得刚到上海的那一天，我转乘了三次公交车才回到小区，近40℃的气温，那还是一辆普通车，像是烤箱，司机一个急刹车，我被一条纤细的长腿穿着的尖细的高跟踩了一脚，本能地尖叫一声，"哎哟，你踩了我的脚了！"

一听这样标准的普通话，那位美丽的上海女人来了劲儿，用超级标准的上海话教训我："是车子刹车不灵呹，关阿拉啥事体！有本事你站得稳些，站对了地方呶，就不会有人伤害侬了。"

这是我意译过来的，当时她说的全是上海话，我只听懂"侬"和"阿拉"两个词，看她的表情绝不是在向我道歉，而是向我挑战。

我毫无还手之力，我连她的话都不会说，她断然不肯屈尊说普通话，只能自认倒霉，吃亏是福。脚面上被踩了一个紫黑色的印痕，却白白地黑了。

"对不起"就三个字，反而说上一堆。你问路时他们很冷漠，吵架和八卦时立即彰显他们的热情和口才：滔滔不绝、喋喋不休、如黄河之水泛滥一发不可收拾。你若敢回，他会和你吵到他下车，而上海那么大，总是一坐两三小时。

2

一个上海外地朋友林浩，在上海读大学，本不敢找上海女人，无力侍候，但因为大学同学英儿失恋时找他哭诉，也不知那个夜晚发生了什么，二人就开始恋爱了。不久，同居了，住在英儿家的老房子，那房子老得……比苏州河两岸的旧居能强一些，踩在楼梯上咯吱咯吱作响，房子倒是很大，但很阴暗。我到她家做过一回客，在那个黑暗的屋子里看了《千与千寻》，出去吃晚饭时，英儿从敞开的皮箱里抽出一条裙子去里屋换上。

很快，我发现，她不会叠衣服、换被套，上大学时，每周末都是妈妈去她宿舍里把换洗衣服和被套拿回家洗。

上海女孩大都不大报考上海之外的大学，本土的著名大学已经够用，而且上海人考复旦、交大要比外地户口低一百多分，这很方便英儿母亲照顾她，但是却不方便她照顾未来的先生和宝宝。

好在，上海都是由先生照顾夫人的，要么就是保姆。

起先，我在上海工作时，异常自卑，同事们全是名牌大学毕业，知道录取分数的巨大差异之后，只剩下不能选择出身的悲悯。

英儿家在上海有三套房子，后来，林浩和英儿搬到了江苏路地铁口旁边的一处老房子，房子不大，一室一厅，大概有四十平方米，准备结婚。林浩花了十几万装修成新房，又拍了婚纱照，万事俱备，只欠东风。

林浩把母亲接来看未来的家与未来的儿媳妇，这一看不要紧，战争爆发了。极其传统的林母无法接受花那么多钱，装修了这样一间小屋子，这在老家能买一处大房子了，而且嫌英儿啥都不会干，要被她侍候大的儿子全面侍候。这还不算，连带侍候她爸妈，他们家有任何事情，他必须第一时间到位，随传随到，比老家的媳妇侍候公婆都兢兢业业、任劳任怨，她哪接受得了！

随林浩跟妈妈如何解释，她都无法理解并接受上海风格。中原农村传统与上海西式传统之战最终崩溃于杭州。

2004 年的春节，林浩开车带英儿一家三口去杭州叔叔家走亲戚，因为他弟弟家在杭州，林母便也在杭州过年。

初三的早上，林母本打算与小儿子一起坐大儿子的车回上海，再陪大儿子住两天，一碗水端平。

大儿子林浩还没发言，英儿先说话了，"车子里坐不下呀。"

林浩很为难，"那我先把伯父伯母送到车站，让他们坐火车回去，好不啦？也才两个多小时。"

"那我爸妈会不高兴的呀，坐火车很挤的耶。"

林母先不高兴了，"什么！我养大的儿子，开车回上海，我还不能坐？这是哪里的规矩？"她虽然大字不识一个，但是相当自尊、倔强，竟然抹起了眼泪。英儿哪里会懂得哄婆婆，坚持要林浩先哄自己父母。

林母哭得更伤心了，林浩只能决定先开车送走英儿一家，再回来接母亲。还是把母亲排在了岳父岳母之后，想她年轻时是怎么卑躬屈膝地侍候自己的公婆，好不容易媳妇熬成婆，天变了：媳妇儿成天了。你让她接受？哭得一塌糊涂，英儿不知该咋整，只得先走。林浩真是束手无策，母亲与女友只要在一起，没有一句话不犯冲的，他需要全面哄。

他们在我租的房子里起冲突，我这个主人还没说话呢，当真只有上海女人最珍贵？我心大，倒没因此而有任何不快，只是代林浩捏一把汗，他该如何抉择。他侍候上海女人，倒是无怨无悔、尽心尽力，母亲怎么办？

终于又闹了一场大的，林母哭得梨花一枝春带雨，林浩终于跟上海女友分手了。

林母说："那十几万就白装修了？"

林浩简直是焦头烂额："娘，你知道上海的房子有多贵……人家也很讲道理，把装修费抵房租了，按一月3000，住满为止。"

林母嘟囔着："反正是他们划算，落个装修。你这二年没少往他们家搭钱。"

林浩能说什么？人家不要求你买房子，肯嫁给你外地人，装个修算什么？可这跟母亲讲不通。但该分的都分了，结婚照却无法撕开。

3

在旅途的路上，我还遇到过这样的一个上海女人。马年转山前，我在拉萨一家藏式风格浓重的四星级宾馆住了一个多星期，一是适应拉萨的高原，二是等待重感冒好了之后再动身，三是等待骑行滇藏线的朋友到达拉萨一起转山。

9 月份的拉萨已经很凉了，适逢下了一场雨，睡觉时竟然需要开暖空调。所以，每天早晨，我都会到酒店的餐厅吃早餐，不出三天，厨师、服务员们都认识我了，只要我一出现，四川厨师便笑呵呵地一边说，一边动手："单面煎，两个。"我微笑着点头："谢谢。"然后去选酥油茶和藏式点心，吃一份漫长的早餐，又病又冷，只得在宾馆里消磨时间。

我又看到那个美丽妈妈，她看起来年轻而瘦弱，女儿不过五岁，却让女儿独自用餐，女儿时不时地跟妈妈说句话。

看了三天，终于忍不住跟她搭话："你好。一个人带女儿出来玩？"

她报以甜美的微笑："是的。我打算带她去转山。"

"啊！你自己！抱着她。"

"嗯。还有我一个闺密。"

"……她爸爸呢？"

"我就是带她去见爸爸。我带她转山后，从樟木去尼泊尔，她爸爸在尼泊尔。"

"噢！我也是这样的路线……她爸爸是尼泊尔人？"

"不是。不过，他在尼泊尔很有名，你随便一问，阿伟，都知道。我们离婚了。"

"为什么？"

她淡然一笑："他后悔了，没打算当爸爸。"

"……"我不知道该说什么，"你从哪里来？"

"我上海人呀。"

该死，是了，我早听出她的上海口音了，只是，她是我见过的最强大的上海女人，强大的似乎不像上海女人。

上海是女人的城市，尽管女人的命运受男人的影响或掌控，但并不影响上海女人成为上海的灵魂，上海可以培养出各式各样的女人，让这些形态各异的女人上演不同的传奇。

上海女人不仅极富口才，而且天赋心机，张爱玲的作品中可以看出。比如《倾城之恋》，白公馆里人的钩心斗角、冷言冷语，每一个人，每一句话，都代表着他的立场和想法，那之于他的身份是那样契合，又总是出乎意料。流苏 20 岁就离异了八年，何以如此深谙男人本性？上海女人与生俱来的本事，很像冰城冬天最冷的夜，冷到令人发指。

年少初读张爱玲时，总觉得她笔下的人物都很阴暗、自私，由里到外的阴冷，冷到没有希望，没有温暖，没有感恩，没有爱，只是看着脊背发凉，想盖被子，放下书时觉得全世界的人都在算计我。

反映上海的文学作品主角一定是女人，作家倾心描写《上海女人》，却不见上海男人的身影，他们一直很模糊，在上海女人背后，操纵着、陪伴着上海女人的人生，由着她们在前台去涂抹城市风采。而女人们感性、情绪化、没有目标或者目标只是男人和家庭，就把上海弄成了一座变幻多端、风花雪月、媚惑丛生的城市。

你可以在上海过任何一种生活，上海都包容你。

女人丰富的城市，男人们自然会蜂拥而至。要娶一个上海女人，价值不菲。范柳原会从香港飞到上海，选女人，他选择女人的条件不是冰清玉洁的女孩儿，而是富有挑逗性的离婚女人白流苏。他会带她到香港贵族下榻的浅水湾饭店住一个月，仅仅是造成他们已经同居、她无处可逃的假象。连玩手段都需要花费不菲，这个上海女人到底成就了他的《倾城之恋》。

文学作品中的上海女人精明，流于算计，她们把精明用于挑选金龟婿，精打细算、精挑细选，选的是她一生的幸福和依靠。她们看不透男人伪装之下的真实面孔，而男人是那样会伪装，时常上当也不奇怪。她们算计的也是日常生活和开销，一分一厘都不差，她们不占别人便宜，也绝不能让别人占她们一分钱的便宜。但她们从未算计过人生，把时间花在什么上面才会真正给她们幸福与希望。

因为她们太忙了，忙着喝咖啡和算计。

上海把上海女人打造成它的招牌和形象，使她们活出女人的优雅多情、千娇百媚。没有哪座城市的女人能够像上海女人一样穿旗袍穿得如此优雅，喝咖啡喝得如此妩媚，吵架吵得细水长流，每个年龄段都能展现出女人的味道。

上海让女人过早地世故，会与男人和关系周旋，白流苏20岁离婚，在娘家窝藏了八年，到底还是能对付情场老手范柳原。上海让女人认为仅凭美丽和妩媚就能"作"得了男人一生一世，只要不出上海，女人的主要人生任务就是美与作。

上海是一座滋养女人魅力的城市，但是从不负责打造女性独立的灵魂、强大的内心，从不告诉她们只有依靠自己才能有持久丰盈的人生。《长恨歌》中的城市代表王琦瑶会告诉你，仅凭姿色生存，即使是风情万种的上海女人也被男人玩弄和遗弃，女人一旦选择一个男人，就要受控于男人的现状与责任心，而男人的责任心是要有制度和证书束缚的，即使如此，也未必束缚得住。男人不过是手上的钻戒，她们却把它当成人生全部，而男人真的只把她们当成钻戒。

男人是女人悲剧的根源，从来都是，上海也不例外。

如若说这只是一个故事，那么还有真实的人生，不会比这个更柔软、更情意绵绵。一个已经经济独立、声名显赫的上海女人却非要把自己交给一个花花公子、汉奸文人，造成了自己一生的苍凉和悲情，张爱玲如此选择，并不奇怪，是上海造就的她让她做出超低情商的选择。上海侍候女人，终其根本是让女人侍候男人。

我到上海去寻求独立的人生，于是我离开了上海，在我成为上海女人之前，在上海成就或毁灭我之前。

速度与孤独

我到上海时，彻头彻尾是个孩子。

不只那时，即使现在，我依然不懂成人世界的活法和想法，我没复辟过他们的人生，我关注的不是他们渴望的，我依然保有孩子的心性和傻里傻气，依然看不透人性和这个世界。

出上海火车站后，直接去乘地铁，看着别人把地铁票插入一个小铁盒子，我也如法炮制，却没塞进去，假装失误，再插——这是平生第一次插地铁票的表现，却在拼命表演，没人在乎这个乡下孩子的傻里傻气，但她就在像模像样地表演。到底被身后的人催促，说了一句："港督（傻瓜）。"心想上海人真宽容，这还夸我像香港来的督察呢。

这是始发站，外面排了里三层外三层，正是上班高峰期，"高峰期"的概念我很快就知道了，并加入了这个洪流之中。地铁来了，有质感地停下，门刚一打开，我还没反应过来，"刷"地一下，全世界只剩下我一个人。好孤独啊。

我四面看看，确实只有我。需要进去吗？好像是。那时，我是慢的，因为从没快过。现在，我依然是慢的，因为快过了。快，又能怎样？快了，会失心。生活，还是慢慢来，急，只能急自己，时间是同样的，规律自始至终都是一样的。

在上海挤公交、地铁，我永远是弱者。

21 世纪初，不少上海人歧视外地人十分强烈，主管开会时都讲上海话，客户讲的也是上海话，我只会讲一种被他们歧视的话——普通话。还有态度，他们看我们的眼神就像主人看仆人，城里人看乡下人，虽然我的确是个乡下人，但你似乎不应该看以前，而要看以后，我是否很快能够成为比你们更高贵的城里人，但他们哪有时间和心情？

此外，还有城市带来的苦恼：消费极高，比起呼兰河，一个月的工资仅够交房费、公交费和饭费，城市太大，为了省房钱，住在遥远的杨浦区，工作却在最繁华、最堵车的南京西路，每天 6：30 起床，7 点等车，两个小时后才有可能到公司，有时候是一路站着，车上人山人海，连只苍蝇都飞不进来。

还没有开始工作，这座城市及生活在城市里的人就已经让你身心疲惫。连滚带爬地跑到电梯口，排队。电梯门一打开，风一样地刮到前台报到，晚到一分钟，就需要跟前台小姐挤眉弄眼、出卖色相，外带请吃生煎才能不被记迟到，记一次罚款 50。一份生煎，10 块；搔首弄姿，自带，不花钱。这种日子过了近两年。

上海的气候很奇怪，夏季的热像野兽一样，抓着你、挠着你，即使抹着防晒霜、打着太阳伞，脖颈也会被野兽弄得红肿、脱皮；冬季的湿冷则像幽灵一样，无时无刻不渗透进你的每一个毛孔，让你睡在潮湿中，穿着雨衣般的大衣出门。没钱买第二双鞋和上好的大衣，鞋子每天都是湿的，每天都在寒风中瑟瑟发抖，根本没有一个干燥的地方。那时候特别想念外婆的灶坑，东北的暖气，家中的火炉，哪怕是热一热鞋，都是无上的幸福。

我在孤独中孤独地活着，是为了有一天，能够不孤独。万万没想到，仍然选择了孤独的人生。

没有"昨夜西风凋碧树，独上高楼，望尽天涯路"决绝的孤独，何来"众里寻他千百度，蓦然回首，那人却在灯火阑珊处"的成功。

你今天是一个孤独的怪人，离群索居，总有一天你会成为一个民族！

——尼采

洗澡记

给你们十次机会，猜我在上海的第一课是什么，你们准猜不着。除了东北人。

三十多个小时的硬座，好容易挨到上海，地铁又换乘公交车，两个多小时，才到达梅陇八村，其狼狈疲惫及清洁情况可想而知。

进屋后做的第一件大事就是洗澡。

我拿着搓澡巾钻进浴室，从头到脚，从里到外洗了个透彻，我出来时梅子已经快崩溃了：

"天呐！你洗澡需要半个小时！"

"是啊，咱在哈尔滨不都是这样？"

"可这里是上海！"

"上海人不洗澡吗？"我一边擦着头发一边问。

梅子笑疯了，"怎么可能？这大热的天儿，我们若是在家，恨不得一天洗三回。上海人管洗澡叫冲凉，每天都要冲的，冲一次时间很短，十分钟甚至几分钟。"

"啊，那能洗干净吗？"

"天呐，天天冲凉，哪里有那么多灰？我们是五个人合租，如果一个人洗半个小时，时间哪里够用？人家要急疯了！"

"噢！"

万万没想到，我到上海的第一节课是洗澡。

上海洗澡课要点：一、天天洗澡；二、改叫"冲凉"；三、时间要短；四、不搓澡。

很快发觉不用学，38℃的天气，自动往浴室里钻，如果是周末，一天钻三回，还是想钻，一看浴室也像桑拿房，就懒得钻了，躲在空调房里，披着毯子。至于搓澡，那是开国际玩笑，灰都变成汗了。

起初，进浴室冲凉，还定闹钟，很快就不用了，蒸汽几分钟就把我熏出来了，后脖颈被晒得紫黑，多冲一会儿就疼痛难忍。

不出一个星期，就把在东北十几年养成的洗澡习惯改了。

再回东北时，东北人仍习惯在公共浴场洗澡，自家浴室反而堆满杂物。

问他们为什么不在家里洗澡："冷。"

"啊！这个，这个……"我的手敲着桌子，从哪儿说起呢，这么诡异的论断。

冷的是外面，屋子里温暖如春，穿着短袖。出去一次，需要里三层外三层，他们会认为在家里洗澡冷？你去瞧瞧江南人家的浴室，谁家没有浴霸，屋子里-3℃时，照样站在自家浴室洗澡。

　　天寒地冻的，真没有天天洗澡的欲望，只想大口吃肉、大口喝酒，那么厚重的衣物，不洗澡也看不出来。全城人都几天或十几天洗一次，谁会笑话谁？

　　反倒是我天天冲澡，很是异样。

租房记

　　我在上海时，不仅远远不懂生活，而且是真正的漂泊。一年零八个月中，几乎住遍了整个上海：梅陇、虹桥、中山北路、张江镇、陆家嘴、张扬路、江苏路、五角场，搬了八个家！似乎侮辱了"漂泊"这个词儿，叫啥呢？每一次搬家都有不得已的理由，都必须搬，累就累在"必须"二字。因而，搬家对于我来说绝不是乐趣，不是新鲜，而是无奈，是流离失所，同时经验极其丰富。

　　一部现实中的游侠传在上海无声无息地上演，又凭空蒸发。

1

　　第一个"家"，是与五个东北老乡一起合租，因租期到，各自分离。

　　第二个"家"，与网络公司同事 John 和他的朋友 Mike，三人合租。三室一厅，竟然需要 600 块一个房间，简直无法忍受，更无法忍受的还在后头。

　　不过一个月的时间，John 和 Mike 失恋、热恋、再失恋。男人的一半果然是女人。

　　John 的前女友是他平生挚爱，他给我看他们一起去西藏旅行的照片，她的确很漂亮，只是不知道为什么没头脑，爱上其貌不扬的 John。

　　"你知道吗？我俩差点死在西藏，在海拔六千多米的珠峰上，她患了感冒，我三天三夜没睡觉，照顾她，不停地给她喝开水，换热毛巾和暖水袋，甚至用我的身体为她提供热量……"

　　"你并不吃亏，这种事儿男人永远占优势。"

　　"哪有心思？救命要紧。她感动地说要爱我一生一世，在山上，下了山就忘了。倒也不是她的问题，她妈妈实在太势利。她是广播播音员，外形靓丽，再做两年，很容易转为电视主持人，那样，她就能成为她妈妈的摇钱树了。'侬以为侬是谁？一个没钱、没貌、没势力的穷小子，想娶我女儿呀，也不撒泡尿照照！我女儿是国色天香，才貌双全，还是上海拧（人），即使不嫁王公贵族也得是巨富商贾才匹配。你趁早别做这个美梦！'我问她的意见，她躺在我的怀里，哭得梨花一枝春带雨，'我答应过爱你一生一世……但是，我不能违背妈妈的意思，你知道，我是单亲家庭长大的，妈妈为了我吃了很多苦头的……不论她的想法是否正确，总是希望我好。我不违背誓言，我会爱你……只是不能嫁给你，对不起！'"

John 的眼睛湿润了，我们坐在阳台上聊天，他望着小区里寂静的绿色小路，"与她分手后，我的心就死了，对爱情、对女人什么想法都没有了。"

Mike 的故事更加凄惨，他正在准备与女友的婚事，喜洋洋地。万事俱备只欠仪式时，女朋友跟一个美国人跑到美国去了。他大受打击，从此一蹶不振，对爱情心灰意冷。

我为他们的辛酸爱情往事抹了几下眼泪，并深深地安慰了他们一番：痴心汉总会遇到痴情女子的，更何况，痴心女子古来多，痴心男人谁见了？

之后，我打扫房间时还会破天荒地为他们拖拖地，如果他们的床头上太乱，我就为他们清理一下。我向来对用情专一、为爱真心付出的男人有份好感，因而，对他们的房间卫生格外恩宠。听完故事的下一个周日，拖地时发现他们的床上放着两件女人衣服，地上多了几根长头发。当天晚上，John 邀请我去上海影城旁边的贵州餐馆吃酸汤火锅。

我到时，已经坐了四个人：John，John 的新女朋友，Mike 和 Mike 的新女朋友。John 的新女朋友很漂亮，皮肤细嫩，身材很惹火，人又娴静，坐在那儿，像个女演员一样。上天真不公平，这个外表普通的臭小子，总走桃花运。对他们刚刚建立的信任和好感顷刻之间灰飞烟灭。

临走时，我们一人打包了一瓶店家赠送的自制辣椒酱。不用说，当晚，他们都泡在各自的温柔富贵乡里，我泡在辣椒酱里。

绝不要再妄想我为你们打扫卫生了，哼！

又一周后，John 与他的新女朋友分手了。

这种闪电侠般的恋爱与失恋令我惊讶不已。他是这样自圆其说的：

"她经历很坎坷，爱上了一个有妇之夫，与他暗地里同居了七年……"

当代的尤二姐。

"男人一直说要离婚，可离了七年，都没离成，孩子却长大了，寻死觅活地阻挠他们。她终于放弃了，不能再等待下去，女人是等不起的。她要求我尽快给她一个家，和她结婚，给她名分，我可不想那么早就被婚姻拴住手脚。"

"你不想要个好女孩子吗？我看她就不错，也不问你的经济状况及未来打算，只要个名分而已嘛。一时的失足不算什么。"

"失足？与人同居算什么失足？问题不在这儿，我不想结婚这么早。"

"耽误你朝三暮四、拈花惹草？"

"得啦！不打击我你就活不下去？每一份爱情都有一份不得已之处，我有什么办法？她才跟我交往两个星期，就想结婚。婚姻是那么简单的吗？那可是两个家庭的事情。哎，真是可惜，她很贤惠，为我盖被子、洗衣服、打扫房间，还拖地……"

"天哪！地是我拖的！"

"被子可是她盖的。她能为我做太多太多你做不了的事情。"

"废话！她是谁？你是谁？我是谁？"

再下一周的周日，半夜三更突然被娇滴滴的女人声音吵醒："姐姐。"我很不情愿地爬起来，推开门，一个异样的女人站在另一道门前，她正举手轻轻叩门，看到我也吃了一惊，举起的那只手下意识地放在嘴边，一双年轻而污浊的眼睛流露出了奇特而恐惧的目光，仿佛我要强暴她一样。

她穿得很少，几乎赤身裸体。她看着我，我盯着她。我瞄了一眼挂钟，凌晨两点半。我皱皱眉头，毫不掩饰厌恶的神情，她距离我只有半步之遥，见我一直盯着她，下意识地双手抱在胸前，遮挡半裸的胸。我既厌恶又觉好笑，她不介意在男人面前放荡，却介意在女人面前衣衫不整，她对我有什么好保留的？我直勾勾地盯着她，完全因为意外、好奇与厌恶。

我"砰"地一声关上门，心里奇怪："原来上海也有妓女呀，他们是从哪里找来的？真有本事！"我躺回到床上去，上海的妓女与电视中演的妓女不一样呢，若不是在这种场合碰面，她的妆再化得淡一些，看起来和良家女子没什么两样，外表上。我一躺下，盖上被子，迸出两个字："搬家！"就睡着了。

男人实在太麻烦了。

2

这一次，什么都可以迁就，唯独一点雷打不动的是：一定要找一个女孩子合租。在网上遇到了一个青浦的女孩，我们一见倾心，下午就定了一套房子，晚上就睡在了一起。跟女人睡觉真踏实。

她也就让我睡了一个踏实觉，为了省钱，我们租了一室一厅，同睡一张大床，这没什么问题，问题是生活习惯完全不同。我睡觉时，她要开灯看报，早晨还没起床，她就打开窗户，说放新鲜空气，可这是 12 月份。

为了迁就她，我去上班之前，就打开窗户，放新鲜空气，晚上回来立即被她数落：

"下雨天不能开窗子的呀，屋子里会很潮湿的。"

还有 AA 制，衣柜的抽屉要 A，A 之后多出一个抽屉，我可怜巴巴地看着她，尚无任何 A 的经验。她把一张纸叠成长条，往抽屉中间一放："一人一半。"

"不用了，你自己用吧。"

"不要的呀，我们各自一半好了呀。"

我们一起去超市，无论买什么，她都要 A，面包如果一袋是双数，还好分，若是五个，她会把那一个掰两半。

我弱弱地问："那牛奶呢？也要一人一半？"

她奇怪地看着我："一人一袋呀。"我已经被 A 的弱智了。

3

这种 AA 制的日子过了三个月。我遇到了一个域名博士，他邀请我一起创业，说给我 5000 块工资，还没等我激动的瑟瑟发抖，又说："你不是普通的员工，你是股东，工资入股。"

最终每个月只发给我 2000。他把公司安放在张江高科技园区，距离现在租的房子有四个多小时路程，只得跟青浦女孩告别。

当时，2 号地铁延伸线刚刚开通张江高科站，坐在地铁上很荒凉，放眼望去，整列地铁，几乎只有我一个人。

应该还有司机。

下了地铁，更荒凉，完全是一个乡镇，乡下人回乡下了。

博士对未来充满信心："你知道吗？张江高科技园区号称中国的硅谷。我们的事业高端前卫，将从此影响世界。美国的硅谷，你晓得吧。"

我连手机还没摸过呢，硅谷对我没用，不能付房租，但是博士未来能够影响世界的公司能。

尽管博士把张江高科技园区衬托得那么气势恢宏，但不能影响到张江镇那段路上的荒凉，那荒凉似乎还不比呼兰河，人家还有几百年历史呢，还有大泥坑、跳大神的，张江镇除了不起眼的民宅、菜场，可什么都没有。

博士在张江租了很大的房子，价格很便宜，他雄心勃勃地把它当作员工宿舍，直到公司快做不下去了，也没招来员工。

唯一支撑我的是虚荣：才大学毕业不到半年，就创业了，成为股东了，虽然公司只有二人。但未来会有二千人，博士说，到那时，我就一人之下，千人之上了。权力对于一个农 N 代来讲，没有任何诱惑力，我只想早点拿到 5000 块现金，在上海独租一间房，那是多么美妙的事情！

这是我最大的理想。这半年我没干别的了，尽搬家玩儿了，已经三个了，很快就要搬第四个。

原因是这么一个雄才大略的人，竟然还有心思儿女情长，2 月 14 号，博士非要拉我过节。

我说："春节过去了，元宵节刚过，您不是说上海人不大过节的吗？春节您就回家一天。"

"是的呀，我们不过传统节日，过洋节。"

"洋节是什么节？"

"哎呀，今天是西方的情人节。猜我给你准备了什么礼物？"我第一次听说这个节。

见我半天没反应，他给我扫了下盲，讲了情人节的历史，但我还是不懂，这跟中国有什么关系，跟我有什么关系。

"马上就跟你有关系了。"他拿出一个小方盒子。"猜，这是什么？"好像是一个电子设备，拿在手里像块砖大小，但比它薄了大半。

"这很昂贵的，这是掌上电脑。"

博士怎么想的，一个挣扎在生存线上，为吃饭、穿衣活着的人，要掌上电脑有什么用？我现在能让自己吃饱，但穿不暖呀，上海的冬天湿冷，买不起好大衣，他还不如送件大衣。

2 月 15 号我就知道了，大衣要花钱，掌上电脑是别人送给他的，在他的欲望没达成之后，他悄悄拿回去了。

晚上博士请我吃牛排，竟然想追求我。我都傻眼了，"我们是合作伙伴，不是吗？"

"是，这不影响。"

"您不是有太太、孩子吗？"

"这也不影响，我是要离婚的，我们可以先做情人。"

这简直是跟宇宙开玩笑，我虽然是乡下人，但也是少女身份，没资格要求上海男人任何条件，总可以敲锣打鼓、掷地有声地要求：必须单身吧。至于情人，我的妈呀，第一次听活人亲口说，之前是在《查泰莱夫人的情人》里认识的。

他还不理解我为什么不选择他，觉得我们可以事业、爱情齐头并进。

已婚男人，还有资格谈爱情？我头发长，见识短，但不弱智。他想穿越最起码的底线，还振振有词。我惊奇的不是前者，有 John 的傻女友打底，也知道有愚蠢至极的女孩会就范，而是后者：凭什么还觉得理所当然，纳妾制度早就沉塘了。

立即搬家！

4

时间太短，赶忙上网找合租，顾不上二房东的性别了，有独立的一间房、一张床就行。15 号开始收拾东西，16 号就搬家，搬到了陆家嘴的一处老宅。

老宅门口的邮箱

这真的是老宅，老到不用装修就可以拍鬼片，柜子是那种应该放在故居里的陈列品，床很大，是麻绳缠绕的，睡在上面还很舒服。

只是，某天爬出来一只活物，我吓得尖叫一声，隔壁合租者敲门问怎么回事儿？我还想知道呢，这个到底是什么东西？蟑螂还是蜈蚣，从哪爬来的？

这样的老宅，带来的震惊不只这一个，还有更豪迈的震惊。

出了小区，斜对面就是陆家嘴地铁口，往左拐就是上海名闻世界的金茂大厦。

"哇噢！哎呀！"

晚饭后散个步，就从贫民窟跨入豪门。老宅的凄惨与摩天大厦的辉煌，同样无法接受，我虽生于乡下，自小也是娇生惯养，没吃过苦，老上海人的这种耐力实在了得：这样的房子能住人啊？还有这辉煌，也不是为我们准备的，繁华脚下的贫瘠愈发显得刺眼揪心，有种西施嫁给了村头要饭的癞子，东施却嫁入豪门生个儿子的纠结感。

守着金茂大厦，不进去溜达溜达，还真不是我的性格。住在贫民窟，兜里揣着 100 块钱，敢去金茂大厦看人喝咖啡，也只有我这种性格才敢。再怎么着，也比这种水平的乡下姐敢只身闯上海容易。

我找出当时最能显得"高贵"的裙子，能高贵就奇了怪了。我没有一件衣服超过 80 块，只能靠表演。期待自己天生有演技，高昂着头颅，进了这道高贵的转门，还竟然轻描淡写地询问门边挺立的帅哥："到顶楼怎么走？"

"小姐，您好！从这里可以到 56 层中庭咖啡座，再换乘一部电梯，可以直接到达 88 层，您是要去九重天酒廊吗？"

我微笑着点头，还酒廊！我连酒都没喝过。上海的酒肯定死贵，我得攒钱买大衣，我快冻死了，谁能说清楚在东北出生的人会在上海冻得有个地缝儿都想钻进去暖暖，却立即爬出来：连地缝儿都是冰冷的。

金茂大厦里如春天般温暖，进了电梯，心突突直跳，头晕了一下，手扶住金碧辉煌的墙壁，一瞬间，门打开了，比张江镇到六楼的电梯还快。

缓和了一下，装得若无其事走出去，挺直被震惊的身躯：一个星光灿烂的世界，转到中庭，仰望上面，像看到了一个银河系。

"小姐，您好！需要喝咖啡吗？"

如果不要钱，我需要一切。

为了面子，我得撒谎："谢谢，不用。我去九重天。"

"您这边请，电梯可以直达。"

如白驹过隙般，倏忽间，到达 87 层，头又晕了一下，门就开了。

转到客房椭圆的栏杆处，透过金碧辉煌的通道，便可仰望星辰，底端便是中庭咖啡厅，有人享受着既高又贵的咖啡，一仰望便是璀璨堂皇的云端。我不羡慕他们可以坐在金茂喝咖啡，只羡慕能够随时来金茂坐在那儿。

我要这个自由。但我拥有了这个自由后，不会向往金茂的咖啡。12 年后，我坐在深圳京基一百 96 层的闲逸廊吃英式下午茶，这里不仅可以看到整个深圳，还有香港，透过触手可及的云层，已经淡漠了那个乡下丫头仰望金茂 56 层咖啡厅的胆战心惊，但我却做了那时想要做的事，包括那时想都不敢想的事。

5

我在上海住过的最后一个家是五角场。

住在贫民窟，却在市中心上班，来回四个小时车程，最大的幸福是上车能有座，靠上一会儿，很想知道常年这样生活的人，会不会极端分裂。屋子小的只能放下床和柜子，在阳台上晾一件手洗的衣服，楼下大爷就上来叫嚣，还听不懂，办公室却在豪华大厦的 56 层。疲于奔命地穿梭于贫穷与豪华之间，一年四季的时间都用来上班、坐车，周末睡觉、洗衣服、打扫房间、再睡觉，没有任何时间和精力思考、学习和上升。

我差不多这样生活近一年，就觉得不能这样生活。这样，没有生活，会剥夺生活。如果我不能摆脱这种生活，就得摆脱带来这种生活的城市。

于是，我离开了上海。去寻找真正的生活。

上海再丰盛，也只是我人生之旅中的一处风景，一次停留，未来无限深远，拥有未知的奇迹。

讨生活记

我是因为大学毕业前的寒假去上海签约了一家公司，毕业时才兴高采烈地离开黄金时代，头也不回地去了上海。到上海之后，到徐家汇去找那家公司，已经人去楼空，正在装修成一家别的什么公司。

于是，找工作成了初到上海的重头戏，到各大人才市场把自己"卖"出去是重中之重。这并不容易，不只是上海太大，人才太多，而是我这棵菜实在微薄，在东北冻得快烂了，要啥啥没有，除了勇往直前的傻劲儿。

因为总跑人才市场，那几天，就拥有了人生众多的第一次：第一次乘坐双层公交车，第一次坐地铁，第一次去外滩，第一次去南京东路，第一次吃麦当劳，第一次去人才市场，第一次到达一个地方需要转乘两次车外加一趟地铁——已经能从俺村儿到俄罗斯了。

偷瞄人家的简历，外带耳濡目染：上海复旦、上海交大、同济大学、华东师大……还有许多研究生、留学归国人士，这些翡翠白菜，也屈尊来人才市场展览，我这棵普通白菜只能摆地摊儿。

我投了六份简历，全都是销售工作，并非是我选择了营销这种职业，而是这种职业选择了我，在所有的职位要求中，只有这个要求最少、最低又最适合我的性格。中文系配套的最佳职位是文秘和经理助理——坐办公室不让出门、不让说话会憋坏我的，其实人家要求的条件我没一条符合。许多职位要求英语六级以上，而我只过了一半——三级；还有的要求熟练操作电脑：我还不会开机关机；文秘则要求熟悉办公自动化、office 软件，打字在每分钟六十个字以上：我不知前者为何物，打字没统计过，估计每分钟不超过二十字，还得是在没有难拆分的生僻汉字的情况下；有的要求上海户口：我不仅没有上海户口，连户口也没了，毕业时我的户籍被打回高中所在地，我根本没空回去报到，也就悬着了，这期间如果要进行全国人口普查，就漏掉我了；有的要求得稀奇古怪，看也看不懂，比如报关员，仅是要求就列了八项，看得我是"相顾无言，唯有泪千行"。技能用时方恨少，此时方知大学是白上了。

愁也得找工作啊，不然怎么活下去！在上海，连呼吸都要花钱——呼吸的房子得付房租，按天计算也不少。

当时对工作是没有要求的，只要肯有人要我，能发工资就行。有家小公司通知我去面试，欣欣然而去，对方给我一张试卷，让我先答题。这是一家软件集成公司，我从头看到尾，又从尾看到头，不会做是小事，问题是看也看不懂。

我赌气地把试卷合上，“李先生，一定要答对了，才能通过面试吗？”

“基本上是这样。”

“我不服，不是说做销售只要口才好、能吃苦、肯学习、勤奋就可以吗？”

“理论上是的。”

对方是一个文质彬彬的上海男人。

“那干吗还要做这恼人的试卷呢？我已经考了十六年试，刚出校门，以为松一口气了，没想到找工作还是要考试。我不要考试，只要面试！”我噘着嘴说。

李先生笑了，笑得很文雅，男人还可以这么温柔？“你的性格我很欣赏，我观察了你一下，对你成为一名优秀的营销人员充满信心，只是……你若不懂业务知识，怎么与客户交流呢？”

“这个……我没想过这个问题……”

“让我看看你的笔试情况。”

他伸手来拿试卷。

我的脸红了，双手捂住：“不必看了，我一个都不会。不过……我向您保证，我会在最短的时间内以最快的速度学会。”

“我相信你的毅力和决心，也希望你能尽快弄通这些程序设计知识，我们的产品是高端软件，目标客户是大公司的工程师、技术主管，仅凭能说会道，一点儿也不懂产品知识可有点……”

他重重顿了一下，我抢着说：“我明白了。我这就去学习！我先告辞了，再见。"

"好的，期待你的好消息。"

我一头扎进书店，抱了一堆相关的书，坐地上开始读，能读懂汉字，不明白公式。如果一个星期就能学会这些编程软件，我比翡翠白菜还金贵呢。

那就避免选择这种高技术含量的公司，去了一家台湾公司，他们生产不锈钢厨饰，虽然我是没见过，但用在厨房的硬件比用在电脑里的软件清晰可见。

销售经理带我参观完精致的样品，然后告诉我销售政策："底薪900块，是在完成任务的情况下，否则只有600。若一个单没有，则只有300块，提成是总销售额的0.5%，如果超额完成，多出来的部分提成是1%，若超额五万之上还有，则是1.5%，以此递增，总之是做得越多提成越多，收入越高，反之，做得少或做不出就会扣除底薪，以示惩罚。"

我眨了眨眼，动了动嘴，根本听不明白，无从问起：连销售政策都搞不明白，怎么做销售呢？

"……请问任务容易完成吗？从一无所知到签单需要多长时间？"

"这就要看个人的悟性了，不过，以你的聪明才智想必不出三个月。"

仨月！总共九百块钱薪水，即使冻不死，也会饿死。

仅工作两天，我就消失了，又现身另一家电缆公司。之后是保险公司，再之后是网络编辑，然后是跟一个自称域名博士的人创业，连域名是啥都不知道，就敢去创业，唉……

我找的工作所跨行业之大是令人咋舌的，可怎么办呢？一无所长、一无是处，不知道做什么，所以什么都做。学了满脑子诗词文学、文艺概论、应用写作……没有一门学问指引我如何找工作。是了，有一样算是对口的：编辑，不是没找过，只是没处找，没碰上正规报社、杂志社到人才市场招聘，只看到过一家《企业上网指南》，去面试了一下，需要上海户口。

还面试过一家广告公司，方案企划大概与编辑靠点边儿，结果对方看中了我性格开朗的一面，要我做广告业务员：底薪500，提成20%。高额提成虽然令我垂涎三尺，过低的底薪实在望而生畏，只得将其删除了。

总之，到上海之后的第一个月是找工作，第二个月是换工作，第三个月是试工作，足迹踏遍上海每个区的每个角落。

我创造的纪录是：一天面试六家公司。

很快，我变成了古铜色的小金人儿，通身深咖啡色，脖颈后面被紫外线灼伤，起了一层紫黑色的皮。我却连一丁点儿心痛自己的时间和金钱都没有，只用得起小护士防晒霜，超过三十块就买不起，只能眼睁睁地看着自己越变越黑。反正本来就黑，再黑一点也无所谓，活着，靠奋斗，不靠脸。

这一时期，目标明晰，动力十足，虽总是累到极致，心情却很愉快，除了偶尔彷徨、失落之外，生活状态还算不错。找一份工作——只要底薪可以满足在上海的最低生存标准，就是我当时全部的人生目标。

是的，那时，我是一个再世俗不过的人，敲定的目标与其他人是一样的：赚钱，多多赚钱，有了钱之后就给亲人们买一堆礼品，回去探望他们。

哪里晓得钱那么难赚，好公司那么难找。

公司也像围城，工作是进城，互炒鱿鱼是出城。那三个月我不停地进城、出城，强烈地渴望能在一座城里围上个三年五载，受够了被围的滋味儿再出城。

一定会出城，没有人会一生待在一座城里，即使你想，也会有人将你踢出城去，哪座城全部收留单纯、善良、能干、积极的人？我只想一门心思地杀入城中，主动缴械投降，不必逼供，什么都招，只要能给我一口饭吃、一条活路。

每一座围城就是一个收容所，"关押"着无数为生计所迫、追逐名利的人。收容所是一个出卖自由、换取食物与享乐的地方，不负责实现人生价值，人只有在追求理想和信仰的过程中，才能明白什么是人生价值以及如何实现自己的人生价值，只有在探索精神目标的过程中才能明白人为什么活着以及应该怎样活着。

我还远远不懂生活是什么，因为正在讨生活中。

上海特别难生活，对于外地人来说。在上海生活过，就可以在任何城市生活。

灰姑娘

在大学以前，我活脱脱是一个十足的玛丽安·达希伍德小姐，性情热烈，开朗外向，凡是说话不像我那样快的人，凡是不跟我一样喜怒哀乐都表现在脸上的人，都被我认为是可怜人，活着真是可怜。这个以为别人可怜的可怜人，在上海的生活真是可怜，就是因为性格。

成也萧何，败也萧何，也因为性格，在疲于奔命中仍不失傻傻的天真和快乐，这快乐来自对陌生城市的探秘及对未来的强烈渴望，那渴望中最动人的就是今生一定要有而且只能有一次并且已有了的爱情，我拥有了这份爱情，就没有资格拥有别的了。

但诱惑，不因为你的心意而消失，他们只看脸，年轻而好看的脸，是灰姑娘之所以有机会成为王后的首要条件。

2018 年的元宵节，一壶斯里兰卡红茶，新西兰松饼，突然想起自己平生第一次用刀叉、吃西餐的傻样儿，晒着太阳冥想那个激情澎湃的岁月，发觉一个怪事：一个既不温柔又无财产，既不妩媚又无才华的乡下丫头，想让她成为灰姑娘的人还真不少，是不是王子无从判断，以我的条件，上海遍地是王子。要命的不是王子的标准，而是我根本没听过灰姑娘的故事，村里人讲的都是杨家将、孙悟空三打白骨精、黑龙打白龙的故事，这些在上海根本用不上。

如果想让人生有点色彩，就成为穆桂英和佘太君，但一个是已婚妇女，一个是老年妇女。年轻女孩的奋斗楷模，在中国历史或文学中，还真找不到。平庸的我能在上海受到这么多的青睐还真是有点奇怪，没穿过旗袍，不会点蚊香、喝咖啡，也不是没落家族的大家闺秀，与张爱玲笔下的上海女人从外在到内在完全相反，反得不像是一个女人。

1

第一个诱惑，在我刚抵达上海就开始了。

"你没觉得钱力对你有意思？"燕子悄悄问我。

"意思？什么意思？"

"他喜欢你。"

"为什么？"

燕子哈哈大笑："喜欢就是喜欢，没有什么为什么。难道你不值得别人喜欢？"

"问题是我有男朋友。"

"就你那个还没毕业的大学同学？我劝你理智一点，你们根本不可能。"

"为什么？我会一直等着他。"

"我相信你会。但是现实不会。在上海没钱寸步难行。"

"我们可以一起赚。"

"钱是那么好赚的？"

本想据理力争，但历经找工作的艰难之后，不吱声了。

"我现在就可以告诉你结果：等他毕业来上海，两个人月薪二三千块，租房子就得耗去大半……"

我捂上耳朵，她把我的手拿下来，"你难道不想好好生活？"

"我的奋斗，就是为了生活。"

"你还不了解生活，现在大家在一起合租，每人只需要二百多块，要是由你们两个全部负担，就是1500块，而且房租、房价都会越来越高。钱力人老实，独生子，父母都是公务员，在沈阳有房子，你们都是东北人，没有风俗习惯的隔阂……"

"我有男朋友。"这是我唯一的想法。我没把这当回事儿，保持着合租者的友谊，但他偷偷把我的简历放在网上，使我获得了一份意外的高薪工作。我知道时，租期已到，大家四分五裂。

2

第二个诱惑，是很多女孩苦苦寻觅的。那天，我走进电梯，揿了

"56"，电梯门刚要关闭，走进一个外国男人，像埃菲尔铁塔一样站在我身边。电梯中只有两个人。

"Hello!"他冲我打招呼。

"Hi!"

"Are you working in this bulding?"

"Yes。"

"My name is Mike.May I have your name?"

我搜肠刮肚地想英文单词："Sure! My name is MingXia."

"MingXia，oh，It's very beautiful! A wonderful name! You have a nice name."

我简直要崩溃，这个俗不可耐的名字在中国遍地都是，换作字母就好听了？

他又说了一句什么，我脸红了："I'm sorry, my english is poor, very poor."

"Ok,this is my card，can you give me your card? 你—的—名—片。"

他用波涛汹涌的中文补充了一句，这立即消解了我的自卑：他的中文比我的英文还差，至少我说得比他流利。

"Of cause. Here you are."

此后，他不停地给我打电话，可惜我除了"hello、sorry、Excuse me、thank you、goodby"之外一句也听不懂。当面看着他的嘴，还能勉强对话，靠听力外带想象，我会感觉他说的是非洲土话。

他给我写了不少 E-mail，我得依靠翻译软件才能勉强回复。第三封 mail，他就直抒胸臆：他 love 我，希望我也 love 他。love 来得太快，我怕去得也同样快，虽然德国人名声不错，究竟不是同胞，没有人种与国籍所带来的最起码的亲切感和安全感，万一他犯了错，连吵架都不能。

我告诉他我有男朋友，他说：没关系，他不介意。

很多女孩疯狂地钓着洋金龟婿，我却不费吹灰之力就得到了一个，但还是没有动摇。这个德国男人，横看成岭侧成峰，远近高低各不同，不论用中西审美观点反复揣摩，都非常高大帅气，并且真诚热情，还拥有高收入的职业，不恋爱一把，真是枉费遇见。跟外国人相遇，也是前世五百次的回眸吧——空中。但一闻到他身上的外国味儿，连前世的辛苦也忘记了。

一个有力量的男人可以让单薄的女孩立得更稳，但没人教过我。等我终于明白这个道理时，已经过了成为灰姑娘的年纪。

3

第三个诱惑，湖南男人，在赫赫有名的新疆德隆投资公司工作。公司十分神奇，既不研究、发明，也不制造有形产品，也非依赖服务谋取利益，然而，他们一获利就是以千万、亿元计算。

"产业整合。"冯晓清试图给我解释清楚："购买濒临倒闭的著名品牌企业，然后投资、包装、重新上市或调整、组合以另一品牌出现，或者再次转让、出售，无论是哪一种途径，都会获利颇丰，其丰厚程度非一般人可以想象。"

因而，德隆公司与证券、银行有着深厚的渊源与不可分割的联系，以至于后来万隆几乎可以左右股市的涨停及无数小股民的命运，成为"中国第一庄"。

冯晓清是研究生，又是双学士，考取了注册会计师及高级认证师，仅仅房贴就是我全部薪水的两倍。他的公司奢华靡费，超乎想象，仅仅是他的办公室就很阔绰。

他说："我可以从公司获得45万之内的无息贷款，用于买房买车。前提是找到一个可以结婚的人。"

我都听傻眼了，这么多钱，能把我们学校的前世今生买下来。

在世俗的眼光中，这样一个优秀男人追求一个没有财产和家世背景的师专小傻妮子，本应该手到擒来。事实是，我不仅不懂现实，也不懂婚姻，还被传统思想自我催眠，纵使对方是阿拉伯王子，我也未必动心，当时。

当然，这个王子也太矮了些，都怪我长得太高了。

4

找房子时偶遇的西安人，是最具有王子资格的人。

我按约定走进陆家嘴的船舶大厦，直到进入他的公司，才知是西门子公司。

他递给我名片，我没带。在我打量名片的时候，他也在打量着我，西门子电气部门的总经理。

章春的办公室很宽敞，比冯晓清的还阔绰，但房间是全玻璃的，对外面一目了然，当然，办公室里没有秘密，也不允许有秘密。

"没吃饭吧，一起吃个便餐吧。"

"啊，不，不必，我……"

"正是饭时，到我常去的餐厅吃份商务套餐吧。总是要吃饭的。等你回到公司，会错过用餐时间。"

"公司不提供午餐。"

"那不正好？"

说实话就是这样，总能被人抓到把柄，本是托词，却成了不得不接受的理由。

他为我点了份海南鸡饭，自己要了份香辣牛肉饭。

"房子……"

"房子是两室，已经住了两年多，觉得一个人挺孤单，希望能有个聊天儿的伴儿。"

"我除了爱说废话之外没别的优点了。"

"其实……"他一直盯着我看，"你有个好模子，好好装扮一下，比上海小姐漂亮得多：头发可以拉直，皮肤再白些，如果再瘦一些，不必多，再瘦一点儿就恰到好处。买些名牌……"

"我不认识名牌，也没钱买。"

"找个有钱的老公就行了。"

"不！我不需要别人来买，我会为自己赚的。"

他的筷子停在半空中："好几年没遇到你这样的傻姑娘了，像西安女孩儿一样……不好意思。"他的手机响了："嗯，有事说……好的呀，阿拉马上过来。"

他放下电话："对不起，我必须马上去给员工开会。为了表示歉意，晚上你来公司找我，我请你吃晚饭，我们聊聊房子。你不是爱聊吗？"

"啊，我……"

"不许拒绝，我没有被拒绝的习惯。我的决定就是行动准则。Waiter，埋单，刷卡。"

他根本也没给我拒绝的机会。

下班后，因公事耽误，到陆家嘴时已经6点多，大厦里静悄悄的，白天的热闹全然不见，就像大观园里刚散的全鹿宴。

"你想去哪儿？"我刚到他公司，一见他，他就问。

"去哪儿？我刚来！"我惊叫道。

他笑了，笑容十分坦诚而沉稳。"去哪儿吃饭。"

"噢，你还没吃饭？"

"嗯？"他奇怪地说："我就是在等你一起吃，难道你吃过了？"

"没有，不过可以不必吃，先看看你的房子。"

"吃饭的时候我会和你说房子的。"

"眼见为实，耳听为虚。"

"人小鬼大。"他的手机响了，他低头看了一下："请稍等，我这还有一个文件要处理。"说完，他自顾自地低头工作，仿佛独自一人。

大约二十分钟，他才抬起头，"啊，对不起……好了，我们可以走了。"

他一边收拾办公桌，一边问："去哪儿吃饭？"

"天哪！你问过了。"

"是吗？你回答了吗？"他笑着反问我。

"还没有……"

"那么，现在回答吧。"

"我答不出……我刚来上海才半年，哪儿也不知道，经常去的是大排档和快餐厅，吃盒饭不会委屈你吧。"

"我是从你这个时候过来的，我吃盒饭的历史比你长得多。鉴于今天是周末，我带你去吃大餐。"

"什么是大餐？"我一边跟在他身后，一边问。

"衡山路知道吗？"

"听说过，很有名，也很贵。"

"就去那儿！找家西餐厅。"

"啊！西餐！我可 A 不起。"

章春笑了，"没人要和你 A，我请你。"

"可是，没有理由啊。"我紧走两步，与他并排，赶忙辩解，"假如我们合租，是一个屋檐下面的人，可现在……"

"你会租的。"

"你那么肯定？"

他只是笑笑。

我自顾自地浑说："AA 制我还是来上海才学会的，在北方时绝没人 A，朋友和同学之间都是今儿你请，明儿他请，谁也不会在乎谁请的贵一些。我发现在上海，到哪儿都 A，跟谁都得 A。我和同事一起乘公交车，我准备了四个币在手心儿里，他在我之前上车，却只投了两个币，说实话，我相当震惊，震惊了好长时间，直到现在还震惊呢。"

章春哈哈大笑，"你这么简单的女孩儿选择来上海同样让我震惊。"

"来之前谁知道呢？我啥都没问、没查，就来了。来了，才知上当了，但回不去了。"

"为什么？"

"没钱回去。"

他又是一阵笑。

"回去，学校的工作没了，还要重新找工作，还不如在上海找。"

"为什么来上海？"

"我从小就喜欢南方，很向往南方。看多了演上海滩的电视剧，觉得这里遍地都是机会，可以自我奋斗。"

"小孩子！你用北方人的思维和性格对待上海，如果不尽快躲进一个男人的羽翼之下，会受伤的。而且会伤得很深。"

"你所说的伤是不是男人给的？那干吗要自投罗网？"

章春无奈地笑笑："一个男人可以保护你不受其他男人伤害。你在职场里打拼，躲得开男人吗？你的上司、老板不都是男性居多？成功者也多是男人，瞧，你连租房子都得接触男性。"

我不作声了，脸上有种不服气的表情，小声嘀咕："我只是傻，并不笨。"

章春推开旋转门："这与聪明与否无关，要心机是南方人的习惯，而你，简直是一张任意涂抹的白纸。"

车子停在衡山路上一家法国餐厅，侍者为我们打开门，章春说了句："Lady first." 请我先进，我都不知道该迈哪只脚，因为哪只鞋子都很廉价，唯恐只有三十块的鞋子会弄皱了这昂贵的地毯。

走近餐厅，我才明白晚礼服是有用武之地的，言情小说里描写的某些场所也是存在的，只是普通人去不起。

侍者带我们到一个窗边的位子上，桌子上铺着浓艳的红色桌幔，餐具十分精致，想必一个碟子就能买不少三十块钱的鞋子。

侍者倒了两杯柠檬水，递给我们同样精致的菜单，我从头看到尾，又从尾看到头，没有找到一款价格在一百元之下的主食，一杯苏打水还要 40 元，不知道是不是很稠，能否挡饱，我窘迫地合上菜单。

"想吃什么？"章春热情地问我，带着西北人的粗犷和豪放。

"能吃什么？"

他笑笑，转向侍者："牛排，五分熟，给这位小姐也来份牛排，你要几分熟？"

章春转向我，我惊恐地望着他的眼睛："牛肉还能吃生的……"

"另一份全熟。恺撒生菜沙拉，法式煎鸭胸，奶油蘑菇汤一份，意大利蔬菜汤一份，来瓶红酒，嗯……Mouton Cadet（武当红）。"

章春将菜单给侍者，侍者一直躬着身子，微笑地记下，他双手接过菜单，并朝章春鞠了一躬，离开。

"我不会喝酒。"

章春笑笑，"红酒是女士酒，少喝一点，会越变越漂亮。"

"会不会点得太多了？"

"别把它想象成东北菜的量，你只想成调料碟儿。"

"啊！那能吃饱吗？"我脱口而出。

章春笑得前仰后合，"没人到这里用餐是吃饱肚子，这里享受的是品位、是优雅、是感觉。"

"噢，"我自言自语，"没关系，吃不饱，出去再吃碗馄饨。"

却被章春听到了，他笑得快直不起身了，但尽量压低声音，不让邻座听到，我看到他受压抑的模样儿，真恨不得去吃大排档，想怎样就怎样，穿着大短裤，撸起袖子，盘着腿儿。

我从没进过西餐厅，但听说有许多复杂的礼仪，现在看来确实不假，但愿我失礼得不要过分。可是，我该怎么对付摆成一排的刀、叉、勺子，每一样好几个，长短不一。

牛排一上来，我就感慨：老天，一整块牛肉！要把它弄熟，又不煳可挺费事儿。

香味儿已经使我垂涎欲滴，但从何处下手？

我偷瞄章春，和他一样：左手拿刀，右手拿叉，他冲我使了个眼色，立即将刀、叉换了个个儿。

"如果是左撇子呢？也非要用右手拿刀吗？"

章春放下刀叉，又是笑，"不许再发问。"

"噢，"我一边答应着，一边切着，切得不很顺手，要来回磨七八下才能切下一块肉来，切下来之后又发现切得太大，于是又把切下来的大块切成小块。

我又瞄了章春一眼："哎呀，你的牛排还流着血，还是弄熟了再吃吧，能咬动吗？"

章春不用担心以后会寂寞了，"我想法国人没问题，我应该不会有什么大问题。"

"可是外国人的肠胃与我们不一样啊，他们清早一起来就喝咖啡，而我们喝的是粥。"

"你的见解总是与众不同、活泼有趣。"

"其实，你是想说我傻，只是不好意思。"

"不是傻，是阅历不够，都市生活经验太少，这些很容易学会，要不了一年半载，你就会像上海女孩一样懂如何着装、美容、吃西餐和买名牌；但你有的，上海女孩没有了，而且永远也不会有。"

"怎么可能？我还有上海女孩没有的？"

"你现在还不懂，过几年你就明白了。你简单、天真、直率、大方，还有，不了解金钱的魔力、生活的奥秘。上海女孩一出生就生活在现实之中，从小就学会了怎么利用金钱和别人，选择伴侣时首先要看能提供给她什么样的舒适生活，我想，你肯定不这样认为！"

"当然不！爱情，必须是爱情，我很难想象不爱一个人而仅仅只为了钱跟他在一起。"

"我就知道你是这样想的，跟我十年前一样。要不了几年，你也和我一样向现实投降。"

我第一次喝红酒，第一次吃西餐，第一次和一个陌生男人聊到月上柳梢头。他聊他的奋斗与爱情，我聊我的大学与爱情，我还没有奋斗故事。

他说了好多："十年，时间太无情。我竟然已经来上海十年了。"为此，他又喝了一杯，尽管这一瓶红酒都快被他喝完了。

"那个时候的浦东还是一个偏僻、荒凉的地方，从浦西到浦东需要一整天时间。我同你一样，大学毕业后独自来到上海，那时的条件比现在更为艰苦，外地人大多选择去海南和深圳打工，来上海的很少。你能相信吗？我连房子都租不到，上海人不肯轻易租房子给外地人，租房子需要凭身份证、公司介绍信和担保人，我只得先住旅馆。被一家公司录用之后，才租到一间鸽子笼，那可真是鸽子笼，我在里面都站不直。我的专业就是电气自动化控制，工作很对口，我也很卖力，辛苦了三年，老总对我的表现很满意，不仅将我擢升，还把我的户口迁到上海，续签了四年合同，为了稳定军心，把我的女朋友也招聘到公司工作。"

"真好！"

"本以为很好。但我们三年不在一起，隔阂越来越深，以至于到了无法沟通和相处的地步。我们又努力了三年，还是分手了。分手后，我就辞职了，被猎头公司推荐到了西门子公司。"

"真遗憾！"

"这是必然。"

必然指什么，不知从何问起，十年的差距，不只是金星到火星的距离。

一直聊到凌晨 1 点，才想起来："啊！房子！天哪，正经事儿都忘了。"

"没什么可聊的，你不需要交房租，也不需要交任何费用。我只是需要……想找一个能谈得来的朋友。不至于让我每天下班回家都冷寂、孤独。"

"……"

"你如果有些上海女孩的世故和常识，就会选择我，无论怎样，我会成就你，或多或少，要看缘分。"

这么深刻的话我是深入骨髓的听不懂。

"我买了一套大房子，两百平方米，在万体馆附近，离公司远一些，就租了套近的。房子不大，只有一室一厅，家具、电器一应俱全。"

"不是说两室？"

"厅可以改成卧室，放张床就可以。我住客厅，你住卧室，今晚可以住这儿，试试。你睡床上，我睡地上。"

我做了一个"啊"的口型，但没"啊"出来。

"有别的选项吗？"

他盯着我看了几十秒钟，"附近有个桑拿房。"

"好……不过……你可以借给我点钱吗？我……只有50块。"

他没说什么，打的送我到桑拿房，递给我100块钱。这顿法国大餐害得我在充满了烟味儿、汗味儿、脚气味儿的休息大厅里睡了一个晚上，躺椅使我腰酸背痛。

第二天周六，我回浦东的第一件事儿就是取钱还给章春。他在公司加班，正在给员工开会。我在会客厅等他，他走进来，却俨然变成另外一个人。他也备着面具，那令我深深忌惮的面具。

我递给他钞票："我来还钱。"

"你不需要还。"

"哪有借钱不还的道理？"

"房子……"

"啊……噢，我有个女同事……"

他的眼神中流露出一丝复杂的光，倏忽间就消失了。

"不考虑下？"

我没作声。我还是昨晚那个我，他已不是昨晚的那个他。

"以后，不管有什么困难，来找我。"

他转身离去，那种成功男人的骄傲、强势和自尊，让我感到距离非常遥远，远得我无法把握，甚至看不明白。

他已经推开门，一只脚踏到了门外，又转过身来，"你一定会成功！只是需要时间和磨砺，还有……你的造化。"

我下意识地说："谢谢。"

门"吱呀"一声关上变身灰姑娘的机会，一个连水晶鞋都不肯穿的灰姑娘，王子也无可奈何。

现在判断，这个人即使不成为我的生活伴侣，只是男朋友，也会给我一飞冲天的帮助，使我留在上海，免去之后多年的漂泊。可叹当时的我，为了坚守一份不合时宜的爱情，及自我奋斗的信念，不肯用青春和爱情去换取舒适、安稳的生活，因而历尽千难万险。

这些年的流浪生活中，最不愿意回首的，就是上海的生活，那是疲于奔命的生活，我耗尽所有心力，也仅能糊口，我没有想过依靠过任何人，尤其是男人。

我坚信，爱与未来，从来没有离开过我！我坚信，只要真心、真诚、真实，我能够创造自己想要的一切。我坚信，前所未有地坚信，我能够带领自己走向自由、亲吻幸福，任何境况下。

无论我进行任何选择，会一直牵着生活的手，用心地生活。无论在哪里，只要我在，心在，能把心声谱成文字，就是在生活。这是我的生活方式。

一切都是最好的安排。

当我走遍万水千山，经历逆境重生，才明白人生最真切的就是当下的生活。我紧紧地咬合着生活的齿轮，与它融为一体。生活成了我的贴身睡衣，即使暂时不穿它，它也属于我，我从未感觉生活如此紧密而立体地在我周围，只要我在，它就在。

生活，不是外在的身份和财富的拥有。

逆境来临之时，天塌地陷之日，你一样要生活，想方设法生活。这个时代，我们不仅同样忍受《活着》中别样的人生无常和苦难，而且要有理性的抉择，以及凤凰浴火的能力，我们必须更加动脑和用心，不然，对不起这个时代，对不起生命。

这个时代的生活，须是让心动和心安的生活。

爱也好，恨也好，多年以后，都淡漠如水，只有生活环绕你我。

我们必须好好生活。

西湖
绿茶
杭派茶馆
另类生活
智慧与闲适

天堂之城

西湖

1

初识西湖是高中时，爸爸南下义乌上货，回来送我一个小相机玩具，眯起一只眼睛，对着镜头，按一下，就出来一幅精美绝伦的图片：苏堤春晓、断桥残雪、曲院风荷……美的我魂飞魄散，问爸爸，这是哪儿，爸说是杭州西湖。再按是柳浪闻莺、平湖秋月、南屏晚钟……单单这些名字，已经醉了。后来听到歌曲《南屏晚钟》，心思又活跃不少时间。

但终究没敢想象能与杭州结缘。

在上海应聘一家著名私企，在总部培训后却被分到杭州，听到时，魂儿就飞了半边。到达杭州报到后，下了班，就打车赶往西湖。

"哎，这就是西湖。"司机说。

我看着面前的小池塘："这就是西湖！？"

"是的呀，这座桥就是断桥呀。"

既不断，也无雪，还没有白娘子。在白堤上走，不出十分钟就到头了。池塘周边的一切都很低矮，没有什么能入眼的。孤山也只是一个小土包，湖心亭，也不过是三个土墩子，插在水上。

我十分怀念那个小相机，以及相机中勾魂摄魄的美景，四处打量，没有一处像照片。岂止是天上人间，简直是天上地下。

此后，工作劳累之余，便到西湖边吹吹风，休憩一下身心，再然后，根本没有时间去西湖休闲，一周六天每天 12 小时忙工作，唯一的周日还要跟同事们一起打球、K 歌、泡吧、逛街。

真正领略西湖之美是在我辞职之后自由阅读时期，每周一天闭馆之日便是我亲近西湖之时。品了五年才知西湖之美是要在生活中、在一年四季中慢慢呈现、慢慢体悟的。

西湖是慢的，领略西湖之美也是慢的，它需要一年四季的时光。

春天时才感受得到苏堤春晓，走在薄雾蒙蒙的春晨，两岸垂柳初绿、桃花盛开，为西湖着了一层旖旎的柔纱。但我更喜欢春天的白堤，草地上已经长出了嫩芽儿，柳枝已经娇嫩发垂了下去，每根枝条上都有许多淡淡的浅绿色的芽儿，树是墨绿色的，也是黄绿色的，还有碧绿色的，一堤桃花开进了人心儿。

桃花迎风初绽，含苞待放，粉的、白的、红的、粉红、玫红的……白色的桃花，如脂如玉，如雪如雾；粉红的桃花，如火如酒，如血如霞。徜徉了一路，绽放了一春！杨柳生发了新芽，柳枝儿柔软地随风轻摇，妩媚地招手：来呀，到春天来！到西湖来！桃花复含宿雨，杨柳更带朝烟。此时，若上宝石山，远观西湖全景，一片姹紫嫣红，粉红色的海洋。

湖边稍坐，一杯龙井，吟赏桃花，清风徐来，花雨微落，要人命的舒坦：暖风熏得人微醉，直把杭州做天堂。

夏天时，才知曲苑风荷的风韵，碧绿的荷叶，摩肩接踵地满整个湖面，像绿色的海一样。接天莲叶无穷碧，荷叶像一个个大玉盘，又像一柄柄大伞，小心翼翼地托着荷花，一阵风吹来，你拉拉我，我扯扯你，生怕怀里的小宝贝儿有什么闪失。被呵护的荷花，尤见风姿，不信，你瞧：有的白如雪，有的红如霞，有的竞相绽放，有的崭露头角，有的犹抱琵琶半遮面，羞涩的不肯见人，却终于耐不住花期，饱胀得马上要破裂似的，有的才露出两三片花瓣，有的花瓣全都展开了，露出了嫩黄色的小莲蓬，无论它是何种姿态，都"出淤泥而不染，濯清涟而不妖"。同样追魂夺魄，不同的花势。

一阵微风吹来，低看水面，"最是那一低头的温柔，像一朵水莲花不胜凉风的娇羞。"

花开堪赏直须赏，莫待无花空赏枝。万莫看残花败柳，最是断人心肠，柳枝与荷花的残与美，一样惊心动魄，却是有情与无情的天壤之别。

三潭印月平时看过去，不过是岛南湖面上有三个普通的石塔鼎足而立，塔高 2 米，球形塔身中空，各有五个小圆孔，毫无出奇之处。但是，若在中秋月明之夜，泛舟于此，洞口糊上薄纸，塔中点燃灯

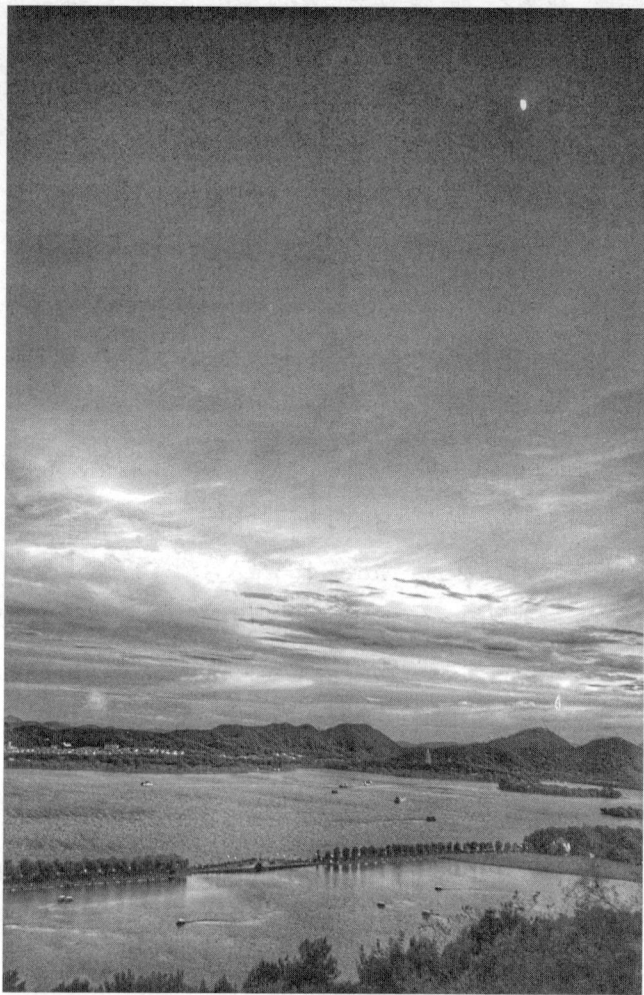

西湖（by 王翔）

光，可得 15 个月亮，加上湖中倒影，及真实的皓月与月影，竟可呈现 32 个月亮！

若李白来此，诗必成为"湖间一壶酒，独酌无相亲。举杯邀明月，对影三十二人。"月光、灯光、湖光，珠璧交辉；月影、塔影、云影，相映成趣，"烟笼寒水月笼纱"，"一湖金水欲溶秋"，美得欲仙欲死之时，方得三潭印月妙处。

西湖之美，还不仅如此，它美在闲适，美在不争，美在安静，美在妩媚，世事变迁，风云流转，我就是我，你可以说我美，也可以说我丑，我就是这样，你愿意，就把我变美，不情愿，我就年华老去。

文人给了它生命，传说给了它灵魂，使它不老。没有不老的湖，但有没老去的文学。

我最喜欢春天的西湖，在白堤上晒晒太阳，涌金门旁喝杯咖啡，在苏堤上观赏春晓，被潮湿阴冷折磨了一冬，怎么逛怎么舒坦。孤山上一壶茶，可以灵动一个下午，爬爬宝石山，在保俶塔边稍事休整，远观西湖。

西湖给人的享受还远非西湖本身。往虎跑泉接壶山泉水，再到龙井问茶泡杯现炒的绿茶，中午在梅家坞吃农家菜，下午可以到西溪湿地或九溪十八涧游览，生活的美丽滋味尽在其中。

西湖是适合生活的，懂得享受生活的人生活在西湖，才会体会人间天堂的妙处。

2

　　在我生活过的城市中，最难着笔的，一是上海，二是西湖，相比较而言，更难的是西湖。上海太浩瀚、太宽泛了，虽然名家辈出，无数笔墨，还是言无尽，意无穷，无论用多少文字、影视去反映它，都不为过。但是，西湖，不是太小，而是太丰盛。在中国，没有一处地方，无论江河湖海，哪怕居于历史主位的长江、黄河能够与它媲美，一处小小的池塘，四面传说，八面诗词，围着转上一圈儿，处处都有名人的足迹、历史和传说。

　　这世上能有多少写几个字便勾魂摄魄的诗人：

　　"欲把西湖比西子，淡妆浓抹总相宜。"

　　"树影横斜水清浅，暗香浮动月黄昏。"

　　迄今为止，我无所畏惧过，面对需要独自执掌的人生及无常，我从没畏惧过，最终，却因为一篇文章，使我畏缩不前。我不知道该写大家知道的，还是不知道的，乾隆、苏轼、白居易、柳永、林和靖、秋瑾、苏小小、济公、梁祝、白娘子、李叔同、丰子恺、徐志摩……这个网络时代，有大家不知道的吗？那也就是我与西湖的故事了吧，我与西湖有故事吗？

　　我到达西湖的那年，西湖周边的围墙刚被拆除，西湖不再属于景区，而是属于自然。接着，又发生了一系列的变化，大排档、夜市渐渐消失，人力黄包车没有了。是年9月，西湖南线景区建成，作为一个外来的打工者，我自然不会关注这样的城市变化，本是到西湖边闲逛喝茶，却看到南线歌舞升平、笙歌艳舞，好奇地凑过去，却在后台发现正在上妆的赵雅芝，"白娘子"携"许仙"重临西湖，才知这是庆祝西湖南线贯通晚会。自此以后，钱王祠、西湖博物馆、南宋御码头、清照亭等古书画记载中的人文景观得以确立。

次年，北山路改缮还原为杨公堤。市政规划建设，百姓自然是不知道的，知道时已经建好，开车经过原本平缓的北山路，却变成上桥、下桥。六座拱桥，适合散步与坐轿，坐车则像坐海盗船。这才知道，路变成了堤。上网一查，这才是杨公堤本来的面貌。

白堤上有断桥和西泠桥，苏堤上有六座桥，杨公堤也不甘落后，但终于敌不过苏东坡与白居易的大名，大多数外地人还是不知的，也觉得没必要知道。连我也不晓得这位杨公是何方神圣，也懒得去查。

西湖表面上是安静的、平稳的，其实是在紧锣密鼓地变化着，而且越变越复古、越变越丰美。

我曾与朋友们野餐过的一处极其原始纯朴的地方，在那里有一种风吹草低见牛羊之感，我们去过之后，就被圈起来了，说是要建成为首个国家湿地公园。2005 年，西溪湿地落成。再去，就要收门票了，但是，建得真是漂亮，可以悠游一天，风光皆不相同，进去容易，出来却难。

次年底，经过曲院风荷处，又在大兴土木，但这次很不一样，都是在水上下功夫，说是要进行实场演出。2007 年 3 月底的一个夜晚，上演美轮美奂的印象西湖。

西湖又惊艳了世人的眼。

总是有各种各样优秀的人，用各种各样的方式，使它更完美，去展示它的完美，西湖之美怎敢轻易去着笔？西湖之美，必须亲自体验，或者自己联想，没有上限。西湖之美，是要在合适的季节去欣赏合适的美景，与合适的人，不然，别人做得再多，不会影响你的感受，甚至会让你失望：这就是艳冠群芳、名扬天下的西湖。承载了太多盛誉，怎么让它一股脑呈现给你，在瞬间？

更匪夷所思的是，没有围墙的西湖，还会有人跟团旅行，导游拿着喇叭喊：几点集合，哪里买茶。我特别崇拜他们，是怕丢，还是喧嚣和被宰成了一种习惯？到西湖来要跟团，不如不来。

所有的国假日，本地人不要来西湖，更不要开车来。我不是没陪人开过车，那年国庆节，从风波亭到断桥，走路大概三步远，车子堵了两个小时。没有办法，人可以下车，但车得留在原地，堵着。

春节时的白堤，我带爸妈去看过一次，远远地，看到上面像杂草一样的人，立即掉头回家看电视里的西湖：白堤上游人三十多万。感慨的不是人多，而是白堤真坚固！白居易不仅诗写得好，堤也建得好，而且还考虑几百年后，中国人口数量，自此，再读他的诗，带着一种看预言家的心态——伟大。

从此终身免役：绝不在任何一个节假日去西湖周边任何一个角落。无法近身，进去了，就出不来，除非跳湖。

可叹，那时年幼无知，担当了多少朋友，尤其是上海来后花园赏月的朋友们的所谓文化导游。他们一来杭州，我就得陪他们游西湖，他们就拿读书这事儿刺激我：

"你是中文系，读的书多，给我们介绍下西湖呗。"

天地良心，上大学时，谁干的事儿跟本职学科有关？反正我是没干。世界名著读的屈指可数，而且是手指头。此时得硬着头皮，与其说渲染西湖，不如说污染西湖。因为我住得离白堤近，所以，西湖之游，总是从白堤开始。

"这就是断桥，就是白娘子与许仙相会之处。西湖有'三怪'：断桥不断，孤山不孤，长桥不长。这是第一怪，不断却被称为断桥，而所有的意味深长，都在一个'断'字上面。科学的解释是，断桥南北相向，冬日雪后，桥的阳面冰雪消融，但阴面仍有残雪似银，从高处或远处眺望，桥似断非断。但是杭州冬天不下雪，也不可能下能积雪的雪，所以科学无从验证。就把它当作白娘子与许仙情断之处吧：断桥不断肝肠断。"

那之后，2008 年，杭州就遭了雪灾，无数市民涌到断桥，来看真正的断桥。但是，雪太厚了，阳光一时半会儿也晒不掉，仍然不是断桥。

沿着断桥往里走，是平湖秋月："这是老西湖十景之一，在此处喝茶、夜游西湖极好。对面就是杭州著名的餐馆：楼外楼，与咸亨酒店一样，永远不用做广告，永远宾客盈门。但这里的价格不是宰猪的，是宰富豪的，别指望我请你们在这里吃饭，要吃去张生记、知味观。往后面拐，就是第二怪孤山，很显然，西湖中不只有孤山，共有三岛，它并不孤独。北宋灭亡，赵构逃到杭州，建立南宋，在孤山上建了一座行宫，寻欢作乐，不理朝政，成了真正的孤家寡人。孤山不孤寡人。但我宁可是因为北宋隐士林逋的孤独归隐生活，使它得以有孤山之名。"

"谁是林逋？"

"就是梅妻鹤子。"

"疏影横斜水清浅，暗香浮动月黄昏。这句千古名句，就是他写的。"

《暗香》是写这里吗？"他还唱了两句。

"不是！"

这种水平，直接划个船、喝个茶，吃盘西湖醋鱼、东坡肉，喝碗藕粉，岂不省事？

"鲁迅先生的墓，不用说了……鉴湖女侠秋瑾……也不用说了。"

柏杨先生在《中国人史纲》中说："西湖，是中国最美丽的胜景之一，湖畔全是引人入迷的古迹名胜，几乎每一个坟墓，每一条小桥，都是一部史诗。"

"这是西泠印社，世人常常念为'冷'，这念'凌'。往那边走，是苏小小墓，这边是苏堤。"

"苏小小是……"

"钱塘名妓。至于为什么建在西湖边，我也很奇怪。至于宣扬她为了自由，宁可做妓女，更奇怪。如果要与中国主流文化对立，做才女就可以了。像李清照一样，才华盖世，令无数男人折腰，不得不钦佩她为'词中皇帝'，多威风！多为女性争光！多反传统！但苏小小不为妾，甘为妓，每天乘坐油壁车游赏西湖，偶遇一帅哥，爱了，遭到婆家人强烈反对，用脚指头想都是必然。又遇一书生，长得像帅哥，资助他上京赶考。就这么点儿事，但历代文人大肆歌颂她。她的精神、诗词完全上不了台面。"

"这就是雷峰塔！"朋友叫起来："长这样？！"

晚霞中西湖边上的雷峰塔（by 王翔）

"这就是雷峰塔，就长这样。现实有哪一样儿与我们想象中一样。"

"走到苏堤尽头，就是马路。向右是去虎跑寺，弘一大师出家、把日本妻子挡在门外之处。向左是去白娘子的家涌金门。路上还有万松书院，就是梁山伯与祝英台初见、读书的地方。"

朋友们都会选择向左，路上，还会经过太子湾公园。

"这里，春天时的郁金花展异常艳丽。"

"这里正在建设西湖天地，建成后会与上海新天地一样有名。这就是长桥不长情意长。"

基本上，导游一圈儿之后，大餐就免了，要么，在地摊上吃份葱包桧，要么知味观吃碗猫耳朵、片儿川，要么，朋友请我吃饭，感谢我的导游。

3

时常在熠熠闪光的下午，独坐断桥边的咖啡馆儿，隔窗观望西湖。坐累了，看累了，就放下笔，到白堤上散步。

风和日丽，秋意袭人，堤边长椅上、湖中小舟中、岸边垂柳下，都是人：有居家出游的，有父子、母女散步的，有同学一起出来热闹的，有情侣窃窃私语的，有孝顺的孩子推着长辈呼吸新鲜空气的，有老夫妻坐在椅子上互相剥柚子吃的，有健壮的父亲把小婴孩儿高举起来的，有几个中学生在堤上赛跑的，都沐浴在秋意的西湖边。

湖里，漂荡着叶叶小舟，人们或促膝长谈，或自驾轻舟，或三三两两在舟中打牌，或全家人在舟中享受天伦之乐，最有意思的是远处那两位男孩自己划桨，姿势倒很正确，很卖力，却半天也划不出半米来，偶有大船经过，满载游客，大多是到三潭印月和湖心岛。

总之，都很悠闲自得。

独自漫步白堤，看着 5D 电影，也觉得快慰，想起一个外地朋友，竟然把西湖叫池塘，想在苏堤上撒尿，把王羲之故居的鹅池划分为公母，不觉笑出声来。两对小情侣正愁没人帮忙拍照，其他人都是成群结队，我最适合不过，笑着接过相机，镜头中的两个青春的头像使我仿佛也荡漾在爱情的光环中。笑着接受了谢意后又继续与游人挤作一团，身边忽地有几个学生滑着旱冰经过，似是比赛，滑得很认真。

几个外国人迎面走来，竟穿着短袖、T恤，虽然天气骄好，已是深秋，人们都穿着薄薄的毛衫或长袖外套。

　　不由自主地散步到孤山，孤山本没什么，很平常的一个小岛，因"疏影横斜水清浅，暗香浮动月黄昏"而名扬天下。文人的影响虽非政治家那般当世火爆，却如冷水泡茶，愈久愈香，又像陈年老酒，愈埋愈醇。

　　草地上，许多人铺了布或报纸坐在地上，或聊天，或打牌，或逗孩子玩儿，或谈情说爱。无论走在何处，总是情侣居多，双双对对点缀了西湖的美，竟使西湖也荡漾在浓浓的爱意之下了，不知这位绝世西子是否也想寻觅一位如意郎君呢？那也好，从此又多了东湖。

　　西湖一定是雌性的，她柔媚、典雅、端庄、静谧，唯有女人——有涵养、有才情的女人才会这样，西湖就像李清照。

　　突地，被两点纯洁的白色吸引，举首望去，竟是一对新人在忘情地闭目许愿，呆呆地望了一会儿，笑了笑，收回目光，他们一定是许这样的愿：愿我们二人日后相敬如宾、举案齐眉，长相厮守，白头偕老。山无棱，天地合，乃敢与君绝。

　　哇，真的不得了，前面还有很多对呢。离我最近的两对大概是好友吧，一同举办婚礼，其中的一个新娘站在一棵树边，一手扶着柳枝儿，一手捏着头纱，双肩微露，唇角微张，眉目含笑，裙摆微扬，幸福之感，四处飘荡。

　　前面，湖边竟有七八对新人！哇，西子见了也未免动情——我已孤独百年，你们却在挑逗我的情思。另外一对站在湖边，左面是山，后面是水，互相拥着，做欲亲吻状，原来是摄影师在拍照呢，双目微闭，洋溢着幸福之感，口中喃喃着，说不定在互相调情呢。无论谁都不会不感动于这种意境中。可叹，这种浪漫只是瞬间，当新娘脱下婚纱系上围裙时，会怎么样呢？饭是天天要吃的，一做三十年……

让我做新娘的新郎又是谁呢？

我爱爱情，但我更爱自由。

聪明女人一定要有自己的追求与理想，幸运的女人则同时会拥有事业和幸福的家庭，但两种同时获得既需要智慧又需要运气。

前面山上是西泠印社，山下有人在打羽毛球，还有几个孩子在一尊雕塑上爬上爬下，悠闲之极。

华灯初上，夜色阑珊，堤边的灯一盏盏亮了起来，西湖笼罩在暮霭中，愈发的娇羞、迷人。远处雷峰塔的灯亮了，富丽堂皇，倒映于湖中，更增添了湖的媚惑。

唉，西湖，真是让人无法不爱，无法不迷，无法不醉啊。

如西湖一般，晴朗使她熠熠生辉，雨露使她华丽高贵，迷雾使她朦胧浑重，夜色使她神秘诱人，我要成为西湖一样的女人，李清照一样的西湖。

绿茶

杭州教会了我喝茶。

我在东北生活了二十年，从来没接触过茶，没见过茶馆，从未见过任何人喝茶、敬茶。上学时，在课文中见到，南方人招待客人会泡茶，好奇怪那究竟是啥东西，怎么泡。

上大学才知道，开门七件事：柴米油盐酱醋茶，但东北人的日常生活中独不见茶，却是"柴米油盐酱醋酒"，可见茶与生计无关。

读萧红的散文，她在出走逃婚之后与弟弟在哈尔滨街头偶遇，"我们去吃一杯咖啡，好不好，莹姐。"这是 20 世纪 30 年代的一天，可见，咖啡比茶更切合哈尔滨的俄式风格。

在杭州工作后，无论去到谁家，敲谁的办公室，必先给你来一杯

茶，一定是龙井，杭州人喝茶若不喝龙井，就像法国人用餐却喝白酒一样，不可理喻。

于是我学着喝茶，这些绿芽很是奇怪，本是纠结着缩成一小条，一遇热水，仿佛被赋予了生命，变得又大又长，就像爱丽丝梦游仙境，眼睁睁地看着它成长，在玻璃杯中，直到根根直立，倒垂在水中，很是神奇。

茶未入口先夺人眼球，竟爱上了这些我见犹怜的小绿植。

于是我试着去了解茶。

在茶叶博物馆认识茶圣陆羽之后，便找来《茶经》，目录便有：一之源、二之具、三之造、四之器、五之煮、六之饮、七之事、八之出、九之略、十之图。才知茶如此丰富又讲究，不是拿开水一泡，喝了即可。

又看了一些茶书，才知，绿茶不过是八大茶的一种，不经过发酵的茶，品种繁多，泡法比之功夫红茶与黑茶简单。

但绿茶特别讲究时令，以龙井论，清明之前的头茶称"明前茶"，也叫"莲心"；谷雨之前是"雨前茶"；立夏之际为"三春茶"，也称"雀舌"；一个月后最晚采摘的称"四春茶"，也名"梗片"。

所以，"春"在梅坞便是茶香之意；春茶四摘，又以最早的"明前茶"最为名贵。

谷雨前，到梅家坞吃农家饭、喝龙井茶，是杭城人生活的新时尚。

许多茶农在自家门口现场炒茶，一口普通的铁锅，一堆绿色的叶片，一只熟练的手，不停地翻转反复。

在粉墙黛瓦的农家小院儿，沏一杯新炒的龙井，低看浮沉的茸毫、柔嫩的茶芽，远望山坡上稠密的茶园，漫山遍野青葱的茶树，十里梅坞醇芳的茶香，青山环绕，绿水悠长，茶香浓郁，心旷神怡。这是茶带来的生活与乐趣，多少闲情旧恨，一杯茶，淡然以对。

怪道鲁迅先生说："有好茶喝，会喝好茶，是一种'清福'。不过要享这'清福'，首先必须有工夫，其次是练出来的特别的感觉。"

要喝到好茶，就要花足够的心思，研究茶的分类、时令、茶器、喝法等。

茶人一边炒茶一边说："明前茶是抢摘，就算下冰雹、下刀子，还是必须去。"又说，"龙井能做的也只有明前和雨前这段时间，再晚一点，虽然茶叶还能采，但已经抵不上成本。"我一边品茶，一边看茶人现场炒茶。

老茶人呵呵一笑："乾隆皇帝第一次南巡杭州，就作了一首采茶歌，'火前嫩，火后老，唯有骑火品最好……地炉文火徐徐添，乾釜柔风旋旋炒，慢炒细焙有次第，辛苦工夫殊不少。'到底是皇帝，只是看看，就能把炒茶火候说得这样贴切，就是要这样炒。"

"哦，不只需要技术，而且需要耐心。龙井艳冠群芳，乾隆功不可没。""是的呀，乾隆皇帝六下江南，四次来到我们龙井，品茶作诗。又特别孝顺，将龙井带回给太后，太后也爱喝。乾隆便传旨将胡公庙前的十八棵茶树封为'御茶'，年年采制，专供太后饮用。"

在满汉全席廷臣宴中，开宴时丽人献茗的就是狮峰龙井。

炒茶虽然看上去很简单，只是不停地旋转，细看，还是有细化的动作，有时抛，有时抓，有时推，有时抖，有时左手捞起满满的茶叶，右手再轻轻一按一抹，再压。一招一式，尽在掌握之中。

"生为茶，龙井的命真好。梅家坞也不同往日，因茶富可敌城。"

"此言不差，虽然我们茶农的生活比以前好上百倍，但说良心话，市场上动辄一斤几万块的龙井都是商家炒作，我们茶农到手的钱很可怜，比起他们，我们只能靠熟人多卖些。后来，又兴起网店……有人不种地了，只收茶叶做。我是不放心的，种了一辈子，炒了一辈子茶，我只卖自己种的茶，只卖自己炒的茶。不然，对不起天下茶友。"

为"天下茶友"的思想，想以茶代酒，敬这位以茶为生的老茶人，又何必代酒，敬茶是最尊贵的，在茶都。

于是我真的敬茶，老茶人回敬我一杯新茶。

茶叶能改变人的价值观和生活方式，也能改变许多人的人生。

"杭州的茶已经从一种日常的习惯转变成一种永恒的文化张力，

杭州茶文化的坚实基础甚至可以用花岗岩来形容。"——《茶人三部曲》

瞧着那醉人的茶汤，私下里想，茶的珍贵，茶知道吗？茶叶被炒得越来越昂贵，对茶好还是对人好？茶叶是贵在外，还是贵在内？或是内外结合？

无论多珍贵的茶，喝茶的人都知道：最深的醉并非是酒醉，而是茶醉，以茶为酒，仍能醉倒，可见世事重重复复又重重。

从茶之母——水的选择，到茶器的材质与档次，还有煮茶的功夫与程序，茶汤确有不同，但总觉得有某种无谓的烦琐，不值得用这么多时间去追求一杯茶的味道。后来才体悟到，他们追求的是征服的感受，人生的味道。同样的茶叶和茶饼，不同的人，不同的泡法，不同的茶具，泡出不同质量的茶汤，难道不是一种轻而易举的成就感吗？

同样的感受之于事业，之于婚姻，之于孩子，得需要多少年才能验证，需要多少付出才能收获？这样比较起来，花上个把钟头专心沏一壶茶，实在是不值得喧嚣。

茶器是否不同，总有一天你会明白，而且是突然明白，就像你突然明白人性，明白人生一样。

廉价茶器的唯一作用就是可以盛茶，但当你把上好的茶杯放在唇边，茶汤尚未入口时，你突然有所触动，那柔腻如水的杯壁，像婴儿的舌头，你在被亲吻着，突如其来的吻。

你沉醉了，悄悄浅笑，配合着它的吻，在杯壁左右滑动，无形中，你竟然再次拥有初吻的感觉，无论你是人到中年，还是身处逆境，或是在瑞雪纷飞的午后，抑或是在世界各地的角落，与这个茶杯的亲吻使你回忆到了曾有的幸福，体会着当下的幸福，遥想着未来的美满，这是茶的魅力。

杯再昂贵，无茶的空杯，不会有如此大的张力。

这才明白，为何一只仅能搁置在手心儿的小小茶杯，既能标价60，也能出价6000，还会加更多的零，如果它能带给你初吻的感觉，你觉得怎么样呢?

当然，这不只在于杯子的力量，更在于你，和你的力量，无论当下如何，你要有能够喝杯茶就有如沐春风的力量。

哪怕放下杯子，你需要处理的是上百万的外债，一份支离破碎的情感关系，端起茶杯，整个世界就在手中，从内到外的情绪都是和平的。这是你的力量。

无常不是一天能够面对和解决的，喝茶，不过十几分钟。

一位法师说过："修行就是让你喝水就像喝茶，喝茶也似喝水。"

我加上一句：修行就是喝茶时，用几十块的杯子也能喝出几千块杯子的感觉和味道。我了解修行，但更了解知与行的遥远，当下的我，偶尔能做到用任何杯子、喝任何茶都幸福无边，只是偶尔。

我是一个凡人，在平凡的人生中独自修行，并非一心向佛，而是因为人性不可捉摸，生命无常不可抗拒。修行，能够迅速找到心之所做，安静下来，寻找力量，对抗无常，继续前行。这种力量源于内心，但心必须是平静丰厚的，无常来临时，心最难安宁，因而，要把自己的心打造成佛的心境，以佛心化平常心。

喝茶，喝的是文化；品茶，品的是心境。茶如人生，要看你喜欢喝什么茶，什么泡法。无论是什么，人生是品茶的过程，而不是喝茶那个结果。

一杯茶摆在你面前，无论是红茶还是绿茶，都是经过了漫长的种植、生长、采摘、炒青等过程，就像一个人坐在你面前，你要了解他，不是了解他刻意经营的表象：职业、身份、成就，而是了"炒"出他的社会工序：故乡、教育、工作性质、创业背景、人生逆境……同样的绿芽儿，却有了不同的走向：黄茶、红茶、乌龙、普洱。

茶如人，但比人简单，无论制茶如何复杂，也不比人性更复杂。

普通人经过社会的萎凋、揉捻、发酵、干燥等漫长的过程之后，都变成了红茶和黑茶，已经忘却生命本色，极少数人，为生命做减法，简化复杂的工序，让自己回归绿茶和白茶。

茶中有日月，茶中品江山。品茶，品的是人，是心，如果有心。

杭派茶馆

　　生平第一次泡茶馆是在西湖边的望湖宾馆七楼。宾馆很老、很矮，不过八层，这是为了西湖，环湖所有的建筑不得超过九层。即使这样，偶尔还觉得西湖像个小池塘，若是放在陆家嘴，西湖便变成洗澡塘了。七楼电梯门一开，芝兰之气扑面而来，湖畔居的装饰外加名字都很古色古香，茶桌上全套的功夫茶具，怡人、清香的龙井注入杯中，望向窗外的西湖夜景，原来，生活可以这样有滋有味。

　　之前，屡次经过北山路的望湖楼，只是以为一处古迹：吴越王钱俶所建，历代无数文人墨客题咏，大诗人苏东坡在杭任官时也喜欢在此游乐，醉写："卷地风来忽吹散，望湖楼下水如天。"如今想来，登楼凭栏，一壶龙井，一杯好酒，湖天交融，茶香芬芳浓酽，湖中画舟点点，湖中三岛如三颗明珠嵌于湖心，西湖的千娇百媚、万种风情尽现眼底，人生乐趣也不过如此。

才知，茶楼原来不是用来看的，而是用来喝茶、观景，品读生活、活在当下的。

自此，爱上了杭州的茶馆儿。约人必到茶馆，约客户不叫"去喝酒"，而是"去喝茶"，几乎泡遍了西湖周边的所有茶馆，才知，呀，原来杭城遍布茶馆，而且独具特色。

杭派茶馆特色在于，柔惠婉约的吴越文化，坐拥天堂之魂的西湖，绿茶之首的龙井，弘一大师出家的虎跑泉水，众多爱情传说。在杭州泡茶馆儿，醉翁之意不在茶，在于品茗、赏景、忆传说、听故事，感慨人生无常，细品悲欣交集。

另一特色在于：自助餐茶。我以为都像湖畔居一样的清雅茶馆儿，便战战兢兢的当了一回事儿，抱来一摞茶书，从泡茶、茶器到茶道，读了一遍，才敢再进茶馆儿，比平生初进西餐馆儿还正经。到底不会用刀叉、不知如何切牛排，面对眼前一排不锈钢"凶"器不知先用哪个，不会用不算过分，毕竟西方人的玩意儿。可喝茶是老祖宗发明的，是先放茶叶还是先放水，放开水还是放温水，竟然还有洗茶之说。若是不了解清楚，进了茶馆儿，闹出笑话，就不是外国人的罪过了。生在不饮茶的东北，只能作为一次事故的借口，第二次不仅不好使，而且不好意思说。

研究了一溜儿十三招，再进茶馆，本想郑重展示近月所学，才发现我做了件比南方人还南方人的事儿：多心了。

点一杯龙井，温文尔雅的小姐用敞口厚底的玻璃杯泡好了端上来，茶友已经端了三托盘美食摆在木制方桌上：从凉菜到干果，从炒菜到汤品，从糕点到水果。

可我是吃了饭来的。

茶友还客气地说："你想吃什么？自己拿。"

不是来喝茶的吗？经过小桥流水、古筝雅苑来到食品区，琳琅满目、应有尽有。一杯茶，可以吃所有的东西，吃上一个下午。

恍惚了。茶与自助餐的组合，书上没说。

自此明白，杭州人喝茶不说喝茶，而是吃茶，是这么个吃法。除了极少数清茶馆和主题茶馆，杭派茶馆都是自助餐茶。请人喝茶，其实就是请吃饭，不同之处，在于距离西湖远近，吃食多少，水果是否丰盛新鲜，干果是否面面俱到，热菜是否有江南特色。很多人根本不是为了喝茶，只是为了买一个位置，凑着如此优雅的环境——无论内外，美美地吃上一顿，最终，以茶漱口，价格又十分低廉：28元一位——15年前。

后来十位数渐渐上涨，我离开杭州时，已经涨到最低68一位了。

以杭州现在的盛名与地位，应该会有更清雅、更禅意的茶馆儿，必然都在灵隐、西溪、虎跑、玉泉、吴山满觉陇路一带，自然风景美若桃花源，从都市进入，如穿越到古代一般，简奢而惊艳。

比起茶馆盛名已久的北京、上海、广州、成都，杭派茶馆儿虽然近年才兴起，但已经成为中国最发达、最先进的代表。有浙商的精明强干，自然不会亏待茶业。

除了经营之外，好茶必配好水。

水之于茶，犹如水之于鱼一样，茶人独重水——八分茶遇十分水，茶也会变成十分；八分水去泡十分茶，那茶也只有八分了。

水有泉水、溪水、江水、湖水、井水、雨水、雪水之分，但只有符合"源、活、甘、清、轻"五个标准的水才算得上是好水。

西湖不仅有好茶，而且有好水，"龙井茶叶虎跑水"，并称西湖双绝，好茶凭借力，龙井遂成为天下绿茶之王。

老舍先生的剧本《茶馆》自然使得京派茶馆有着不可撼动的文学地位及社会声誉，但杭州作家王旭烽十年磨一剑的《茶人三部曲》，不仅荣获了第五届茅盾文学奖，而且是中国首部反映茶文化的长篇小说，为杭州的茶文化涂抹了浓重的一笔。

在龙井路喝完茶散步，会一不小心走进一片江南园林。它没有围墙，且倚山而筑，粉墙、黛瓦、绿树与逶迤连绵、碧绿青翠的茶园相映成趣。徜徉其中，曲径、通幽、禅房、花木，直到走进茶史、茶萃、茶事、茶缘、茶具、茶俗六大展示空间，才知这竟然是中国茶叶博物馆。抑或是在园中偶遇一边阅读、一边品茶的茶圣陆羽。陆羽创造了茶字，茶就是"人在草木间"；开启了茶学，天人合一就是自然之道。挑一处水声潺潺、鸟语啾啾的地方坐了，叫上一壶茶，细细慢品，品出一股别样的风雅来。茶有千般味，人知；人有千般味，己知。相濡以沫，不如相忘于江湖。

杭派茶馆的主流——自助餐茶依然是大众首选，太方便了，一箭多雕：喝茶、吃饭、聊天、商务、休闲、赏景、放松……有朋友来看西湖，请吃饭再没有比这个更划算的了，在西湖划船都要 180，也是15 年前的价格。杭州人不仅会生活，而且会精明地生活。

虽然聊天声中不乏"木佬佬"，还有打牌、下棋热闹如吃火锅店的，茶馆主人却很认真，把茶馆装饰得古色古香、温文尔雅，琴棋书画、文房四宝都配置齐全，到了时间，依然会有穿着旗袍或者蓝印花布衣裙的窈窕淑女端坐在古筝前面，抚一曲《高山流水》。泡茶的器具紫砂、陶瓷、青瓷一应俱全，若是点功夫茶，依然会配备盖碗儿及全套功夫茶具，吃完了饭，来一下午功夫茶，那真是相当于在西湖边消磨了一整天，光鲜亮丽地回家，看到邻居便说：去西湖边吃茶去了。

周末泡茶馆儿也成了杭州人自己的度假休闲首选，上海人巴巴地开车，堵在沪杭高速上，也要来杭州住上两晚，看看西湖，喝喝茶，杭州人守着西湖与茶馆儿，哪有不泡的道理？周末约上三五好友、亲戚、家人、邻居，茶馆里一坐，有吃、有喝、有看、有聊，赛过神仙，才不辜负了人间天堂的美名。

生在杭州，是有福的。

杭州人从来都骄傲与享受这个福分，有着隐形的自诩，只是不像上海人那样张扬与极端：上海的繁华并未带给生长在弄堂一辈子的小市民什么好处，除了以飞速的繁华和深厚的小资来蔑视外地人之外。

但杭州的西湖、茶叶、传说、文化真切地滋养着杭州百姓，使他们实在地享受着天堂般的生活：爬爬山，看看水，喝喝茶，赏赏景，都是不花钱的。

自己带着龙井和热水，孤山上、保俶塔下，大树底下，石头上面，一杯龙井，一个下午的滋润，我瞧着都流口水。但我却在不会生活的时候离开了最适合生活的杭州。再回去时，房价已经不饶人了，只有富翁级别的人才买得起。只能在千里冰封的北国，重忆杭州生活，在大年初一的下午。

不知道，今年大年初一的早上，是谁第一个接了虎跑泉水，第一个去龙井问茶，第一个到灵隐寺上香。据说，这是浙商的隐形传统，都争抢着这有极大福报的第一，也不晓得马云先生是否有做过这个第一，但已经是当之无愧的第一。

怪道诗人咏叹：忆江南，最忆是杭州。

杭州太丰盛了，集结了所有可愉悦心灵的元素，杭州的茶与文化，仍然在千里之外，温馨了一个曾在杭州生活八年之久的客居者，忆江南首忆是杭州，忆杭州必忆西湖与茶。

☞ 杭派茶馆

另类生活

刚工作那几年，只有工作。周末也要加班，没有朋友，只有同事：工作、休闲、吃饭、睡觉都在一起——高级单间宿舍，配备厨师。工作像空气一样包裹着你，包括做梦。生活内容是周一到周六上班，8 点开始，没有固定的下班时间，有时需要工作到入夜。若客户喜欢钻夜店，就会深更半夜。

罕见的休闲时间与同事一起购物、泡吧、蹦迪、饕餮、酗酒，觥筹交错之间交流拿捏客户的技术、签约做单的谋略、表里不一的表演方法以及道貌岸然的说话风格。大家都在很努力地表演，公司领导表演专业精深，同事表演敬业勤奋，客户表演潜在需求。我因为天性简单纯净，学了三年效果平平，连最佳新人奖都无法入围，更别提往知名演员方面发展。

这种生活无健康，无自由，精神空洞，内心空虚。唯一的补偿就是钱。

这份工作，让我在短短的三年里就见识各种《圈子圈套》，杀人不见血的《输赢》之战，《做单》中层层出现的《黑冰》和《黑洞》，公司内部高层之间屡屡上演《甄嬛传》，精彩纷呈，一环扣一环。

这个和平时代，在职场里，除了不能要人命，什么都能要。我仅仅是在台下看戏就胆战心惊，想当职业经理人，必须上台演戏，经验和穿透所有的规则与潜规则，然后凌驾于所有规则之上制定自己的规则。

到时候，恐怕变得像他们一样：没有灵魂，但却拥有狼一样的品性、鹰一样的眼睛、狐狸一样的原则。

从刚毕业时吃了上顿没下顿，每天出门身上带的钞票不超过 50 块钱、频繁出入人才市场与更换公司和租房的生活中，这么快就进入有稳定的居所和工作，每天出门身上带的钞票必超过 3000，买衣服从 30 到 3000。不过才一年时间，就从贫民转换成中产阶级，为什么我反而觉得空虚？周围的一切不可能给我任何答案，这是一个空虚的世界，这些都是空虚的演员，陪他们演戏的结果是陷入无尽的空虚。

到了决断人生的时刻，我不会算经济账，但花了一年的时间，算了一笔人生账：26 岁，买房供房贷，嫁人生子。拿三个杭州分公司营销冠军，可以成为总经理，然后带领员工们夺三年以上全国营销冠军，就会成为营销总监，职业已然圆满。那我就会变成现在的营销总监这样的人：心机深厚、胸有城府，鹰一样的眼睛扎过来，让你直哆嗦，不出三句话，他就大致了解你的性格；不出三次酒局，你就只能跟他签单，因为他能够找出你潜伏在冰山下面的欲望，满足你，然后你再满足他。

职业似乎是体面的，但需要经历不体面的生活，营销这个职业能够赚得全世界，但却失去了灵魂。

我要我的灵魂。我要过有灵魂的一生。

中国最崇高的理想，就是一个人不必逃避人类社会和人生，而本性仍能保持原有的快乐——林语堂。

什么样的职业和生活能够保持善良、简单的本性呢？

在工作期间，心累至极点时，会躲到书店里，只要拿起一本文学书，累就像分崩离析的融冰一样消失殆尽。我看到波伏娃、兰德、伍尔芙、杨绛那些充满智慧的脸庞，每一条皱纹里都是才华，眼神是理性而坚毅的，笑容是才华而睿智的，整个脸庞都显现着灵性的光芒——她们是我想要成为的人。

于是，我把一套房子存进银行，选了一个一无所有的男人，为了自由。走进图书馆，自由阅读。

寻找原因、答案及别样生活的方式。

很快，我就在《叔本华人生智慧》中找到答案："人的内在空虚就是无聊的真正根源，它无时无刻不在寻求外在刺激，试图借助某事某物使他们的精神和情绪活动起来。正是由于内在的空虚，他们才追求五花八门的社交、娱乐和奢侈；而这些东西把许多人引入穷奢极欲，然后以痛苦告终。使我们免于这种痛苦的手段莫过于拥有丰富的内在即丰富的精神。因为人的精神财富越丰富，那么留给无聊的空间就越小……一个精神丰富的人在独处的时候，沉浸于自己的精神世界，自得其乐；但对于一个冥顽不灵的人，接连不断地聚会、看戏、出游消遣都无法驱走那折磨人的无聊。一个善良、温和、节制的人在困境中不失其乐；但贪婪、妒忌、卑劣的人尽管坐拥万千财富都难以心满意足。"

毫无疑问，我的抉择是正确的，在哲学家那里；在世人眼中，我是疯子。

很快，我又在《第二性》中发现：女人的世界没那么狭窄，是男人和传统使它狭窄，女人不是天生脆弱、无能的，而是后天形成的。无论中外，传统、教育和社会似乎都跟女人过不去，让女人处于弱智、无知的状态，便于奴役，也是因为恐惧：女人诞生了整个人类，女性的力量和智慧一旦开启，男人更难找到立足之地。

那我就必须重新进行自我教育，用理性的哲学、宗教的智慧以及心灵的力量，把自己塑造成我想要的那种女人。

别的女人花十年的时间培养老公，花二十年的时间培养孩子，我用来培养自己，时间是：一生。

世界上最伟大的事，是一个人懂得如何做自己的主人。——蒙田。

我要活得清醒，死得明白。

智慧与闲适

　　杭州雅致幽静，充满人文历史的味道，小家碧玉又幽美典雅，没那么多钢筋铁骨和高楼大厦，它有书香门第传承的气质与积淀，无数文人雅词、爱情传说，滋养着这座城市与城市里的人，使它成为趋之若鹜、交口称赞的地方。

　　杭州人骨子里也十分高傲，那是一种文化的骄傲。

　　杭州的生活围绕着西湖与茶，杭州人的谈资是宋朝和文化，八卦的是商业和传说。经商历来为古代中原文化所不耻，但是杭州自古繁华，商贾云集，富甲一方。因而杭州的生活一直是闲适的，想要在大一统的统治下闲适，是需要智慧的。

　　闲适，也是最接近智慧的一种生命状态。

没有哪座城市能像杭州一样，你徜徉其中，却被迫去翻诗书古书，去查找诗词，去看爱情传说，去研究茶叶的历史，帝王与城市的瓜葛，大师的出世与入世……杭州是一座特别适合学习闲适、求索文化、滋生智慧的城市。

我开始自由阅读。

杭州使我开始变成了完全不同的自己，开启了别样的人生。

阅读人生比只为赚钱的活法，扎实有力，有声有色，更接近灵魂的光芒。就像单身已久的人寻到了灵魂伴侣，求子多年的人得了一个儿子，空中楼阁有了知识的地基落在智慧的大地上，无论做什么都目标鲜明、动力十足、充满激情。

让旋转的陀螺停下来并不容易。首先得从上班的机械生活中解脱出来，理性支配自由时间。可，这不是一件容易的事情，理性的获得是痛苦而漫长的，习惯的养成，必须通过意志和理性的控制才能形成潜移默化的结果。

其次要克服懒散、喧嚣而肤浅的生活习惯，让眼睛和耳朵，尤其是心沉静下来，这个过程一样漫长。

我需要一座图书馆。

于是，在刚落成的浙大紫金港校区旁，租了房子。

从此，开始在书籍中经历春夏秋冬。

带着火山喷发一样的热情、鹅毛大雪一样的迷惑，钻进海一般的图书馆，就像毕业生急切投身社会一样。

我的心情更厚重、更复杂，我主动从社会这个战场撤退，战争让我头破血流，对手让我心力交瘁，我渴望安宁，与真正的答案。而不是："社会就是这样的，你要学会适应社会，而不是社会适应你。大家都是这么过来的，别想那么多。"那些人只为社会制造问题，越来越多的问题。

书中一定有答案，一定有！我一定要找到！否则我没法正常而理性地生活，我不想走别人走过的路，过别人正在过的生活，而他们正为此焦头烂额。

最坏的结局无非是根本没有答案，或者我没有能力找到答案，虽然我并没有真正领教过书籍的智慧，但我坚信书籍的力量。

我要阅读，阅读那些文学大师及用灵魂创作的作家们所共同阅读和创造的书籍，我拼命地读，不管是否读得懂，只要看到的、听过的，世界文学史上涉及的著名作家的作品及这些作品中提到的书籍，我都要读。

我不晓得书里是否有期许的答案，是否有颜如玉和黄金屋，至少有实实在在的人生，人与命运、人与自然、人与社会的对抗与共存，有才华、精神、智慧与灵魂。

我阅读，一直阅读，总是阅读。

我在跟生命争抢时间，每天一醒来，匆匆洗把脸、刷了牙，拿个蛋糕就冲进图书馆，占一个窗边的座位，然后从文学书架上找来一堆书籍。时间是那么廉价，没读几页，就到了中午。

我厌烦透了，一天要吃三顿饭，真浪费时间。

可是，不争气的胃拼命收缩，胃壁在强烈地冲撞，懊恼地放下书，一路小跑，到食堂打一份饭、两份青菜，就一路快走回来，最快时只用二十分钟。

然后，继续阅读。

除了饥饿，春季与夏季的午后我还需要与瞌睡做斗争。拼命睁着眼睛不让自己入睡，直到看不清书上的文字，那文字浮现在半空中，填不进头脑，就像已经十分饱的人还在拼命地往嘴里塞满食物却塞不进去了，才定好闹钟趴在桌子上眯一会儿。我不会允许午睡超过半个小时，一醒来就立即喝几口温水继续阅读。

黄昏莅临，8点钟，我跑回家做好饭、炒好菜，等S一起回来吃完、收拾好厨房后再回图书馆阅读，直到闭馆时我才回家。

为了阅读，我独自一间房，入睡前最后一刻仍捧着书，然后枕着书籍入眠。

每一天，都在跟时间作战，尽可能多地读书，只要是好书，拿起来就读。

后来，觉得做饭实在太浪费时间，从买菜到洗碗需要两三个小时的时间，就干脆连晚饭也改为吃食堂。

总之，阅读是我生活的全部。

自由阅读的道路并不是看似那样简单，繁忙之中抢时间读上一两本是愉快的，但若站在巨大的图书馆里，想将琳琅满目的书籍全部读完，与学会生活一样艰难。

图书馆中的一天似乎比外面长上一倍。

图书馆的一年似乎相当于馆外十年。

除了阅读书，还要阅读写书的人。浙江图书馆的人文大讲堂每周末会请一位知名作家讲座，我必去旁听，亲见过：毕淑敏，方方，史铁生，余华，还有余秋雨，只有他那一场改为杭州大剧院，因为人太多。S 帮我排了两次队，才拿到票。

每一次，我都用艳羡的目光看着他们，多么希望有一天，我会成为坐在上面的人。每一次，我都认真笔记，全神贯注倾听。我是多么想与他们交流，能够得到些许醍醐灌顶的指点，可是我不敢。我有魄力披荆斩棘，乘风破浪，却不敢跟这些著名作家交流，不知从何问起，也不知道怎么介绍自己。

没有人相信我会成为一名作家，除了我自己。

没有人看重我的理想，除了我自己。

没有人认为我会实现理想，除了我自己。

谢天谢地，即使我一无所有，还有自己。

在文学领域，众生平等，没有任何国籍、性别、年龄歧视，没有任何潜规则，在创造的过程中。

我喜欢简单而智慧的职业。

开始阅读之后，我仿佛像一个机器人开始感受到味道和温度，我仿佛能听到歌声，来自遥远而神秘的空间，未来变得无限宽广而立体，拥有未知的神奇。

别提生活，我仿佛从来没有真正活过。

从前，只是浑浑噩噩地背书、考试，然后是稀里糊涂地赚钱、工作，生活的一切反而变成附属品，接下来还有一长串的人生任务需要完成，还要不停地闯关，直到老年时养花、养鸟或养病。我要运用大脑，思考，人究竟应该怎样活，用大脑去寻找生命该去到的地方。

五年的自由阅读与旅行，耗尽所有钱财，我需要重新创业赚钱，养活梦想。我必须离开图书馆，但却永远离不开书。读书也不必一定要在图书馆，只要养成了阅读的习惯和心境，随时随地，都可以读书，而一旦体验到读书的乐趣，怎可轻易相离？

我是那么无知，只要虚空彷徨，就去翻书，一翻开，一切都烟消云散，风平浪静。再后来，我离不开写作，任何悲凉的人生情节，料想不到的人形物种，拿到笔下搁浅在文字的世界中，其带来的侮辱和伤害也随风消逝，并且成就了心灵的坚强。

文学使得我的心变得宽容而慈悲，柔软而坚强。

真正的自由，是身心灵的自由。

我用这自由去世界和心灵深处旅行、思索、寻觅，直到幻化成想要的自己：承纳一切无常，任何逆境都能涅槃重生，拎个皮箱装上电脑，有张床就能绽放生命之花，在思想中旅行，在文字中创造，在心灵中成长。

生活，就是自己，心与文字。

不需要复杂的外在，有钱吃饭、有房睡觉、能养活自己、孝敬父母就够了。

作为一个女人，我没有机缘遇到真爱，为着一个男人，愿意低到尘埃里，就着尘土，开一朵爱之花，我也没有多余的一生去赌博他的忠贞；但是我却有幸寻遇人生至乐，为着一份理想，我愿像传统女子，牺牲全部自由，付出整个人生。

人应该牢牢抓住自己的心：因为对它放任了，很快他的头脑也就失去控制了！

——尼采

传奇之城

青藏铁路

拉萨总是传奇的，在人们眼中，传言一生总要去一次拉萨，想要亲见传奇。

在城市里做了多年不明媚的人，却把拉萨当作圣城，想去西藏清净自心。

多么可怜又可爱的想法。

就像许多人只是在菩萨前面供奉一些糕点、水果，就祈祷天降横福、升官发财一样。

我去拉萨的理由特别卑微。在路上时，发现背包客们都把去拉萨当成梦想，而我正好把中国游遍了，于是就去瞧瞧别人的梦想。

我去拉萨时，是青藏铁路通行第二年，理由也特别猥琐：因为第一年，抢不上票。浩浩荡荡从上海坐车到西宁，大半夜去抢票，终于得着一张硬座票。

列车沿着青藏铁路一直往高处走，海拔像细菌一样暗中滋长，到昆仑山时，海拔达到四千多米，过了唐古拉山，海拔甚至超过了五千米。列车里有供氧系统，未有异样感，只是偶尔耳鸣。

过了格尔木，眼睛就不舍得眨了，窗外的风景美得简直不可想象：蓝得像泼了上千吨纯蓝墨水一样的湖，洁白得像刚纺出的棉花一样的云，绿得像早春初发的柳芽般的草原，浓烈得像刚酿出的扎啤泡沫一样的雪山，一切都是那样天然的纯粹，自然的存在。草原上不时地冒出一些黑色的牦牛和白色的绵羊，羊群身后跟着穿着藏袍的牧羊人，偶尔会有一些房子散落在山间，像是阴雨天的夜空呈现的那几颗寥落的星。

不经意间，错那湖突显出来，碧蓝得夺了天空的彩头，让人疑心天空下沉到地面，变成了流动的液体。

列车围绕着错那湖行进，距离它越来越近，最近处能看清湖底的石子，清澈得仿佛湖水并不存在，只是覆盖了一抹轻纱的蓝梦。

那抹蓝色那么长，足足让人欣赏了十几分钟，像锦带一样斜倚在碧绿的山脚下，从头至尾都是蓝色的，很静，很静，尽管列车是动的，但却能够感受到它的静，那静像箭一样射进车厢，静静地围绕着你，拽着驿动的心，片刻的安静。

它静静地躺在那儿，不因少人欣赏而委屈，不因变化而变化，它是理性的，沉稳的，宽容的，像智者的头脑和伟人的心灵，丰盛地沉寂在那儿，向天空和绿原展现绝世身姿，只是这样，就这样。

它存在，一直都存在，直到出现在我，才存在了我心里。

黄昏时分，夕阳穿透天空，给大地织了一件优雅的金色锦袍，一切都有了鲜活的生命，跳跃着展示它的美。云层变得晶莹剔透，妩媚地散布在山头，执拗地装饰着它的姿容，山脚下的小溪闪着金光，窗外立即变成了一个金色的世界。放牧的人回家了，披着金光闪闪的外衣，赶着金光闪闪的耗牛群，悠闲地走在金光闪闪的路上；做农活的人也回家了，开着金光闪闪的小货车，载着收获欢喜地走在金光闪闪的归途上。

夕阳使得山峦若隐若现、柔情万种，住在山边的人是有福的。

夜晚及黎明之时，偶尔会有一辆疾驰的货车或越野车，射出的灯光点燃了整条公路，装饰了整个高原，反衬出行者的孤独，这孤独成了孤独的世界孤美的风景。

终有一天，我也会开车入藏，成为天地的点缀，他人眼中的风景。

这真的是一条"天路"——此景只应天上有，人间能得几回观——此时，却能喝着茶，隔着窗，恍若仙子，呆望天宫。

无论平生几次入藏，一定要有一次，列车入藏。开车走青藏线，是人在景中，属有我之境；坐车看青藏线，是人在景外，属无我之境。无论何境，到了天路，我不见了，款款仙景，步步惊心。

拉萨的歌声

1

想唱就唱的感觉一定很爽，不然为什么在林芝到拉萨长达八个小时的大巴车上，有人突然唱起歌来。

歌声像一股轻烟飘摇直上、响彻云霄，似歌，又不似歌，像在轻吟、咆哮、释放、表达，又像无意中碰触的灵感，轻描淡写，随心所欲。很快，一群人跟着歌唱，似乎事先约定，和得特别流畅，恰到好处。

路边有密集的松树和许多叫不出名字的树，山上也是，长满了山间的每个角落，使整座山看上去生机勃勃、绿意盎然，山尖依然披了

一层白色的云纱，纱衣依然镶嵌在碧蓝的天空之上。

刚才经过的地方立了一个蓝色的牌子，写着白色的字：更张。

西藏有很多地名的组合超出汉族的习惯和想象，我很喜欢记下这些特别的名字，去匹配特别的生活。

偶尔，会看到山上挂着经幡及五彩的旗，在风中飘荡，很是引人注目。

路边走着一个背着极重木柴的女孩儿，她佝偻着腰，双手搜紧束着木柴的绳子，双眼紧盯着前方，脸上呈现被日光过分照射的色彩。她步履蹒跚，目标却很明确——无论如何，都要将木柴背回家去。

路的左边透过树木出现一汪碧水，很清浅平和，被一条条水上沙丘阻隔开来，平现一股柔弱的美，不禁让人想去保护她的弱，怜惜她的美。

突如其来的音乐，使整个高原灵动起来，瞬间身处天堂。羞得耳机掉落下来，有这样的原生态歌曲，兜里那个小物件儿播放的在录音棚里录出来的声音显得那样刺耳。

他们一首接一首地唱着，我一首接一首地听着，像一场心灵浴，通身的纠结都通畅了。

客车很原始，速度很原始，歌声也很原始，却是原始的最好。

原始的人，坐着原始的车，唱着原始的歌。

我的同座唱得最欢快，使我的耳朵也欢快起来，通身都很欢快。

我张张嘴，却赶紧合上。

他是一个健壮的中年藏族男人，一边唱，一边瞄了我一眼，他瞄我时，我正在瞄他，立即瞄出他眼神中的味道："你怎么不唱？"

立即扭头，还觉得不保险，仰靠在后座上，假装睡觉。我怎么能唱？汉族人本就没有想唱就唱的习俗，唱歌就要往专门唱歌的黑屋子里钻，虽然，我觉得很可笑，虽然，我觉得这样最好，但是，谁敢在城市里想唱就唱？

有的在念经，有的在转经。

一个藏族男人打开一瓶可乐，用手指头蘸了一滴敬天，又蘸一滴敬地，然后再喝。突然明白，藏族的歌舞属于生活，汉族的歌舞却属于舞台。

不知何时，下起雨来。车子停在"中流砥柱"处，车门一打开，一股寒风吹进车内。尼洋河依然是翡翠般的绿色，即使凄风冷雨，依然鲜活清亮，欢快地流淌，仿佛"神山流出的悲伤眼泪"。

河边的树一半绿色，一半黄色，黄色的显得娇艳脆弱，绿色的苍劲肃穆，承受着同样的风雨，却幻化了不同的色彩与尊严。一株金黄色的树木，倾斜地矗立在河岸边，清绝、倔强、孤独、悠远，最是让人怜惜而心动。

河边的原野上有几头牦牛在吃草，不远处有两匹骏马在午餐，风雨没有影响它们的食欲。

下午3点，车子停在松多镇。

四十分钟午餐时间。

天气很冷，像冬天一样，不过10月中旬。

从去到回来，才三天而已，路边的树与草更黄了，仿佛一夜之间因为忧愁而衰老了一样。

不知从哪里开始，尼洋河竟往相反的地方流去，起先是从前往后流，现在却是从后往前流。偶尔，河边会露出几顶黑色的帐篷。

车上的藏民又耐不住寂寞，唱起歌来，歌声透过车窗的缝儿回荡在金黄色的空旷的原野上。

下午5点多，车子开到墨竹工卡，此时，天气又变得晴朗，日光透过玻璃斜射在身上，还有些燥热。

牦牛、绵羊、经幡、木屋、原野都罩上了亮丽的金黄，整个世界在歌唱，到处都是阳光。

2

第二次去拉萨时，照例在八角街的藏式餐厅里吃了一顿丰盛的尼泊尔餐之后，在附近随心所欲闲逛，却听到一幢小楼上面的打夯声。仰头寻找，在楼顶上，女人们一边打阿嘎一边歌唱，旁边还有两个男人在干着杂活儿。

我被歌声吸引上了楼，快到楼顶上时，喊道："可以上来吗？"

藏族男人呵呵一笑，"可以，上来要唱歌。"

"啊！"可是我已经上来了。

"能不唱吗？"

"不能，唱首汉族歌。"

我知道他们的水平，每个人的嗓子都像被雪山清洗过的，锃亮透彻，我的嗓子……唯一值得记叙的，是割过扁桃体。

楼顶，一群藏族女人们在打阿嘎，一个汉族女人驻足醉心观赏：

扎西朗啦扎西宗比绰亚拉，扎西浪啦尼达宗比绰呀，德若浪啦扎西宗比绰亚拉，帕妈格达卓波宗比绰呀。扎西朗啦扎西宗比绰亚拉，扎西浪啦尼达宗比绰呀，德若浪啦扎西宗比绰亚拉，帕妈格达卓波宗比绰呀。宗比绰……

虽然只听得懂"扎西"二字，可是曲调真是天然，根本不需要歌词，就似一个天使般的宝宝舔耳朵儿。

他们一边唱，一边手执木夯，整齐划一地将木夯用力砸向地面：一起前，一起后，一起左，一起右，边扭边打，打完一层，再撒一层阿嘎土，再唱着打夯。

那夯声似是天然的美妙乐器，刚好配上打夯号子，愉悦着天、地、人。这房顶就像舞台，劳动化为舞蹈，他们边唱边跳，脸上充满了快乐和喜悦，声音里浸润着自豪和奔放，既飞往九霄云外，又飞往星光大道。

本来想干件卑鄙的事儿——听完就跑，却像被钉住了一样，瞧得入了迷。直到一个藏族男人过来扯了我一下："该你了。"这才乱了阵脚：什么歌既能够代表汉族风格，又能压得住他们，还得我会唱，最要紧的是能记住歌词！普通歌曲根本拿不出手，通俗不敢张嘴，美声不会，民族歌曲太高难……

他们催促我快唱，我如果逃跑，丢的不是我的脸，是汉族人的脸，他们哪记得我是谁？唱首歌需要想这么多，一定是汉族，真是羡慕藏族人想唱就唱，张嘴就哼。终于找到一首凭他是谁也听不出跑调的歌儿：

> 花谢花飞飞满天，红消香断有谁怜？
>
> 游丝软系飘春榭，落絮轻沾扑绣帘。
>
> 一年三百六十日，风刀霜剑严相逼。
>
> 明媚鲜妍能几时，一朝漂泊难寻觅。
>
> 花开易见落难寻，阶前愁煞葬花人。
>
> 独倚花锄偷洒泪，洒上空枝见血痕。
>
> 愿奴胁下生双翼，随花飞到天尽头。

她们打夯的节奏似是在为我伴奏，又似在为我鼓掌。

催我唱歌的男人说："这个，好听，真的好听！是汉族歌？"

谁管它从声乐上怎么论，但这一定是汉族歌，取自最令汉族人骄傲的作品，代表着汉族的传统、文化和曾经的生活，就像打夯和打夯号子代表着藏族的传统、文化和当下的生活。

那一天，那一刻，那个当下，我站在拉萨的屋顶，听藏族人唱歌，看藏族人打夯，我这个从不张嘴唱歌的汉族人竟然也在藏族人面前高歌了一曲，而且是难度很高的古风歌曲。

那是拉萨生活中极其异彩的一笔，不经意间，竟能在十年之后重溯西藏生活时，灵光乍现，这不只是生活的魔力，也是生活在别处的魔力。

淘气的小喇嘛

蜷缩在小昭寺顶，转经筒声抑扬顿挫，喇嘛念经声余音绕梁，红色寺庙平铺了一片砖墙，一小方澄澈的天空，一扇紧闭的门，坚硬的台阶上，笔和本，搁在膝上，一手拄着下巴，斜眼望天。

这是游人不到的地方，而我向来喜欢反客为主。

这是僧人们念经打坐的地方，一排可爱的小僧人围坐在墙根儿摇头晃脑地念经，他们并不十分专心，我经过他们身边时几乎每一个人都要抬头看看我。征得他们同意后，为他们拍了几张照片，然后拿给他们看，他们看着自己傻笑。笑完再假装用心念经，谁知道心里在想啥。但表面上是安静的。

能够静下心来投入到一件事情是一种福分，看到他们这样，我手痒了，就从他们身后走过，转过一个弯儿，坐到墙根儿处写今天的游记。

一早，去布达拉宫排队拿票号，一进门就人山人海，售票窗口还没开，后面就排了长长的队伍，靠墙处有一条长廊，被栏杆围着，上面有个长长的棚子，正面有一排座位，无论是栏杆里还是栏杆外都站满了人。

售票窗边挂了一个牌子：今日号码已排完。问藏族管理员几点来排队会有号，他说："那可不一定，现在是旅游旺季，总共就几千张票，除了给旅行团和特批的，没剩下多少，有许多游客头天晚上九十点就来排队。"

叫了辆人力三轮车去小昭寺，车子在布达拉宫广场门前的马路上经过，源源不断的朝圣者涌向布达拉，有些藏民围着布达拉宫磕长头，会有一些游客给他们布施，有几个大概受布施惯了，竟准备好了

钱袋。

　　三轮车主是个藏族小伙子，并不守承诺，索要比讲好的价格更多的车费。虽已习惯，还是费了些口舌。

　　从北京中路往小昭寺走去，需要经过一条风格像八角街一样的街道，两旁摆了些地摊，抓拍了几个转经老人的照片。

　　有一个在描绘陶瓷的藏民吸引了我，刚拍完一张，他就发现了我，摆出一个待拍的微笑看着我，我拍完后拿给他看，他非常高兴。

　　我告诉他不经意间拍出来的照片才好看，他就乖乖地低头用刷子继续刷陶器，刷得尤为认真，刷一会儿就偷偷看我是否在偷偷拍他。我在拍，是抓拍，不是偷拍，而他看我，却是偷看，但每次偷看都被我看见。我把数码相机翻给他看，他开心得不得了，仿佛自己干了一件特别有价值的事儿。

　　一走进小昭寺，还没进正殿，便发现左边有一个侧门，里面有耀眼的金黄色的烛光，无数盏燃烧的酥油灯，一排排像列队待检的士兵一样，又像盛夏时西湖里铺天盖地的莲花。

　　三个藏族孩子正在添酥油，一个孩子招手示意我进去，我有点犹豫，这明显不是游客应到之处。

　　"我可以进来吗？"

　　他们点点头，我进来后，一个孩子将门关上了。

　　"可以拍照吗？"

　　他们显得很高兴，也不多说，立即站在橙黄色的酥油灯前微笑着，笑容像烛光一样纯美。

　　我拍了几张，拿给他们看，他们开心地叫了起来，"能给我们吗？"我问他们要地址，他们不会写汉字，也说不出具体地址，一个孩子便领我去售票处问售票员，我记下了他们的地址。

他们不超过十二岁，脸上闪烁着人性的本真和纯洁的气质，皮肤还没有变成古铜色，呈现出奶咖的色彩，眼睛清亮如灯，没有丝毫烟雾。小房间不仅闷热，而且烟气缭绕，但他们快乐而又知足地添酥油。

清晨是藏民们朝拜的时间。随他们一起进入，从左往右转，刚转个弯儿就走不动了，前面排了长长的队伍，等待进入一个小殿，一排是进去的人，一排是出来的人，从那个拦了一半的铁丝网下面钻来钻去。

我猜想那里供奉的一定是尼泊尔赤尊公主嫁入西藏时带来的八岁释迦牟尼等身像。

果然不差，我钻进去时，一个喇嘛正在往佛像脸上涂金粉，一个喇嘛打扫坐像周围的灰尘，还有一个喇嘛在铁丝网边呵斥那些不懂规矩、想反转的游人。

虔诚地朝拜之后，献上微薄的布施。

这尊佛像与大昭寺里十二岁释迦牟尼等身像大体类似，最大的区别是眼睛与头上的锦冠，这一尊戴的显然是尼泊尔风格的头饰，双目坚毅，略显硬朗。文成公主带来的佛像双目善良、温婉、慈祥而和美。这尊佛像两边各有一尊小佛，佛龛上面绘有中国龙，佛前的金灯排列无序，大小不一，有两个金灯是由两个跪坐的女奴双手托举着，而大昭寺那尊佛像前的金色酥油灯大小、颜色都呈对称性分布，并且一字排开，直接放在灯座上。

朝拜的人们从左边绕向佛像右边，有的带来一小壶酥油，有的敬献了哈达，有的恭敬地将一张红字条扔入一个经筒中。

我绕到佛像身后，它的身后是一块长方体石碑，碑身上刻满了文字，有可能是藏文，也有可能是尼泊尔文，我想多半是藏文。碑周边镶满了绿松石、宝石和红珊瑚，碑身下有几个铜做的拱手，朝拜者们双手抓住它不停地念经、祷告。

这条狭窄的通道两面墙上被朝拜者们抚摸得十分光滑，他们总是一边走、一边抚摸、一边祷告。

出了正殿的门，是一条长长的转经通道，一排巨大而漫长的玛尼筒立于右边，藏民们一路走一路转着玛尼筒，每一个都要转到，而我只转了十几个就想拍照。

这些玛尼筒大约有几十个，一直布满长长的院落，转经的声音就像老井中生锈的辘轳被摇上来的声音。

在阴凉处坐了半天，有些冷了，于是将帽子垫在屁股下面，还是觉得寒意袭人。得坐到太阳底下去，那就需要将帽子戴在脑袋上，屁股就得受冷落。

眨了眨眼，小念头立即浮上来，悄悄去墙边拿了一个蒲团垫子，小喇嘛们还在摇头晃脑，都快摇睡着了，真想拽醒他们，当心着凉。

坐在暖暖的垫子上，晒着暖暖的阳光，戴着遮阳帽，用钢笔写字，好幸福啊！

风雨纳木错

　　去纳木错的路上，目不转睛地欣赏车窗外的世界：娇绿色的草地，星罗棋布的黑色的牦牛，裸露着石头的赭色的山，碧蓝的天空下如雪的白云，四方平顶的藏式小楼，绘着藏画、印着花纹、飘着经幡。连绵不绝的雪山，并非全是雪，只有山尖儿是白色的，像雾、像云又像纱，白色下面依旧是矿石色的山，偶有一片绿茸茸的草，粘贴在裸露的黄土地似的山脊上，整片山显得五颜六色、丰富多彩，像莫奈创造的色彩分割法，一层层、一条条，那样迥异又和谐地融为一体。偶尔会有一条小河，清浅、柔媚、淡淡地流淌着，无声无息，使整个画面骤然勃勃生机，又刚柔并济。

　　右边的天空有些阴暗了，云变成了灰白色，靠近云层的山变成了墨蓝色，而被阳光照耀着的地方却是深绿色，像小伙子新生的毛茸茸的胡子，介于墨蓝和翠绿之间。

似画，更盛于画；似梦，更美于梦。

路的左边却是晴空万里，山是一色的碧绿，天是纯粹的蔚蓝，云是浓烈的洁白。

突然，在这蓝、白、绿的世界中突显一抹藏红色，五六个僧人，缓慢地行走，穿着那永远不变的藏红色喇嘛服。冲他们挥挥手，他们也挥挥手，很快，他们就与风景浑然一体，消失在视野中。

那令灵魂肃穆的人又出现了，三个朝圣者，走三步磕一个长头，走三步磕一个长头，走三步磕一个长头。

他们穿着厚厚的皮衣，周身包得很严密，只露一双眼睛，双手和膝盖都绑了木板，以防磕伤，即使这样，也不能完全免除身体所承受的痛楚，但精神是丰富的，目标是专注的，行动是无悔的，灵魂是纯净的。

他们生活在信仰之中。

我打开车窗，伸出手去，拍摄路边的风景，风十分清凉劲猛，将一头长发吹出车窗外，惬意地遐想起来，仿佛自己是个踩着风火轮腾云驾雾的女超人，正赶往拯救世界的路上。

司机将车停在一座独木桥旁边，让大家拍照。独木桥用长条形的木板铺设，只有一条木板，一根一根连接在一起，旁边扯了几根飘带算作栏杆，连风都拦不住。桥上挂了个牌子：卖酸奶，桥头有几个藏民摆了几个小摊儿。

出发时日头还十分热烈，片刻，便下起雨来。大家赶紧上车。

不多时，车子又停在路边，师傅说将门票钱交给他，一人 50 元。后面开来一辆当地车，这辆车上分出八个人坐那辆车，只留一个副驾驶座位上的我。

到了检票处，师傅用藏语和他们聊着，对方看了一眼师傅和我的票，没检就还给我。票面上的价格是：80 元。师傅一再叮嘱我不可告诉其他人我有门票，然后轻松地将 500 块揣入自己的腰包。

到达纳木错后，司机带游客们到他的老朋友家住宿，三四个简陋的小木屋，屋里或有四张床，或有五张床。司机显然很希望大家住在这儿，大家也不想让他心生怨恨，路上的安全全掌握在他手里。我和两个女孩一个房间，放下东西，就去奢等日落。

我们向湖边走去，一边走一边遗憾，纷纷猜测，若是晴朗的天气，湖水一定湛蓝如洗，天空一定晴空万里，云朵一定洁白无瑕，虽然阴天时的湖水风韵犹存，但绝对与晴天时的神韵无法媲美。

纳木错像海一样磅礴，阴天时的湖水是蓝白色的，渐渐变成浅

（by 阿米）

灰，岸边的山是一种被灰色笼罩了的绿，极大消解了本应带给我们的震撼。但我们仍然保持着良好的情绪，不停地大笑、拍摄。一大块巨大的礁石矗立在岸边，使得湖更像海了，在似海的湖边行走，冰冷的风大大减弱了拍摄的劲头。

我们一边走一边聊着旅途中的奇遇，十分开心，不久，就因为体力消耗过多而气喘吁吁，缺氧使得最平常的散步都像跑步一样劳累。

天边的乌云越积越多，灰色的云层越来越厚，天色从灰色转为墨黑色，我们不得不返回旅馆。

一个骑着摩托车的藏族小伙子从我们身边经过，声称五块钱一个人将我们带到住处，同伴坚持走路回去。

回到龌龊的小旅馆，泡了碗米线，这样阴冷又即将大雨滂沱的夜晚，海拔五千米的高原，除了早早睡觉之外还能做什么？我拿上洗漱包，走到帐篷外面的水壶边，戴上浴帽。旅店老板走过来，指着花花的帽子："这是啥东西？"司机师傅看到了，也问："你戴这个弄啥子？"一个六七岁的流着长长鼻涕的孩子跑过来，在我身边冲着我"呀、啊"地叫着。不过是个浴帽啊，这样劳师动众。

"啊，"一碰水，手立即缩回来："好冰！"

他们哈哈大笑。

晚上基本上没睡觉，一开始不习惯藏族气味和轻微的高原反应，刚进入梦乡，下起了暴雨，雨点像石头一样砸在廉价而薄脆的屋顶上，声音越来越大，强度越来越烈，像山洪暴发一样，总疑心屋顶会随时塌陷下来。

雨并未因我们辗转反侧而有所收敛，反而变本加厉、愈加狂躁，不遗余力地捶打着屋顶。有水喷溅到我的脸上，伸手去摸，盖在被子外面的毯子湿了，屋顶终于承受不住重负，泄压到屋子里的人身上。

雨水不仅打湿了被子，而且浸湿了衣服和物品，直到早晨 6 点才肯停下来。

才迷糊了一个多小时，就被外面吵醒了，起来时，浑身像冰块一样，衣服也像冰盔甲一样。

这种情境下，再美的风景，魅力指数也会被削减大半。

当别人问起纳木错景色如何时？我总是长吁短叹："一言难尽啊……"

传说中只有美，没有折磨啊！内心深处坚信她一定绝美无比，只是我们去的季节不对，七八月份是西藏的雨季。

哆哆嗦嗦地挪进旅馆老板的餐厅，屋子里竟然生着火热的炉子，是东北农村那种传统的筒子炉。老板娘本来就高大健壮，加上厚厚的棉藏袍，比炉筒子还丰满，她把一块块干牛粪填进炉子。

老板有四个孩子，两个女儿，两个儿子，最小的才两岁多，不会说话，穿得很单薄，似乎几个月都没换过衣服，脸被风吹成了深红色，两条小溪一样的鼻涕从昨天流到今天，从鼻子流到嘴边，一直没断过。他吃着棒棒糖，就着鼻涕，打量着这些打量他的陌生人。大女儿在洗碗，二女儿在哄最小的弟弟，大儿子很淘气，被母亲掴了几巴掌，跑到一边哭。

纳木错的 8 月，盛夏的早晨，藏民的家中，燃着火炉，孩子在哭。

我穿着湿冷的衣裤，冻得直哆嗦，点了一碗珍贵的面，不为果腹，只为取暖。

纳木错

尽管今天是晴朗的，但谁也没心思再去湖边，都像冰灯一样等待春暖花开时融化，赖在火炉边断然不肯轻易离开。直到司机喊大家上车，才恋恋不舍地离开这唯一的温暖。

唉，盛夏的火炉，成了纳木错初行的亮点。

司机是羊八井人，皮肤呈藏式经典的古铜色，汉语很差，听不懂日落和日出，要表达此意时必须清晰地说"太阳落下"和"太阳升起"，这让我们很难过，疑心小学老师水平不够。

他拿出一个小锦囊，掏出一些东西，抛出车窗外，口中念念有词。憋到憋不住的地步，我问那是什么，他憨厚地笑了，说这是在祈求一路吉祥平安。我请他给我看看那个小锦囊，他递给我，是一个很可爱的香囊，里面装的是五谷杂粮，有小米、黄米、青稞、麦仁等。

同样的纳木错，却因晴朗与阴雨而变成两个世界，被雨水冲刷过的草原愈发翠绿，山是水墨画中的墨灰色，天空蓝得晶莹透亮，一如

初见的模样。

天空在山的背面投下的阴影十分诱人，甚或比本源的色彩更诱惑人，似有一种魔力，像被巫师施了咒语一样，总让人觉得那里有许多不为外人道的秘密，总想走进去，去探求究竟。

即使什么都不存在，这阴影本身就是诱惑。

还有山尖儿上的雾，像被江南恶毒的蚊子叮后奇痒难忍总要去挠几下，那雾总能引起人的无限怜惜和遐想，总让人念念不忘，总让人神经兮兮地幻想它的神秘兮兮。

念青唐古拉山距离人类是那样近，那样美，山上的雪像刚弹出的洁白的棉，又像秋天西湖边飘荡的柳絮，更像天女洗衣时不小心漏下的泡沫儿，因昨晚的暴雨，多着了一层薄雾，像白纱一样淡然地飘移着，越来越多地遮盖了山峦，像从玉帝和王母的厨房里飘出来的烟，还带着香味儿。

车子开到海拔 5100 米处，山上一块写着"那根拉"的巨石，挂满了经幡。所有人都大叫起来，一夜暴雨，一日入冬，漫山遍野的白色，似是雪，又像冰，恍若雾，像轻薄的纱一样笼罩着山谷，皑皑的白雪薄薄地覆盖着山脊，像天宫的笨厨师不经意撕破了盐袋飘落人间，把这里变成了童话的世界。

大家纷纷下车拍照，没有一个不被寒冷割破身体，纷纷拍手跺脚大叫：冷！真冷！没有下车的人，仅是开着门，双腿也冻得直打哆嗦。在盛夏时节体验寒冬的感觉奇妙而冷绝。

刚出发，太阳就奋力冲破云层，光芒万丈，童话世界里所有的一切：雪、雾、冰、霜瞬间消失。阳光，带来了温暖和希望，由冬变春，却消解了浪漫和幻想。

若非风雨，不知纳木错瞬息万变、如此神奇。

藏式茶馆

西藏也有茶馆儿，大概是很多人没有想过的。

你可以因为吃早茶去广州，为坐茶馆、采耳朵去成都，没有人奔着茶去西藏，去也不会把去茶馆列在必做名单上。我初次入藏，却有缘泡过藏式茶馆。

那时的八角街还是原始的毛坯状态，街道两旁摆着长长的摊儿，就像夜市，没有变成现在的八廓商城。

实际上，在更早以前，八角街也不存在，全都是环绕大昭寺转经的朝圣者们踩出来的，可见朝圣者们的虔诚，八角街的意义非同寻常：有了大昭寺才有了八角街，有了八角街才形成了拉萨古城，古城就是围绕着大昭寺和八角街建成的，因而大昭寺旁边有同期建造的小昭寺和拉萨最古老的集市冲赛康及拉萨衙门。大昭寺两旁有许多藏式老宅子，都是四四方方的两层平顶小楼，楼顶上都插着经幡，墙上的窗户是长方形的，外面罩着一个藏味儿十足、又宽又厚的黑色的框。其中几个黑色的框里面就是光明茶馆儿。

我们一出现在门口，就立即吸引了所有人的目光，整座茶馆全是藏族人，不仅没一个游客，而且根本没有年轻姑娘的身影，现在一下子来了四个，不能不让他们吃惊。直面惊异的目光去找位置，还真是难找。

茶馆谈不上什么装修，简直没费任何心思，只摆上方桌和长条木凳，东横一条西放一个，藏民们一边喝着酥油茶一边打牌、聊天。凳子是农村长大的 70 后们上学前班时坐的那种原始而低矮的凳子，所有的一切彰显我们的遗世独立。好容易与一个藏族老爷爷拼了一桌儿，蹲坐下来，还得拽紧裙角儿。

茶有甜茶和酥油茶，便宜得令人吃惊，一小杯只要六角钱，自己拿着小杯，要几杯倒几杯，服务员叫"普姆、阿佳"，如果有整齐的零钱，搁在桌子上，他们倒完茶就拿走，不必过多交流。

我们人多，我便到后厨去买一壶，里面昏暗凌乱，两口巨大的铁锅，熬煮着茶，喷射出茶香，但那架势很像在炖大骨汤，如果不是在拉萨，断然没有喝的欲望。一壶茶才五块钱，最大壶（是那种旧式的最普通的大暖壶）也不过九块钱，于是，拎了一大一小，大壶甜茶，小壶酥油茶，喝不光也不算浪费。

茶馆儿一点不像它的名字，不只缺少光明，而且光线惨淡，很像苏州河两旁的上海老房子，大白天都看不清对方的面孔。也不见藏族

（by 阿米）

人喝茶，都在聊天或打牌，自我们落座后，他们多了一项消遣内容：偷窥我们。说是偷窥，简直是明视，就差坐在我们面前，直盯着我们，问我们来自哪里，多大了？

我们都知道西藏人喝酥油茶，是因为高原，需要能量，但是他们也喝甜茶，连他们自己都说不清是谁教会他们做甜茶。说是英国人教的吧，英式下午茶高雅烦琐，绝对教不出这样的煮甜茶方法来；说是尼泊尔教的吧，二者的原始风格倒是很像，西藏离尼泊尔也近，但甜茶却多出了藏族的味道，是那种异样的混合——掺杂着酥油茶和藏香的味道，喝到嘴里却是甜的。

很奇怪，藏族人吃着糌粑，扯着羊肉，还喝着甜茶，与英式下午茶有异曲同工之处，只是因为廉价，藏式甜茶是红茶搭配奶粉熬煮出来的，若是加新鲜牛奶，实在是不符合西藏的高度与氛围，既昂贵又清淡。还是奶粉实在，一大铁锅倒一袋，也没几块钱，味道还很浓烈。

茶，在西藏，是稀罕的；转山时，是救命的。那样的海拔，那样的炽热，那样的寒冷，那样的脆弱，混织在一起，只有茶才能有些味道。

穿越冈仁波齐的过程，若是没有茶，会失去发丝般的勇气和信念，去翻越世界屋脊中的屋脊。

转山途中，最美的风景是供给帐篷，最大的美味是暖壶里的酥油茶，平时不喝，此时却要当水喝，一杯茶，就是一杯能量之源。海拔6000米的地方，还想吃几屉粤式点心，来碗碧潭飘雪？采采耳，按按摩？若有此等闲人，定会买命：五千块，背我出去，可否？拉着手扶出山也行。在刻骨铭心的地方，只有一个念头：活着走出去。其他一切靠后，一切不在心上。所有的享受，都要在离开冈仁波齐再开始。

西藏的茶，在特殊时期，具有特殊意义。平时，也不想着喝茶。至于工夫茶，那就是个笑话。西藏虽然悠闲，没有节奏，但与工夫茶完全不搭，西藏的水也只80多度就开了，勉强可以泡绿茶，红茶、黑茶根本沏不透，作为茶之母——水，如此可怜寥落，只能去大煮酥油茶和甜茶了。

在西藏，泡一次茶馆足以铭记一生。

拉萨传奇

1

在拉萨开客栈之后，目标就从旅行变成了生活，从赏景变成了经营。很快就发现，虽身被禁锢在客栈，依然有别样的风景欣赏：那来自全国各地的客人，带来的千差万别的人间喜剧。

演员一来，便反客为主，导演的主场，倒成了观众。

午饭后，躺在藏床上，阳光带着浓浓的爱意包裹着我，最简单的幸福莫过于拥抱天真无邪的阳光，捧着《瓦尔登湖》，享受着难得的闲适与清净。

藏床说是床，像极了沙发，比沙发还沙发，三面都是高高的靠背，可分开放，也可对放，对放就成了双人床，成了一个包围圈儿，得跳着上、下床。

扭头瞧见院子里的草还没拔，便放下书，蹲到院子里拔草，像一个农家女子。青草散发出一股独特的藏香味儿，在草间深深地呼吸，氧气是高原上最珍贵的物质，需要用力在空气中寻找。

西藏的田园生活，抑或是客栈生活——系一生中不再有的独特生活。我喜欢创造生活，也喜欢体验生活，那特立独行的生活，每一种生活，只生活一次。

一次生活，可以是一世生活的缩影。

这样，无论是否有来世，今生就可过了几世。

这便是成功，只有我认为的成功。

"请问，这是家庭客栈吗？"

我慢慢地扭头，在高原上得收敛急躁的性子，不然，会头晕："是。你要住店？"

"是，我在另一家旅馆住了很久，想换换。"

我放下草，拍干净手，缓缓起身，带他看了几个房间。

"我想长租。"

"好啊，这个小房间行吗？阴面的。"

"行，只要便宜就行。"

"月租……还没长租过，25 一天吧。"

"好，我去把行李拿过来。"

说完就走了。没记住他的脸，只记住了他的身材，先前不知骨瘦如柴是什么样，现在知道了，眼前晃荡着《包身工》里的芦柴棒。

继续拔草，草虽好拔，但很多，拔一会儿就有点头晕，继而眼也花了。

芦柴棒又进来，推了辆自行车，小心翼翼在摆放在墙根儿下，车后面放一个大登山包。

"我帮你吧。"

"啊，不用。"

他不由分说，就拔起草来。

"你们是新开的客栈吧？"

"是，刚兑下来。"

"噢，我住的客栈多了，可以帮你出主意，干些杂活儿。"

"那怎么好意思？"他要的就是我不好意思，直到不好意思收房钱的地步。

"我叫高原。"

"这名字好，以后我们一扯到青藏高原、雪域高原什么的，还得避讳忌口。"

他爽朗地大笑："不用。我到外面办点事情，你可帮我看好自行车了。"

"噢，放在院子里，没事儿。"

"难说，有的客人会偷东西，有的服务员也偷，这一路上我见得多了。我这自行车上万块呢，宝马的。"

"宝马也出自行车？出来旅行，你买这么贵重的车干吗？"

"不是这儿买的。从家里骑过来的。"

"……你家离这儿很近？"

"我的家在东北。"

"啊！"

"我从长春出发，沿着辽宁、山东骑到四川、云南，然后从滇藏线一路骑到拉萨。"

我愣了好半天，"……累吗？"

"岂止一个'累'字可以形容的！能活着骑到拉萨已是烧高香了。"

"……为什么？"

"骑自行车周游中国是我的梦想。"

"终点是？"

"珠穆朗玛峰。"

骑车环游中国，这么伟大的行动，我哪好意思收钱？

高原的到来，改变了客栈的风格和走向。他不仅出谋划策，还帮忙买东西、搬运东西、收拾东西，想方设法寻找客源，外带教赚钱之道。高原还把他的朋友们源源不断地介绍到客栈来。他的朋友怎么这么多啊，遍布大江南北。这不，说明天来了一个广州哥们儿，说他是个哲学家，让我小心照顾。

我只是笑笑。

他这哥们儿看上去有点像白居寺里被菩萨踩在脚下龇牙咧嘴的小鬼儿，人长得五大三粗，皮肤还黝黑，耳朵上戴着一个大圈，一种诡异的范儿。

"神哪！本来是56个小时的车，因为路上某段铁轨没修好，竟停留了十个小时。腰都睡断了。"神哪，他左看右看都像信邪教的。

"快！快去给大哥烧点开水。"

"我不喝自来水。"他的声音像对着细口腹胖的瓶子说话。

"我们这儿……没有饮水机。"

"买一个去。"高原反客为主,我成了服务员。

我帮摩西弄好了网络,他吩咐:"帮我进入博客。"他刚申请,今天心血来潮想写博。

又命令:"这个模板不好看,改一个。"我帮他改了模板,麻溜地找个借口脚底踩油了,这人都跟哲学没有半点瓜葛,就会说几个圣经里的故事,蒙几个俗人,听上去似乎挺深奥。

过两天,说要来八个朋友,还要来聚餐。

把两个藏桌拼接在一起,围坐在四周,摆满了酒。

"我已经独自一人骑车环游中国 100 天。这几位是我在广州工作

(by 阿米)

时的哥儿们，都是骑友。一件事情是否有意义，不是由别人来判定的，许多人认为我们骑行中国是在浪费生命、没创造什么现实利益，但我要说：别人成就的是事业，我们成就的是行为。事业是做给人看的，行为是为了向自己证明生命的价值。我为自己能完成这一壮举而感到骄傲。大家不要说套话、虚话，说点儿人话，咱们能聚在一起，是缘分中的缘分。不管你们来之前什么样，到了拉萨，就从零开始。"高原特别落地的开场白之后，赢得一阵热烈的掌声。

"我常年在夜总会工作，过的是妓女般的生活，大概有四五年没见过太阳，白天就像僵尸一样，睡到日落才起床，到了晚上才活过来，整晚不睡。谁都不相信我能够骑到拉萨，谁都不信！队长小林三次拒绝我入队，'就你，不可能！'我什么都不说，买了辆一万多的自行车，咬紧牙关，每天骑行十公里，连续锻炼三个月，这才能与兄弟姐妹们创造这种不同寻常的壮举。事实证明，没有不可能，只有不想做。这一路上，什么苦没受过？什么罪没遭过？在梅里雪山，我和飞飞被落在后面整整一天的时间，一天！水和食物都在供给车上，手机没有信号。我们俩精疲力竭、饥肠辘辘，最终只能跟人'要饭'。"伟仔的眼睛里充满了泪花，"要饭！真的是要！我以前过的是少爷生活，哪里知道忍饥挨饿的滋味？本来很难遇上游人，好容易有越野车经过，刚好'粤A'的牌照。我拦住车，敲敲车窗，说的还是粤语，车主却不以为然，只从车窗里扔出一袋苏打饼干和一瓶矿泉水……"

众人都不作声了，只默默地举杯敬他，然后一饮而尽。

"我一个人喝酒，一瓶就吐，和朋友们一起，千杯不醉。阳光是直线的，人生是不是直线，只有自己拼来的才是最宝贵的。我给你倒这杯酒的用意是：你的人生要更阳光一些，你说我退出是为了把最后一个名额让给你，也不完全是。我的原则是说了就要做到。我出发时只有一千多块钱，到新疆时，一分钱都没有，照样骑到了拉萨。湖南朋友一到拉萨，就把我拉到一边问'你缺钱不？'我说，'不是这样说，就算别人给我一百万，我死在路上，也一样没法花。'"

高原与伟仔边碰杯边说。"是啊，那个时候，如果遇不到人，有一百万都没处买一袋饼干。"

队长小林说："我觉得我们最成功的是，别人出资游西藏。徐总说把行动变成一种行为很不普通，把一件简单的事做得不简单才值得骄傲。起先没想过招募女生，担心她们吃不了这个苦，后来，遇到了强悍的苗子，她比太多男人都强，一个人独骑整个广东！既然有了一个女生，就再招一个做伴儿的。"

大家把目光转向一个穿着专业骑行服的女孩，她梳着齐耳短发，戴着牙套，目光坚毅而果敢，"我是湖南人，做户外运动品牌的。在生活中，我就是个很调皮、很男性化的人，我是学文科的，却喜爱户外运动，大学时时常旷课，骑车出去旅行。这次活动，说到收获，太多太多。一句话：提前许多年实现了我的一个心愿——骑行拉萨！"

一个穿着红色防水衣、白色T恤、胸前有文身、颈上戴着一根很粗的黄金链子的男孩说："我叫飞飞，曾经环骑海南岛，下一个骑行目标是西藏。我报名时名额已满，当时觉得遗憾，前两天有一个意外的好消息：有一个人病了。天作之合。感谢队长让我提前三年完成了我的梦想。"飞飞举杯向诸位示意，一饮而尽。

"我叫邵奇，叫我老邵，我和小武是这个大部队收编的散兵。我从山西骑来，在四川遇到小武，在云南遇上大部队。我是当兵的，当了七年兵。没什么成就，一天到晚就是上网、抽烟、喝酒、打游戏，一个月三千多块，还有补贴，活得太轻松，钱也来得太简单，所以出来找罪受。"

大家哈哈大笑，一饮而尽。

轮到了那个稚气未脱、年纪不过二十、皮肤黝黑、穿着黄色防水衣、反戴白色太阳帽儿的男孩："我就是散兵小武，这里，我的资历最轻，高中时学画画，总骑单车出去写生，渐渐爱上了骑车，梦想着有一天能骑车去西藏，带着画板，现在，我来了！来到西藏，却没有力气写生了。不管咋说，骑车进藏是我最骄傲的行为，是我人生中最值得记载的事情。"

"玲子，该你了，你总这么腼腆。"队长小林含情脉脉地望向一个皮肤白皙、身材丰满的女孩说，并无半点责备之意，反而有点撒娇之感。

"很荣幸成为最后一个发言的人。我是个内向的人，参加这个活动，是为了逃避在广州的一切：工作、感情、朋友和家人。自己也想不到真能坚持骑完全程。当我看到有电视台采访、录像，那么多陌生人自发地送我们启程时，我受到了震撼，下定决心要坚持，坚持，再坚持！骑行的路上虽然辛苦但却十分充实，有欢笑也有泪水。原以为拉萨是一个神秘、浪漫的地方，进入拉萨时却很平静。希望我到珠穆朗玛峰后会有另外的感受。认识了这么多人，真是缘分。"

冯导说："我和顾师傅就不用介绍了，我们是幕后工作者，精彩属于你们年轻人。很荣幸能为你们拍摄。"

"哲学家，你说两句。"高原冲他的摩西说。

摩西在胸前划了个十字："感谢主，赐予我们相识。感谢主，赐予我们食物。感谢主，让我来到拉萨，认识你们。"

我得感谢笔，能够记下他们说的每一句话。

听完他们说话，我话都说不出来了，但是，作为主人，必须说话："你们简直就是传奇！拉萨没有最传奇，只有更传奇。我决定把客栈命名为'拉萨传奇'。"

"好！"

"拉萨传奇！好名字！"

尽管饿得发慌，大家还是一顿鼓掌。

"前世五百次的回眸，才能换来今生的相遇。这么多传奇汇聚在拉萨传奇，让我们为了传奇，及旷世奇缘，干杯！"我豪爽地一举杯，心里直颤，这么多酒，怎么喝得下……

2

拉萨传奇奇聚之后，我花了三天才收拾干净战场，传奇们已经骑往珠穆朗玛。

"什么红景天、藏红花，不用！都是自个吓自个儿，高原反应哪有那么厉害。实在想心理安慰下，吃两片维 C 就可以了。"来人一边说一边走进拉萨传奇。

"老板呢，住店。"

"您……好！"竟是一位花甲老人，但他精神矍铄，神情有点落寞。"您老从来没有高反过？"

他放下手机："如果有，我怎么能从上海骑到西藏？"

又一个骑过来的！骑什么过来的？以爷爷的年纪，不大可能骑自行车来吧，什么时候变成大家都爱骑着来拉萨了……

"您骑什么？"

"摩托车。今天不高兴，昨天跟随我一路的摩托车坏了，刚买了辆新的。"

"您老多大年纪了？"

老人自豪地说："60 了。"

老爷爷选择了阳台房间靠窗的床位，放好行囊。

我帮他整理好床铺："您这一路平安吧。"

"谢你吉言，小丫头。你可以到网上搜我，我骑摩托车环游过新疆 110 天。"

老人家收拾好东西，拿着头盔，利落地抬起一条腿稳稳地坐在崭新的摩托车上，那新摩托车在太阳底下熠熠生辉，一溜烟地骑往布达拉宫了。

我在阳台看着老人远去的背影，谁再来拉萨寻找传奇，我就把这些真正传奇的传奇告诉他们。

3

此时，"拉萨传奇"是真的拉萨的传奇了，住满了形形色色的传奇人物。

四个结伴而来的江南人：义乌的小东，个头很小，长得似被一夜北风吹皱了的木棉掉在地上又被踩了两脚，总之尚未绽开就枯萎了；另外三个都是杭州女子，一个比一个矮小精致，一个比一个典雅柔媚，浑身上下带着江南水乡的气质和烟雨蒙蒙的妩媚，往那一站，就是一幅淡雅的江南山水画，署名：江南 Style。

小东的旅行方式很古怪，既不出游，也不赏景，还不购物，用他的话说：只是想换一个生活圈子，让心放松一下。他睡不着的时候喜欢写感受，写完给我看，我读不下去。可他天天睡不着，天天写，天天给我读，我天天读不下去却假装读得有滋有味，末了，还得微笑着点赞。

满纸奢华、空洞、堆砌的辞藻，类似三国两晋时华丽、无用的宫廷诗词，读起来是美，可是毫无意义，放下了，更是毫无意义，一个字儿也没记住，就像是昂贵可人儿的芭比娃娃，没时总想要，斥巨资买了一堆，玩了三两天，厌倦了，搁在那儿，毫无意义。扔不舍得扔，再玩儿却没了兴致。

小东很勤快，有客人来，他会帮着拎拎包，专拣他能拎得动不至于呼哧带喘的包；有客人在客厅里聊天，他会陪聊，专拣美丽、迷人的单身女孩儿闲聊；有客人在吃晚饭，他会参与，A 了之后，觉得 35 元一个人太贵，就再不加入。

饿了，就到门口的川菜馆子吃碗炒拉条，吃完就回客栈找漂亮姑娘聊儿天，再就是整天躺在床上，要么写心情，要么呆望着天空，要么闭上眼，似睡非睡，谁也不管他睡还是没睡，他也不管别人是睡还是醒着。

天天如此，一待就是两个多星期。唯一的支出就是饭费和住宿费，这应该是游西藏的最省钱的方式了吧！

三个江南小妞则忙得不亦乐乎，今儿去纳木错，明儿去布达拉，后儿去大昭寺。小东天天在家候着，她们一回来，就忙着端茶倒水，嘘寒问暖，仿佛他是客栈主人。

有时，他会提一些建设性的意见，这不，他又提了一遍："厨房一定要时时保持清洁，饭后碗筷要立即洗掉，堆在那儿像个什么样子？"

他一边提洁净的建议，一边将柔软的纸巾揉成团，揪成一条一条扔在地上。我心里嘀咕着要不要给他提建议，想想还是算了。他不出去玩，于我来说，倒不是坏事，天天有住宿费收，虽然才30块，他又不干什么坏事，不过是聊聊天，写写感想，揪揪纸巾。一张纸巾不值什么钱，我扫次地大概值30，他也是偶尔揪一回，就让他揪吧。如果为了张纸巾，一提建议提跑了，还是我吃亏。

是我惯坏了他，让他不仅养成了揪纸巾的习惯，还喜欢满墙涂鸦。他三天两头将感想写在留言板上，给所有人看。后来觉得不过瘾，问我有留言本没，我一想，弄一个像星巴克那样的留言本吧，递给他一个崭新的。

他还给我时，不仅变成了旧的，几乎没有几页空白的了，留言本成了他的日记本。

4

一位五十多岁的杭州阿姨，独行至拉萨，半路收编一个太原女学生。她倒是好心，处处照顾她，帮她交房费和饭费。本来二人玩得好好的，可巧，刚到拉萨的第二天，登布达拉宫的台阶时，因为瞻仰佛

（by 阿米）

祖过于虔诚，竟扭了脖子，硬是斜在那里，左右动弹不得。只得回来养伤，哪儿也不能去，被动地加入了小东的行列，每天就是做做饭、与客人聊聊天。

她可不只是爱聊天，简直有说话狂躁症，嘴一秒钟都不闲着，说的内容又大多是重复的。好在"拉萨传奇"里人来人往，每一个客人每天轮流听她说两遍，每遍一个小时，她这一天就充实而幸福地过去了。

"我姓牛，比你们都大很多。我五十岁就内退，这十年计划每年去两个地方，国内一个国外一个。我一个人过来的，到这儿也是网上查的。我六月七号就从杭州出发，目的是能搭车到西藏。我发了两个帖子，一个是重庆团，准备好了所有东西，他们却已经出发了。一个是西安团，但那个旅行社报价很高。听过的人就再听一遍吧。"

杭州阿姨才住进客栈三个小时，已经将前世今生反复讲给很多人听了，"今年很不适合国外旅行，俄罗斯不给签证，到 11 月份才签。我收到一个回帖，是成都团，对方问我年纪，还要照片，我很生气，我能搭你们的车是缘分，分摊费用么就可以了呢，不要在乎别人的年纪，是吧。我一生气，就独自坐火车来西藏，圆圆是我在西宁火车站遇上的。她说，'阿姨，我也是一个人。'我说：'哇，我以为我胆子很大，你比我还大。'于是我们结伴同行。我带了十个 U 盘，两个充电器，还是被偷了，我很郁闷。但我还是很幸运，来的路上很宽松，一个车厢只有 23 个人，随便东倒西歪。我很小就喜欢旅行，十年前我就骑车去过上海。我比较自私，我跟丈夫讲：'我就是我。我们是朋友，一切都要 AA，我决不在别人的屋檐下看别人的脸色生活。'我的格言是：没有做不到的事，只有做不到事的人。"

她逢人便说，说了一遍不够，还要再说一遍，有时候她已经忘记跟同一个人说过三遍了，那人实在没耐性了："阿姨，我的朋友在八角街等我，先走了。"拔腿就跑，再晚一步，对白又从头开始了。

怪道祥林嫂会出在浙江，不是没有历史渊源的。

但凡女人遇到生命中的巨变，总会有各种各样的表现形式，不厌其烦的重复和唠叨大概是江南女人常用的方式吧。可恨，她又扭了脖子，这下可好了，一天中有 16 个小时给她唠叨，幸好还有 8 个小时的睡眠时间。

看在那僵直的脖子的份儿上，也得耐着性子听上一会儿。为什么受伤的是她？她受了伤，却让更多人受伤，换个美女，也养养眼。除了忍受唠叨，还得忍受她不能转动的脖子梗在那儿，及纱布后面刺鼻的药味儿。你又怪怜惜她的，好不容易来趟拉萨，却扭了脖子，哪也不能去。

阿姨一味地沉浸在滔滔不绝当中，并自我感觉相当良好，作为主人的我强忍着掺杂着药味儿的唠叨挺了半个小时，也迅速找了个借口离开，最不能忍受的女人的缺点就是唠叨。

可巧圆圆是一个闷葫芦，一天到晚就知道玩儿和笑，没话儿说。对于杭州阿姨来说，只需要一个长耳朵的，不需要带着嘴巴，长嘴婆反而令她讨厌，会夺了她的话题，减少她的说话时间。她们是珠联璧合。

圆圆可真辜负了这个可爱的名字，颜值真是难以描述，不说惨不忍睹，也是不忍观之，身材粗壮无序，当肥处瘦，当窄处宽。脸形也是如此，没有一个合适的独立几何图形可以形容，最终只能徒劳地拿"不规则形状"敷衍了事。可叹她又爱笑，一笑起来，鼻子、眼睛都分不清，像是把乐府诗、《红楼梦》、哥特式吸血鬼小说、意识流作品、达利的现代主义绘画融合在了一起，捏出来的那个东西，真是只能意会，不能言传。

行遍天下，也难见这样一个活宝，用高原的话说："哎呀妈呀，你这一笑，男人都没想法了。把你扔在床上，男人也会掉头就跑。"虽残忍但却形象。

"去去，我们圆圆一定能嫁个好男人。"阿姨斥责高原。

"阿姨，我也没说她嫁不出去。"高原说。

"我说你这个小伙子，说话做人不能这样不留情面，我们圆圆怎么了？丑是丑点，心地好，人善良，丑你也不能直说不是……你想，成都那个团爽约了我，我都没说一句难听的话，圆圆又没得罪你……"她又来了，而且，是她掷地有声地把"丑"亮了出来，人家没带"丑"字。

高原是走也不是，留也不是，又把她如何来拉萨的点点滴滴听了一遍。

5

从昆明来的一个女孩，个子不高、肤色很深，看不出年龄，想长租。

"我带你去看看房间，只有一个阴面的小房间了，刚好一个人住。"

"我不在乎阴阳，只要价格便宜。"女孩淡淡地说。"旺季 400 一月，淡季 350。"

"旺季 350，淡季 300 吧。我至少住三个月。"

"好！"我爽快地答应了。

整个下午，她就在布置她的小屋，床上铺上蜡染，桌上也铺了蜡染，墙上挂着蜡染，门上垂着的还是蜡染。一进屋，"哟！这是拉萨还是昆明……"

布置完房间她开始布置厨房，"老板，我的煤气罐放在哪儿？"啊！家什全到这种程度，着实让人意外。

"这个……稍等一下，我去收拾收拾。"好在有两个灶头，给她专用一个，她连锅都带着，是准备长期安营扎寨了。

"子云，你……在拉萨有工作？"

"没有……也算有吧，打些零工，更多的是义工。"

义工，那你靠什么生存呢？看年纪也不小了，没有男朋友吗？不担心嫁不出去吗？我现在变得越来越世俗了，自己想超越世俗，却偏偏问别人世俗的问题，整个儿一个神经质。

子云早出晚归，忙得不可开交，闲时坐在院子里晒太阳，拿出一本书来学英语，边写边读，有模有样。我想学英语五年了，一直没时间，她这一学，倒惹得我痒痒，也从朋友那儿弄了本小册子和她一块儿学，可我哪得闲呀，才读一句话，有客人要上网，有客人要退房，有客人丢了东西，有客人忘拿钥匙，有客人要我带他去买藏刀。得，一个下午就得在外面晃荡。

晃荡着，就接到了子云的电话："老板，有人动过我的煤气罐儿。"

这都能看得出来！

"我的煤气罐儿本来是关着的，现在开着。"

粗心的高原，中午时正好我的煤气罐儿没气儿了，菜炒了一半，送煤气罐儿的一时半会儿来不了，他一定要开子云的煤气罐。开就开吧，反正不是我开的，开了，得关上呀！一看就不适合干地下党，不会打扫战场。

"哦，客人们可能不知道哪一罐是主人的。这样吧，我回去贴个条儿，你看好不？"

"好的，谢谢老板。"

子云待人总是千里之外，你说她冷吧，她礼貌周全；你说她热情吧，你问一句她答一句。

"子云，你打算在拉萨待多久？"

"不想待了就走。"

"你有男朋友吗？"

"没有。"

"你父母着急吗？"

"我爸妈很民主。"

"你的未来怎么打算的？"

这老板怎么这么八卦？

子云不耐烦地从书本上抬起头："我要和爸妈住在一起。最终还是会回昆明。"

子云的离开很古怪。我和一群人正在与高原激烈地辩论服务员央金的事，我怪他不应该私自拆开央金的包裹，徒生是非，他说不这样怎么知道她是个贼？

"老板，我屋里的灯坏了，麻烦你给修修。"子云柔柔地说。

"好的。稍等一下，"我又转向高原，"没有任何证据证明她是贼，你不能武断，退--万步讲，即使她是贼，贼也有贼的权利，你没有搜贼的东西的权利。"

"怎么没有？谁让她的东西放在我们这儿？"

"不是我们，是我这儿，与你没关系你才这么胆大妄为！"

高原还没说话，子云竟然哭了，"你为什么不理我？灯都坏了三天了，我天天摸黑回去。"

我大惊失色，"对不起，对不起，我马上给你换。"

"不用了，我还是走吧。"她就这么哭着走了。

她为什么离开，以及离开得这样快，我一直没弄清楚，无论怎么挽留，而且消失得极快，那么多蜡染，倏忽间全没了，昆明又变成了拉萨。有些人的脆弱，无法用理性解释。

6

不开客栈，也不知来拉萨的理由真是千奇百怪。

竟然有来拉萨分手的。一对情人，一个 28 岁的女孩和一个 40 岁的有妇之夫，要好了 8 年，男人不能离婚。

有来拉萨牵手的，早上刚认识，晚上就住在了一起，说是为了省一个床位的住宿钱，我怎么觉得会花更多的钱……

有来拉萨参拜上师，参加上师法会的藏传佛教信徒。

有去阿里转山的，在拉萨落个脚；有从樟木徒步尼泊尔，先游遍拉萨的。

还有来拉萨打架的。我在朋友家聊天吃饭，听说"拉萨传奇"的两拨客人打起来了，问及原因，仅仅是因为这个人瞅了那个人一眼，那个人问："你瞅啥？"这个人答："瞅你咋地。"这两个人就打起来了，继而两伙人就打起来了。还能更无聊吗？

朋友带着两个藏族男人和我火速回到小楼，战争已经结束：新疆人打败了辽宁人，辽宁人吓跑了。幸好院子够大，仅仅打碎了几个杯子。来西藏是体验失落已久的神圣之感，跟人的兽性较什么劲儿，都市里没看够？

拉萨本来就很传奇，加上我的"拉萨传奇"，以及传奇客人们的千奇古怪的传奇，使得拉萨更加传奇。时至今日，回想起来仍然乐不可支，只是奇怪一点：我是怎么有勇气在拉萨开客栈的？

央金传奇

说不上我是太爱生活了，还是不懂生活，所以敢于在任何地方生活，敢于开创另类生活，比如在拉萨做民宿，这不只是像梦，简直就是梦，而且是清明梦，明确地知道在做梦，但却太爱梦中的场景，以至于不愿意醒来。

醒来就会开始另一种生活。生，随波逐流；梦，则随心所欲。

有时觉得，"拉萨传奇"好传奇，有时又觉得，不值得一提。原以为，拉萨，只是传奇，到头来，一样买菜做饭，一样辛苦赚钱，一样与人左右逢源，有时还要一忍再忍：都是为了生活，更好地生活！

我在日记中写道。

写累了，就窝进秋千椅，看湛蓝滴水的天空，洁白如雪的云彩，摇曳片刻的自由。我爱它们，贪婪地爱着它们——这纯净的自然的色彩。

人们已经发现了拉萨，像潮水一样涌入，这种原生态的状态能保持多久呢……

已是晚上8点，天依然是亮的，太阳也贪恋着这个世界，总是不肯离去，总是守候到不能再守候的时刻才忍痛而去。

小楼里有一堆杂事要做，梅朵会多花三倍的时间收拾，我还得全面收尾。这让我怀念起央金来，同样的价钱，一个央金抵三个梅朵。

央金是我的第一个服务员，在我遍寻服务员的时候，她像从天上掉下来一样，一进院子，就呵呵笑着："姐姐，我来拿东西。"

我正在晾被单，院子里挂了两条长长的绳子，晾被单时必须把它抻直，一条条抻直，否则干了之后就会出现许多褶皱。

我一边抻一边问："你是谁？"

"我是普姆央金，客栈原来的服务员，楼梯下面有我的东西。"

"噢，是你呀，二房东跟我说过。你去拿吧。"

"好的，谢谢姐姐。"

央金个子很高，胖瘦正好，皮肤黝黑，声音很脆，普通话说得也很好，外表比实际年龄大很多。

我继续抻被单。

"姐姐，我看了下，东西太多啦。换一天，我用车来拉。我先走了。"

"央金，等等。"

她停下来，用一双明朗的眼睛望着我。

"你现在有工作吗？"

"有……没有……姐姐想……"

"反正你原来就在这做,对这里也很熟悉,不如仍然留下来做服务员吧。"

"嗯……好的,不过……"

"不过什么?"

几乎是我要求着她同意,不然,这个角色只能由我来兼任。

"我只能下午来,我住得太远。"

"那不要紧,你可以住在店里。"

"现在不行……我姐姐肚子里有孩子了,我下午来,下午 1 点之前来,行吗?"

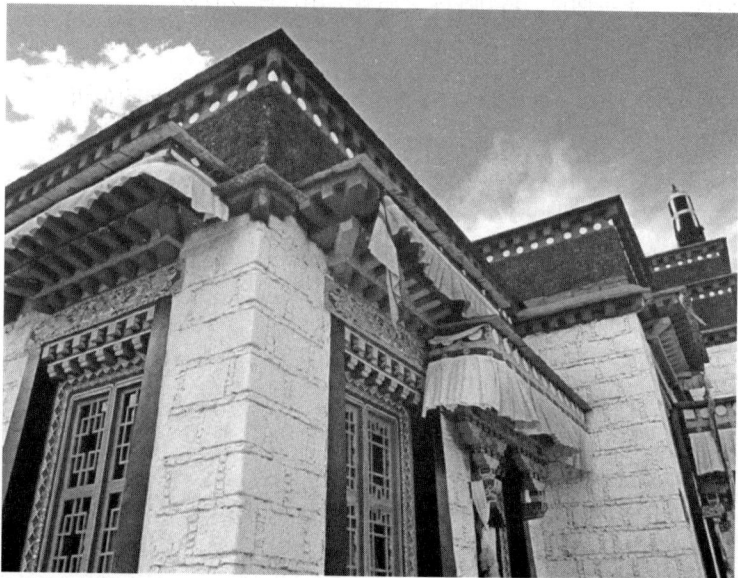

(by 阿米)

我愉快地迅速点头。

央金也很高兴，"好的。那我明天就来。"

一切如我所愿，央金在院子里抻床单，我坐在大阳伞下荡秋千。不然，抻被单的家伙会是我，生生错过良辰美景艳阳天。

"既然你做半天，工资减半，500块，行吗？"

"行。可有的时候……我不一定天天来。"

"你要照顾姐姐，我理解，不能来时一定提前通知我。"

"好的，姐姐。"

真是踏破铁鞋无觅处，得来全不费工夫，找服务员找了一个多月，汉族服务员太贵，又不认识藏族人。央金果然能干，精力相当充沛，花四个小时就能干完我一天的活儿，一边干还能一边唱歌。

扫扫地，突然站起身来，对坐在沙发上看账本的我说："姐姐，我知道这个，你们改了，这是榻榻米。日本人用的。"

"嗯。"我点点头。

她扫了两下，又放下扫帚，"日本女人很好玩，走路这样的，"她学着，像得了帕金森症的笨鸭子在扭，又学起了孕妇，不过，大肚子在后腰上，"穿衣服也好玩，后面背背的，鼓鼓的。"央金用手在背后划了个大弧线，我笑得前仰后合，她却不明白为什么。

我也跟她说不清，只是笑。

央金还很会来事儿，她往来客栈骑一辆女式摩托车，偶尔，客人需要我为他们买火车票，我就借她的摩托车，她很干脆，也不跟我提油钱，估计她想不到这一点。我也想不到。

她还教我怎么开锁，怎么加油，刚骑上，油门踩得过大，人飞了出去。

"轻轻踩，轻轻踩。"她大叫，我松松脚，骑行在拉萨桥上，感觉像在飞。三面都是咖啡色的山，山上是咖啡色的云，云上是咖啡色的天空——因为墨镜。

在高架桥上，只有少数几辆车，我一边加油门，一边唱《天路》。反正别人也听不见，我也听不清。唱不是为了听，只是因为想唱。

拉萨传奇的主人，在拉萨骑摩托车，多传奇！拉萨常给我这种奇妙的幸福感，比在城市里开宝马都幸福。

拉萨火车站很美，纯藏式的建筑，车站后面是绵延不断的群山，视野开阔，远离人烟。一路唱着歌飞回小楼，看到央金把屋子收拾得那么干净，心情好极了。否则，我哪有时间和体力唱歌，只能蹲在地上没命洗、擦，央金的到来，解放了我的时间和自由。

逍遥的日子才过了大半月，央金开始隔三岔五不来。开始时她会说对不起，还会哄你开心，然后还是三天打鱼、两天晒网。之后，她干脆不来了，过了一个星期，我顶不住了，打电话给她，竟然关机。

没办法，只好又找一个，是我去门口买菜时碰上的，老板正在斥责梅朵，刚把她炒了，我就像个宝贝似的捡了回来。

万万没想到，她的普通话说得七零八落，连听都有问题，一句完整的话到了她那儿被肢解得不成样子，再一落到实处，会把你气疯。只能忍着，只要有手有脚会干活儿，价钱便宜，什么都能忍。包括她每天晚上看藏语新闻联播，她不来时，电视一直关着，大家都上网看电影。

可怜梅朵小小年纪，还挺关心政治，一边干活一边看藏语新闻，我就得忍受着那叽里呱啦梵文一样的语言。看完了藏语新闻，还看藏语电视连续剧。我忍不住瞄了几眼：媳妇难产，婆婆却坚决不让男医生接生，小姑子跪下来求婆婆，再不同意，嫂子就没命了。哦，这种事儿，汉族大概在五十年前发生过，还得是极偏僻传统的农村。

梅朵没话儿，一天到晚，不是干活儿就是看电视。这电视机是从太阳岛旧货市场淘来的，黑白电视，跟小时候家里买的第一台电视机差不多，只能收三个台。摆在那儿，只是表明：客栈提供电视，看不看客人选择。很显然，没人看，看一眼就够了。感情这电视机是给梅朵买的。

梅朵个子也不矮，但特别瘦弱，像竹子一样，皮肤炭一样黝黑，眼睛像孩子一般，异常纯净，就冲这眼睛，由着她做错事、做傻事。吩咐她做的事儿，她费了半天的劲儿，我还得重做一次。少做一半是一半，省下一半时间乐逍遥，至少她会做饭、洗碗，能煮熟，还不把碗打破，这就为我积攒了不少好心情。

梅朵在洗碗。她会花三倍的水洗，还洗不干净。

"姐姐，我来啦！"银铃般的声音传过来，央金风尘仆仆地进了院子。

还没等我说话："姐姐，我们家出大事了！"

她们家三天两头出大事，但凡她前日来晚或者没来，就说她家出了大事。

"我姐姐要生了，我要回去照顾她，我把东西拿走。"她把楼梯后面的箱子、包裹一件一件拿到大门入口的玄关处，堆在那里。

"好多啊。我去雇个车。"

　　"央金，你上次干活儿的钱还没结，你一下子消失了好几天，手机又关机。"我叫住她。

　　"嘿嘿，好说，我先去找车。"

　　"早去早回，回去好好照顾你姐姐。"

　　"谢谢姐姐。"央金这一去又没回来。

　　一走竟然三天，这些东西堆了三天。

　　午饭后，我在秋千椅上小憩，一行六人浩浩荡荡进了院子。为首的是个年轻女人，傲慢地问："普姆央金在这里做服务员？"

　　"嗯。"我懒洋洋地回答，眯着眼睛：哟，她雇了这么多人拉东西，用得着吗？

　　"东西在那儿了，拿吧。"

　　"我们不是来拿东西的，是来翻东西的。"

　　我惊得从椅子上坐直身子，严肃地问："什么！翻谁的东西？"

　　"央金的。"

　　我这才打量了下，人群中并没有央金。

　　"她人呢？"我问。

　　"逃了。"

　　"逃！？"

　　"她是个小偷，又是个骗子。"突然间多了这么多封号。

　　"央金是我们家服务员，最近下午时常失踪，我跟踪过她一次，才知道她来你家做了服务员。她大前天偷了我的客人的东西，逃了。"

　　"啊！你确定是她偷的？"

　　"确定，已经报案了，公安局在查呢。"

"可是……你有证据？"

"我们家就她一个服务员，客人的名牌服饰丢了，她人又没了，不是她偷的，会是谁？"

"她还懂名牌啊，自己穿还是卖……那你们来……"

"她一年前就在这里做服务员，听说有些东西放在这儿，我来翻翻，看看衣服在没在里头。"

我啼笑皆非，"这些东西都是一年前的，我来时就有。新近她都是空手来、空手走，没拿任何东西。再说，没有央金本人在此，我也不能让你们翻，你们这叫搜查，咱们都没有这样的权利。"

对方也犹豫了一下，但仍然振振有词："我们都报过案了。"

"那就请公安局来搜，他们即使都拿走，也不关我的事。要么，你就找到央金，当着她本人的面搜，哪怕是有人架着她的胳膊你们强行搜。不然，你们搜完了，不管有没有，心里踏实了，我可就不踏实了。她的东西寄存在这儿，我就有保管权，如果丢了，她肯定找我。"

女人仔细品了品我的话，觉得有点道理，但还不死心，"那如果我们前脚儿走，她后脚来拿走东西怎么办？"

"你留下手机号，她要回来，我立即打电话给你。只要她前脚把东西搬出了我的门儿，你爱怎么翻怎么翻，我不会说一个字的。"

女人盯着那堆东西，似乎已经看见了那件漂亮衣服藏在里头，不肯走。

"我早就觉得这些东西可疑！一个服务员怎么会有这么多行李？让他们搜。"高原从屋子里晃晃荡荡地走出来。

"你闭嘴！"我呵斥他，"算了吧，别跟她计较了。再说，她姐姐都要生产了，别让她姐姐烦心。"

"她没姐姐。"

"那她有什么？"

"谁知道。她跟我说她有三个弟弟，等着她赚钱供养。"

我觉得头疼。

正在思索着如何收场时，高原已经打开了央金的一个包裹。

"高原，你住手！"

已经迟了，包裹散落在地上，掉下四条中华香烟，大家面面相觑，高原又打开其他几个纸箱和包裹，简直是一个取之不尽的宝库：可视电话、电子门铃、无线电视两部、中华香烟四条、进口法国红酒一瓶、紫砂壶茶具一套、无线电脑键盘一个、录音机两个、收音机一个、电话机一个、男式盒装衬衫三件、金利来包装礼盒一个、保健品若干盒、被褥和衣服若干、地毯一块、冬虫夏草两盒……大家像发现了传说中的藏地密码一样，每打开一样东西，都万分惊奇。

"你看，你们看！一个服务员哪来这么多东西！肯定都是赃物，藏在这里！她就是个小偷。"女人一边看一边旁白，得意地验证了她的判断。

敢情我的小楼竟成了窝赃之所。神呐！

"有你们要的东西吗？"我问。

女人在衣物堆里挑来拣去："那倒没有，肯定藏在别的地方了，但这些东西证明她肯定是个贼。"

这对我来说毫无意义，只让女人清白了，可她是否清白对我同样毫无意义。

"贼不贼的，由警察去裁决吧。折腾了半天，大家都累了，请回吧。如果公安局查出了什么，再来翻东西，麻烦你事先通知我们一下，或者直接让警察来搜。谢谢。"

一行六人浩浩荡荡离开。

央金会有什么样的结局呢？我不知道。

如果这是小说，我可以为她编制结局，但这是生活，比小说更像小说的生活。

央金的结局我不知道，可是高原的结局却很惨。

事发后第三天，央金又神奇地出现，得知自己的东西被高原弄得一塌糊涂，在院子里高声大骂，骂得高原竟然不敢出屋。

我原以为她会找人来，现在看来，她一个人出马就能顶仁儿。

"死高原！你给我出来！除非你死了！给我出来！还我东西！"央金的袖子挽得高高的，骂了整整一个小时。

吵得我们实在不安生，而且也影响客人，我只好求她："央金，对不起，没看好你的东西……"

"跟你没关系，我只找高原算账……死高原！你给我出来！"

高原仍然不敢露面，我说了半天好话，央金好歹同意到大门外骂人去了，可是她的骂声透过门缝和院墙，与站在院子里一般无二。

高原问我："怎么办？"

"好办。要么，让央金消失。要么，你消失。"

最终，高原只有本事让自己消失，骑车去了珠穆朗玛峰。央金骂了两日，见不到高原，也只得自认倒霉，找了辆小蹦蹦车把东西拉走了。

被央金的事儿弄得劳心伤神，喝了点酒，解解乏。

"姐……"梅朵在一旁小心翼翼地说。

"嗯？"还是笨一些好，笨人不会生是非。

"我们藏族人都知道那曲的女人不好惹，不能惹的，打起架来像汉子一样。"

算是见识了，央金就是那曲人。

我开的是客栈，不是片场，活生生的电影情节，都不用编，白描就行。却原来，生活，当真是一场戏，有时候，比戏剧更精彩。

这本是我的生活，我却成了看戏的。人家演得这么精彩，可叫我再怎么登台？我是一个只会演自己的人。

还是醉了吧……众人皆醉我独醒的感觉不好受……

日出东山，别人刚醒，我微醉，摇摇晃晃去睡觉。

筝的传奇

1

那天下午，送客人到小区门口，沿着拉萨河随心所欲地散步，竟发现一间乐器行，走进去，看到一架筝，是一架比较廉价的扬州筝。

手痒得很，心里已经在弹了，可还是不过瘾，便小心翼翼问主人。"可以弹吗？"主人是个扎着辫子的藏族男人，浑身的派头像足了搞音乐的，瞄了我一眼："行的，弹吧。"

勾、托、抹、托之后，又弹了几个花指，"音色不准。"

"呵呵，没人弹过，问的人少。也不知道准不准。"

"你有较音器吗？"他找了半天，好歹找着了。

我先较好音准，弹了支《渔舟唱晚》，边弹边想，弹错不少，一抬头竟发现身边聚了一堆藏族人。

我诧异地看着他们，他们诧异地看着我。

"这是啥子东西？怪好听。"一个人问。

"筝。古筝。"

"争什么？什么争……"

"是汉族古典乐器，有两千多年的历史。"

"我怎么没见过？"又一个人问。

"……"这怨他还是怨我？

"这个东西，长长的，还有这么多弦，长得怪，声音也怪。"有人说。这种说法好怪……

主人说："你弹得真好。"

"不好……太久没弹，都生疏了。指头也生硬，更何况没戴指甲，弹得不好。"我谦虚着。

"好就是好，干吗说不好！"一个藏族人生硬地说。在藏族传统，谦虚不是美德啊……

"再来一个，再来一个。"

我知道藏族的真诚是真的真诚，他们不会虚头巴脑那套，只得又弹了支《高山流水》，边弹边想，边想边练，改动多处，流水部分实在记不全了，就瞎弹一气，反正都是花指加滑音，但左手按在哪根弦是有讲究的，忘记时便随便找根弦按。

曲子长达五分钟，我弹了至少有十五分钟，竟然没一个走的，反而多了几个人，也不知从哪儿冒出来的。

"好听。好。"主人说:"正好,我们中秋节在一家大酒店里演奏,我们是四个人的乐队,你弹筝,一起演出,行吧? 行的。"

啊! 演出! 是我唬人还是筝唬人? "这……我……都忘了。"

"已经很好了。就这样吧。"主人打算往外撵人了。

"那……我需要练习,筝能借给我吗? "

"能的,能的,我给你送过去。"他记下了我的地址,我拿了他的名片: 益西多吉。

半个小时后,多吉就把筝送到了我的小楼儿。

拉萨很少有琴行,琴行中又少有古典民族乐器,多方打听,得知少年宫有古筝指甲卖,又多方打听,才得知少年宫的大致位置。便骑着客人的宝马自行车到八角街找少年宫,好容易找到。

推着车走进去问一位女老师指甲,谢天谢地,有的卖,便挑了一副很好的玳瑁指甲:"这里可以学筝吗? "

"可以。孩子几岁? "

"我学。"

"不教大人,只教孩子。"

"大人学得比孩子用心、容易。"

"不教,大人太大。"藏族人常常会说出这些可爱的话,谁知道该怎么作答。

一路骑回拉萨传奇,急切地戴上指甲,弹奏一曲,声音清扬靓丽、韵律悠远、铮铮优雅。

筝一出现,立即使整个小楼蓬荜生辉,显得整个空荡荡的大厅有了文化味儿. 见到它的客人都不打算放过它,也不放过我,总要让我

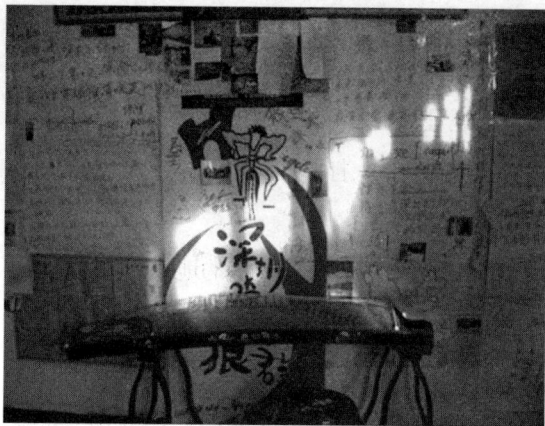

弹上一曲。一开始还挺得意，每弹完一首，总会得到不少掌声和喝彩声，可是弹来弹去就这两首。

我也狡猾得很，一拨客人最多只弹两支曲子，美其名曰：适可而止，回味悠长。

除了怡情作用，古筝还能止酒。

一群新疆客人，在院子里摆上酒宴，已经从中午喝到黄昏，从黄昏喝到深夜，非要两位漂亮的女主人陪他们喝酒。叶子无奈，硬着头皮上了酒桌儿，我是去过新疆的，仅仅一盘子手抓羊肉、一盘子大盘鸡，几个大老爷们儿喝了一天一夜。

"这样吧，你们喝，我给你们弹支曲子。"

"好！好！不过，这是什么？"

"古筝。"说着，就戴上指甲，拨了几个花指，众人立即鸦雀无声，酒喝了一辈子，这个东西第一次听。

弹完后他们齐声叫好，说着赞美的空话，许多不着边际，大喊"再来一个。"

我也只能再来一个，弹完了《高山流水》，就适时站起来："你们慢慢喝着，那边还有许多事情要处理，让叶子陪诸位吧，先告退，失陪。"

"哎，美女老板，再来一个吧。"

哎，不是不想来，是没得来了。

在脑中极力搜索着《浏阳河》《梁祝》和《梅花三弄》的谱子，只能记得零零散散的片段。《浏阳河》只记得高潮部分，《梁祝》只记得第一部分，那部分就值 200 块钱，一支《梁祝》学了四堂课，当时心疼得不行，现在已经丢了 150 了，不行，不能把这 50 也丢了。

客人少时，我就坐在那儿练习，寻找记忆中的曲谱。

"咦，这个好像是……《梁祝》啊。"叶子问。

"嗯。连你也听出来了。"我一边弹一边回答。

"怎么断断续续的？你会弹吗？"

"连你也听出来了。"我搜索着记忆。

"哎！我不是傻子。"叶子抗议。

"在文学艺术方面，差不多。"

叶子气呼呼的，"我揪断你一根弦。"

"哎！小孩伢子！这是益西多吉的，揪断了你赔。"

"赔就赔，一根弦多少钱？"

我斜睨着她："弦是不值钱，但是你会安吗？"

"……"叶子气呼呼地走了。

我继续抚筝。

叶子又回来了，"你教我弹筝吧。"

"你？哪有这个耐心！一个指法就得练上一个星期，每天一个小时，还得看你的悟性。"

"什么指法？我不学那个，就学这个《梁祝》，男人肯定爱听。"

真想揪根弦崩她："还没学会爬就想跑，你连戴指甲都不会，就想直接学弹《梁祝》！"

"指甲你给我戴不就行了？不是拨就是摁，也不难呀。"

打击这种浮躁、自以为是的人，只需要让她亲自实践。我给她戴上指甲，指导她拨弦，她不是一拨拨两根，就是根本拨不到弦，再就是指甲入弦太深，拨不动，待出声时就成了拽弦。

她嘟囔着嘴："这东西看着怪简单的……"

"什么东西看着难，做着简单？"

她想了半天，没找着，只得自找台阶："算了，不学了。"

目的达到。

2

有了筝，客人们有福了，来放松的更放松了，来享受的更享受了，来喝酒的，觉得喝酒时还有小曲儿听，真乃神仙也。还有来拉萨摄影的，可找到素材了，绍兴来的孔放围着我拍了不知道多少张照片了，只因为我收他30块钱的住宿费，就不能收版权费，心里老大不乐意，只能由着他拍，实在不喜欢自己的影像留在陌生人的相机里，可又不能直说。

他在院子里拍完了，还没拍够，"我昨天找到一处仙境，我们带着筝去拍外景吧。"

"……带着筝？"

"对，你想，湛蓝的天空下，青色的山脚旁，碧绿的河水边，一个身材窈窕、长发飘飘的女子，在弹筝！那意境，多么美！多么迷人！"

那是多么晒！多么累！

多少事情等着我处理，多少客人多少莫名的要求等着我化解，还有空拍外景？何况是免费模特。心里还是不愿意，还是不能直说，汉人活得真累！东找一个借口，西找一个借口，不想去就是不直说，让他自己悟。

看孔放的精明劲儿，不像是悟性差的，但却是我执的，他醉心于自己的摄影嗜好，根本不顾及我的感受和想法，也绝口不提模特费儿的事儿，他若不提，我根本想不到，后来才知模特费儿还不低。

那么多借口，他还是不解我意，这可怎么是好？

恰在这时，央金敲门骂高原，一骂一个多小时，孔放终于没心思搞艺术了，躲进房间里查看相机中的照片，一边听音乐。可音乐放得再大，也大不过央金的声音。等央金骂累了，太阳也快落山了，孔放只得作罢。我心下欢喜，虽然被骂声搅得心慌，却免去了拍照之苦。

可是躲得了初一，怎么躲得了十五？央金不能天天骂呀，她天天骂，我更受不了……她前脚拉走了东西，孔放就立即欢天喜地地："总算安静了！走！我们拍摄去。"

乖乖就范是唯一的选择。他特意为我多停留了三天，确切地说，是为了央金，因为央金骂了三日，他忍了三日，搞艺术的人能够容忍世俗与粗鲁的惊扰和折磨，为了拍我，我能怎么办？

孔放在那曲买了辆摩托车，在西藏境内到处开，到处拍，什么都想拍，把拉萨传奇的里里外外拍了个遍，还想拍拉萨传奇的主人！

主人连反抗的权利都没有，心里头噘着嘴，表面上还微笑着："筝怎么带呀？"

"我们骑摩托车去，你坐后面抱着！"

啊……

刚开出小区一会儿，孔放叫道："忘记拿白被单了。你等着我。"不由分说，把我扔在拉萨河边，自顾自回客栈了。

"白被单！干吗用……"

等得无趣，把筝放在拉萨河边的水泥栏杆柱子上，忍不住好奇，戴上指甲拨弄了起来。又引来几个藏民围观。"这个……是什么东西。"

"这不是东西……是琴。"

"这怎么是琴！这么长。"你说是啥就是啥吧。

原以为孔放寻觅到的地方就在拉萨河对岸，最远也超不过太阳岛，可他却上了柳梧大桥，这是去拉萨火车站的路，他中途又左拐了。

公路一直沿着拉萨河向前伸展，河边依然能看到圣殿布达拉宫，路的右边是墨绿色的山，低矮的湛蓝的天空和洁白的云。

拉萨的天空是低矮的，不是天太低，而是地太高，就像张爱玲说过女人的天空是低矮的，不是女人的天低，而是男人这块地太高，夺去了天空应有的位置。

"就是这儿！"他一路兴奋着，连带着摩托车都很兴奋，一路上连跑带颠儿，速度飞快。

车子停在山脚下一片橘黄色的树林里，树林前面有一个小水池，倒映着五彩缤纷的颜色：橘黄色、金黄色、黄绿色和墨绿色。

他安装着专业摄影器具，我安放着不小心掉下来的四个筝码。他忙着调试镜头，我忙着调音古筝。

拨弦的时候，极为诧异和惊艳，同样的声音，在空旷、寂静、美丽的山间竟比在小楼悦耳百倍，仿佛不是同一个乐器发出的声音。

"放那儿，那儿，再往右……"

我将筝放在河岸的那边，那棵树的旁边。开始弹筝，声音清亮得如神山上的雪，高原上的圣湖。

时值正午，日头剧烈地打在头上，热得直冒烟儿，已经没有心思怡情了，他还要"左扭一下，太左了，对……"

"抬抬头，低点……再高点……对……"

"含情脉脉地看着筝……"

含情脉脉也能拍出来！

"似看非看地看向远方……"

那到底是看还是不看？

"看得太狠了，轻轻地瞥，就像瞥到一个一见钟情的美男子一样……"

可那是什么感觉呢……我又不是演员。

孔放沉浸在自己的专注中，自得其乐、兴趣盎然："真美啊！天人合一！"

美人心里却很乱，弹错了好几个章节，一心想着小楼的卫生还没有打扫，房间还没有收拾，晚上要来的八个客人还没安排充足的床位，还有两个难缠的客人不知如何请走，央金不会找一群藏族黑社会，卷土重来吧？于是一派胡弹：一会儿高山，一会儿渔舟，一会儿流水，一会儿唱晚，一会儿梅花，一会儿化蝶。对于完美主义的我来说，十分难过，一难过，弹得就更混乱了，简直是后现代主义的自由组合，看着像画，却什么也看不出来。

"你带发夹没有？"

"并非没带，而是没有。"

我总是一头长长的直发，不做任何装饰，与其说崇尚自然，不如说太懒惰，戴了还得摘，戴时还得照镜子，没时间。

孔放走到河边拔了几根芦苇秆儿，三下两下就为我盘了头发。他得意地说："为了摄影，我特意学过化妆和造型，在杭州还开过广告公司和影楼。"

好嘛，加上善变的头型，日落前别想解脱了。

"嘿！不一样了，简直像变了一个人一样。漂亮，真是漂亮！"

炽热的阳光穿透黑色的衣服，咬噬着我的肌肤，恨不能拿古筝去砸摄影师。

"好了，不用弹了。"

太棒了！万岁！

"现在拍你。"

啊！咬着嘴唇，恨恨地：世间安得双重法，不负他人不负己。

"到树林里，往前走……对……自然点儿，就像平常走路一样，很好，很美……在绿色的树荫里，美极了。"

我穿了一条黑色阔腿长裤，黑色束身背心，外罩一件红色中袖小西装，红与黑、蓝与白、绿与灰。

"哎呀……我疑心遇到了洛神……"他侧过脸自言自语："可惜我不是曹植……"

我却是个正在被暴晒、找了一百零八个借口都逃不脱被招安命运的梁山好汉。

他放下相机，去拿白被单，并把它罩在树上。我终于忍无可忍。

"别动，才刚刚开始……向左转，左边脸最美……"

神哪！这个相机怎么那么抗劲儿？

"呀，不好。快没电了。"

哈哈，准备收工。

"等我下，我换块电池。"

周身无一块骨头不疼，模特这口饭也不好吃呀。免费模特更是可怜，连饭都没得吃。

等到这块电池没电时，我肯定也没电了，我可没有备用电池呀。

在他更换电池的时刻，三个藏民骑摩托车经过，欣喜若狂地停下来，跑下倾斜而松软的土坡，向筝奔去，他们拨弄着筝码左边的琴弦，山谷中发出沉闷而刺耳的声音。

我大叫："不对，弹右边。"

孔放也大叫："不要动它，会弄坏的。"

咦，我怎么没想到这一层！

　　藏民们还十分不满意，用不娴熟的普通话说：“怎么会坏？摸两下。”

　　我大声问：“你知道它是什么琴吗？”

　　他大声回答：“扬琴。”

　　难为他知道扬琴，可扬琴并不会比筝更普及呀。

　　我大声说：“你说得不对。”

　　孔放小声说：“他说是什么就是什么，你说了他也不会懂。”

　　又一个藏民从旁边跑过来，围着古筝看，也许他们曾经在琴行见过，但是从未在山间见过，恐怕，此生我也只见这一回。

　　孔放情急生智，把白被单罩在古筝上。骚扰戛然而止，这白被单用途可真多。

　　孔放又有新的创意，让我自然地随意散步，在他指定的位置——他扔了块石头——回眸一笑。

　　他一边拍一边说：“非常好！魂儿都被勾走了。”

　　这不是典型的庸人自扰嘛。

　　“背对着小河，对，很好，再往后……”

　　“停！”

　　我们同时大喝一声，然后同时问对方：“出什么事儿了？”

　　“卡满了！”他说。

　　“你再往后就掉河里了。”

　　“啊！”我回头一看，吃惊不小，再往后一步，我就跌入水中。等我回过头来，孔放却掉河里了，双脚都踩在水沟里，水没过了他的膝盖，裤子被打湿。

"幸好是小水沟。哎，你别动，保持这个姿势。"

他像什么都没发生一样，双脚踢掉鞋子，一手拿相机瞄着我，一只手把裤子脱掉，好像模特不存在一样。摄影师饱尝模特美色，可是模特却要忍受摄影师的行为艺术。

我昂首向天，再也忍不下去了。

"做什么呀，把头低下来。看我这边。"

"还是回去吧……"

"别动！就是这个角度……笑一个嘛，你笑时很美。"

我还笑得出来！可是面对一个用生命热爱艺术的家伙，能怎么办？

"自然点，太做作了。再自然点，放松。"

笑容的真诚程度都看得出来，那我已经累了、乏了、热了、不想拍了，为什么看不出来？

"你蹲下，在河边戏水。对，太棒了！美极了！就这样，继续。"

"孔放，可以了吧……"

"别说话，别动。身体再侧一点儿，一点点。"

"你把裤子展开晾在草坪上，一会儿就干。"

"叫你别说话。闭嘴微笑，再笑一点……"

他眼里只有模特与风景，我甘拜下风。放弃了各种越狱计划，乖乖地被拍了个够。

一个古铜色的藏民一直在远处看着我们，我们走到哪儿，他就跟到哪儿，他既然那么悠闲，他来做模特多好啊。

终于拍完了！

竟然还有摄！

拍与摄是两码事，第一次知道。

孔放要摄录我抚筝的整个过程。

反对无效。

虽然异常劳累，还是力图弹得完美。

孔放抱着筝，藏族汉子主动跑过来帮拿筝凳、筝架。他选择了一处阳光异常灿烂的地方，说为了效果，却使我饱尝烈日灼热之苦。

正是中午 2 点多，青藏高原的日头趴在我的头顶，慷慨激昂地散发着超乎寻常的热量，这热量立即被通身的黑色衣服全部吸引，衣服像烧红的铁板一样附着在身上，我像凸透镜聚焦着日光的那个点一样，实在灼热难忍，便越弹越快，越弹越乱。

高山下，流水旁，世界屋脊，《高山流水》，灵魂都酥醉了。天与地，河与树，水与石，人与筝，蓝与白，红与黑，真真是弹出了一幅活生生的《洛神赋图》。

整整拍了四个小时！

孔放终于有时间不好意思地说："我也没想到……以前半个小时就行……可是，你太美了！一切都太美了！"

我不要不痛不痒的赞美，只想吃饭、洗澡、睡觉。

孔放终觉精疲力竭，连收拾镜头的力气都微弱了，沉浸于艺术创作之中的人会暂时忘记周遭的一切，当他苏醒过来之后，会加倍感受到疲倦与心力交瘁。我知道这种感觉，所以，我忍耐他的艺术创作，以及带给我的燥热、干渴、疲倦和饥饿。

终于打道回府。

此时，山间悠闲地踱着几头牦牛，那个一直跟随我们的藏民正在驱赶它们回家。孔放的兴致又来了，竟然举起相机对着牦牛拍起来。他请藏民把牦牛赶到河中喝水，藏族大哥真这样做了。他竟然连牛都不放过！它们喝了一个下午，已经喝不下去了。

轮到他受烈日之苦了，这些牛可没有我听话，四处乱跑，他也得四处乱跑，时不时还要涉水而过。我坐在筝凳上，尽管戴着太阳帽、墨镜，依然耐不住高温和炎热，在烈日下，黑色变成集热器，在不适当的时候残忍地加重温暖。

我将白色被单罩在身上，立刻感到一丝清凉——多功能的白被单哟。

没想到被孔放发现了，竟然抓拍了一张，不被太阳晒晕，就被他雷晕。

孔放全神贯注地拍完了牦牛，顿时像枯萎的茄子一样蔫儿了，仿佛昙花，摄影时是绽放，休息时是枯萎。

"我骑摩托车带你吧。你抱着筝，手别碰到弦，尤其别碰到雁码。"我命令道。

"哪个是雁码？"他有气无力地问。

"就是架着筝弦的那一排长龙。"

一路上，他都没力气再说一个字。

可是，一回到客栈，马上又生龙活虎，立即把摄像机连上电视，鼓捣了半天，竟然放了出来：一个长发飘飘的女子，在拉萨河边弹筝，背景是蓝天白天绿树。

客人们都凑了过来，"哎呀，不错。"

"这是哪个美女呀？"

"弹得真好。"

"在河边弹筝，真有创意。"

我一头扎进房间，锁上门，免得答八方来宾问。

晚上写博客，冒出一副对联：

筝声琴韵撼动拉萨河畔；有女如画美艳吐蕃古城。

从没写过对联，还如此对仗，虽然极度夸张，也大言不惭地写在当天的博客上面。

3

孔放终于肯回杭州了，我长舒一口气，摄影师真的不好惹，没想到，刚走一个，又来一个。

这个比那个疯狂一百倍：把筝带到纳木错！

呆若木鸡了二十分钟，还得耐心地回复客人，提出一个又一个名是为他着想、其实是大力反对的借口："太大，旅行车不给拿。"

答曰："自己有越野车，两个筝都能放下。"

"那个……那个，高反。"

答曰："筝不会有高反的。"

"我去过纳木错。"

答曰："筝还没去过。我是说，你还没有带筝去过。"

我的上帝！我为什么一定要带着筝去！

经过一番较量，结果是大丈夫能伸能屈，此时到了该屈的时刻。

我要真是大丈夫，会有男人拍我吗?

老大不情愿地上了车，上次拉萨河边的"折磨"还历历在目。

又是筝! 这家伙从一出现就没让我安宁过。人们可以对它稀奇，但干吗总搭上我。这次是随一对恋人出行!

这对恋人，前天相遇，昨天相爱，今天就双宿双飞，明天就自驾出游。这速度应该用来形容经济发展，如果用来形容"爱情"，就是艳遇，而且是极其低级的艳遇。

如果我是我自己，坚决不与踩了原则的人出游，但我是老板，客人已经预付了一周的房费，我得尽职尽责。

路上的风景，很美，但只为我存在恋人的醉翁之意不在山水间。两个人一路上卿卿我我、儿女情长，聊得不可开交，聊到兴致处对吻一下，"啪"的一声，响彻了整个唐古拉山，向世人宣布他们彼此的爱恋，哪怕只是暂时的。

女人的眼睛没离开过男人，男人的眼睛也没离开过远方。

男人永远都会盯着远方，那里有他的未来、他的事业、他的子嗣和他的人生；女人永远只盯着男人，有了男人，才有她的未来、她的事业、她的子嗣以及她的人生。

女人的人生是叠加在男人的人生之上的，男人一倒，人生也就倒了。

"我好爱好爱你! "

"我也是。"

……

"我是真的爱你。"

"我也爱你。"

本该付诸行动的爱被他们一路上叨咕了千百遍，鸡皮疙瘩落了满车，仍然噼里啪啦地往下掉，不窒息死人不算完。筝没弹就响了，受不了。

听他们的聊天，女人似乎是玩真的，真的爱上了这个男人。而男人呢？我看不出来，演得也挺真，可他有妻有子，还能像十年前没这些东西时演得那么激情，可以拿飞天奖，想象中陈道明在为他颁发最佳男演员奖。

"啊！天哪！太美啦！"我叫了起来！

上次遭遇阴雨的纳木错，那灰白色的湖水此时在娇艳的日光下蓝得让人心神不宁，只想立即奔到她身边，一亲芳泽。

两个人终于肯将注意力从所谓的爱情转移到大自然上了，也不禁一路感叹着。迅速停了车，迅速开了两个房间，迅速放下东西，稍事整顿，迅速抱着筝去了纳木错湖边。

在海拔 5300 米的高原上走路都费劲儿，别提抱着筝了。

男人说："雇人抱吧。小伙子，来，来。"

湖边有几个藏族小伙子在卖天珠、绿松石，听到叫声走过来："买天珠？"

"这颗天珠多少钱？"

"不贵，50。"

"便宜点吧。"

"30。"

"还能便宜吗？"

"你买不买？"

"你帮我把这把琴抱到那边，30块。"

"行。"

一人拿筝，一人拿筝凳，像拎了个方便袋一样。

"这个，是什么？"

"筝。"我回答。

"什么是筝？"

"就是琴。名字叫筝。哎，你的手别摁到弦，会断的。"

"还有会断的琴？"

有不会断的琴吗？

"是弹的？"

"对，你很聪明。"

"用手弹？"

有用脚弹的琴吗？

"算是，用指甲弹。"

"你真笨，指甲不是长在手上。"

"……"我没说长脸上呀。

一个小伙子用手指甲轻轻拨了下弦，发出"铮"的声音，"哈！好听！"

他又拨了几下，"铮铮铮"，"它为啥子能出这种声？"

"……"

"为啥子一边高一边矮，一边宽一边窄？"

"……"

"它为啥子这么大，还很轻？"

我哪知道！它就是这样的形状、这样的存在、这样的声音，不是这个形状、不是这个声音它就不叫筝。这算解释吗？

"嘿嘿，你怎么不说话？"

我说得上来吗？

"嗓子哑了。"

"嗓子哑，没事，琴用手弹。"

我确实不是来唱歌的，也确实对付不了这些要么哲学，要么傻瓜的问题。

风声很大，水声也很大，盖过了琴声，只能拍个样子和感觉。原本晴空万里，此时已近黄昏，空气清冷刺耳，刚才在车里还穿着 T 恤，现在却穿着冬天的大衣。依然很冷。不一会儿，手就冻僵了，瑟瑟发抖。谢天谢地，有女人在，男人只拍一会儿，就去拍她了。立即开溜。

宾馆豪华而阔气，餐厅像湖一样大，全是藏桌、藏椅、藏帘、藏布，菜谱上也多是藏餐，价格贵得惊人，点了一碗稍微不那么心惊肉跳的咖喱土豆面，也要 30 块。等这碗昂贵的面快吃完了，这对临时组建的恋人团体才黏着进来，虽是两个人，快贴成了一个人。如若不是已经吃完了面，怕是吃不下去了。

我悄悄地贴着门出去。

纳木错的夜异常清凉，天空非常低矮，布满了密密麻麻的星辰，唾手可得，除了眼前这点地方，什么也看不见，想看亮一点的，就只能抬头望星空了。

清晨 6 点，一个人起来爬山，等着看纳木错的日出，爬了几十步就喘息不停，于是就停停走走，走走停停，最后连滚带爬地上了山。

太阳正以火箭般的速度飞出湖面，还没看清楚，它就笑着冒出湖面，光芒四射，给整个湖披上了纯金的浴袍。

"啊——！"对着蓝天、蓝湖狂叫了一声，便咳嗽了两声。

刚刚还寒冷异常，太阳一出来，立即被晒得头晕。

所幸二人睡到日上三竿，没上山就晕了，叫嚣着要走。

至于怎么晕的，天知，地知，他俩才知。

一回到小楼扎进屋里就睡。

"啊呀！"美美地伸了个懒腰，舒坦极了，可有人却不舒坦了。客厅里传来了哭声，声音不大但异常悲痛，像是丢失了珍稀物品似的。

在哭声中穿衣，在哭声中洗漱，在哭声中做饭，在哭声中吃饭，真特别啊。

我拿起《汤姆琼斯的故事》，还没翻几页，叶子慌慌张张地跑进来，"哎，宝贝儿，你起来啦，知道不？那个男人和那个女人分手了！也不算分手，男人悄悄地一个人走了，你睡了多久，女人就哭了多久。"

我头也不抬，淡淡地说："噢。知道了。"

叶子一把夺过我的书："他们艳遇时你还埋怨世风日下，分手时你怎么这么平静啊。"

"分是必然的，只是没想到那么快。他们合得快，分得快也不奇怪。"

睡醒的第一件事，就是把筝送回琴行，人制造的传奇已经令我应接不暇，实在无力应酬筝吸引的传奇。

他为爱情而生

时值国庆期间，原以为，内地游客一定很多，没想到，这两天异常冷清，只有三五个客人，显得整个小楼空荡荡的，喧嚣了一个夏天，寂静的早秋倒让人接受不了。这两天时时生出凄凉的心境，仿佛是大观园里群芳流散之后的场景。上午抽身去了拉萨图书馆，图书馆也很冷静，读者比图书管理员还少，而管理员就两个。

书籍很少，书架也不多，看到那些久违的朋友们，心下很是亲切。

大都是关于藏族历史和文化的书籍，还有藏文版的图书，有一个书架全是《格萨尔王传》，各种版本和文字。

随手打开一本书，是关于记载历代达赖喇嘛的生平逸事，翻开来，是六世达赖喇嘛仓央嘉措，这个被宗教及内斗无端改变了命运的人啊，远离了生活了 14 年的世俗生活，被迫去修出世法。那原本在民间生成的情怀被生生断裂，梗在喉中，一生不得安宁，而他的一生又是那样短暂，短暂得让人扼腕叹息。如若不是五世达赖圆寂之事被埋藏 15 年，他就不会对世俗生活那样熟稔和眷恋，如若寻找灵童转世时能够注意派别教系，他就不会从一端到另一端，在爱情与佛法之间苦苦纠结抉择，因而也诞生不了那么多美妙的诗歌：

因为心中热烈的爱慕，

问伊是否愿作我的亲密的伴侣，

伊说：若非死别，决不生离。

若要随彼女的心意，今生与佛法的缘分断绝了；

若要往空寂的山岭间去云游，就把彼女的心愿违背了。

那一天，我升起风马，不为祈福，只为守候你的到来；

那一世，我翻遍十座大山，不为修来世，只为路中能与你相遇。

把书借回小楼，正看得潸然泪下、激情澎湃、无限遐思、信誓旦旦之际，有客人邀约一起去纳木错。

回来后，拿起书，似有人动过。

正读着，叶子悄悄过来："要是给你一个仓央嘉措式的男人，你会不会移情别恋？"

我头也不抬："不得了啊，你还知道仓央嘉措呢。"

"少来了，老学究，你走之后，我看了你从图书馆借的书。""怎么别的达赖喇嘛不看，专看仓央嘉措那一章？""书签就夹在仓央嘉措那页。"

我呵呵一笑，坐进秋千椅，一边荡一边说："你不是对男人和爱情门儿精吗？仓央嘉措不是用来移情别恋的，是用来恋爱的，谁见了这样的才貌知智四全的情种会不动心？"

"我不会。能让我动心的只有钱。"

"所以啊，你不会爱上仓央嘉措。仓央嘉措更不会爱上你，"

"那你爱不爱？"

"爱！当然爱！"

我望向远方，遗憾地说："不过，仓央嘉措这类男人只能用来爱。不能用来生活。"

"什么意思？"

"他们为爱情而生，一生追逐爱情，但过日子不需要爱情，反而会消磨和转化爱情。这类人都是性情中人，一遇到心仪的女子很容易一头扑进去，扎几个猛子，知道了水的深浅，便丧失了探索的神秘原动力。若又遇到一片更美、更大的水域，他立即又扎进去。要想与他们长相厮守，女人得花大力气，不停地增长才智与情商，摸透他们爱情的变化方式才能得以长久。"

"只要男人给钱花，随便他去外面花。"

弹了许久的琴，原来是对牛弹琴。

闭眼闭嘴，窝进秋千椅中，呼吸着拉萨煦暖的秋风。秋千轻微地摇荡着，阳光暖暖地照在身上，并不炽热，而是惬意。

我的灵魂伴侣，什么样儿？身材高大，五官端正，不必英俊潇洒，但要男人味儿十足，博学多才，谈吐优雅，内心笃定，性情淡泊。一起花前月下、吟诗作画、品茶赏茗、谈文论艺、抚琴看谱、载歌载舞，牵手周游天下，遍览世界繁华，上无公婆唠叨，下无幼子吵闹，左无公司事务应酬，右无房贷养老之忧，用餐时间自有人奉上饭菜，还不用自己亲自做家务刷马桶。

世间有这样的男人吗？即使有，我能遇上吗？即使遇上，会有一个童话般的结局吗？

有，梦中。

下辈子，专为爱情而生，为爱情而活，为爱情而死，让我也做一个情种，留下抓心挠肝的佳话，生不能相守，死后化蝶而出。

清心寡欲不易，良辰美景难觅，仓央嘉措难求，爱情如何在婚姻中天长地久？哪个课题都难解决，只有吃饭、睡觉、打盹儿容易。这不，我已经在打盹儿了，打盹儿的下一步就是睡觉，睡醒的下一步，是吃饭。吃完饭还得干活。

嗯，睡觉真容易，真幸福，自己舒服，也不碍别人的事儿。睡吧！

人生苦短，只够做一件事。不能贪婪，我只守着梦想，拥吻自由。

☞ 他为爱情而生

桑耶寺的手擀面

早上 7 点，八廓街如城市的深夜，路灯也不亮，两束微弱的光，从一辆静候的大巴车射出来，车里许多人。

四个穿着冲锋衣的行者风一样冲上来，排坐在车尾。

穿着厚厚的藏袍的小贩上车售卖酥油茶、藏包子、奶酪和茶鸡蛋。

饿，不是问题；冷，是问题。

四个人买了些藏式早餐，热热的酥油茶一下肚，立即提供了不少热量，能够对抗寒冷，但却对抗不了车厢内复杂的腥味儿：奶腥味儿、羊腥味儿、酥油茶的腥味儿，还有一些说不出来的腥味儿。

直到我睡着了，车子才出发，一路开过大昭寺，布达拉宫广场，向泽当驶去。被车晃得东倒西歪，不得已半睁开眼，立即惊得坐直身子，一望无际的黄色，漫天飞舞的黄沙，绵延万里的荒原，无边无际的苍凉。

除了苍凉还是苍凉。

车在不是路的路上跌宕起伏着，颠簸得胃里的甜茶也在嗨歌。清晨还冷得彻骨，正午的阳光直射到身上，却晒得人思绪恍惚。尘沙弥漫，石土飞扬，总疑心这场黄色的风暴会颠覆一个世界，或冒出一群异类再创一个世界。

黄色的山，黄色的土，时而冒出一条小黄河，夹杂在霸道的黄色之间，依旧显得楚楚可怜。一个个细腻而沙黄的小丘，似是敦煌，荒凉而淡远。黄色使得日照更为强烈，人像是凸透镜下的焦点，无论怎么遮挡都无法躲闪日光的粗暴亲热，那漫天漫地的沙黄色更加重了焦灼感。

这是山南的颜色。

藏族文化的发源地。

藏族文化与汉族文化一样，根植于黄色，滋生于江河。

当年观音经过，见如此荒原，便降服罗刹女与神猴结合，诞生了高原人类。世界各地有千奇百怪的传说，关于人类的诞生，似乎只有西藏的传说是猴子变人，这是藏族人的智慧。

大约在四五万年以前，在山南的雅砻江一带就有藏族先民繁衍生息。

一路颠簸到了桑耶寺，下了车，仿佛还在颠着。同样是红白相间的寺院，却因这黄而显得苍白了许多，不似布达拉宫那样玄奥、媚惑。

刚好正午，一行四人又热又渴又累又困，谁都没心思旅行了，先到桑耶寺对面寻了间房，便去找吃的。

从一道小门出去，发现一家西北面馆，我们便进去各自要了一碗不同的面、饺子和馄饨。一个小时之后，才意识到这个巨大的常识性错误：在西藏煮啥都用高压锅，煮好后挨个儿放气儿，还要准备不同的卤子，耗费了大量时间，切配、打合、厨师又都是老板一个人，最要命的：只有一个锅。

等面上了桌，我们已经连挑面的力气都没有了，面一入口，个个儿神气飞扬——这是天底下最好吃的面啊！绝对不是因为饿，连高压锅都压不烂的面吃着那个筋道啊，岂是牙齿能够形容？

吃饺子和馄饨的馋了面，便去争抢，吃面的一边往嘴里紧塞，一边转过身去，愈加觉得面之金贵与味美。

饭后，本应去参观桑耶寺，但日头很毒辣，改去房间斗地主，并约定，谁输了晚上谁请吃面。

小鬼说："莲花生大师会不会郁闷，我们来了泽当竟然不先瞻仰桑耶寺，却打斗地主？"

叶子说："在西藏待了三个月，看尽所有的寺庙，大同小异，审美疲劳了。放那！四个2就大了吗？5个3！"接着说："寺庙不是给人参观的，是给僧人修行的。"

大鬼说："同意，俗人到寺庙就是要学些不俗的东西，带回到俗世中，能够安分不少。僧人不会因俗人的到来而扰乱身心，俗人应该因为僧人的存在而身心安宁。"

我说："能够让自己心安的只有自己。"

叶子说："貌似很哲学，你心安了吗？"

"安了能来西藏瞎折腾吗？"叶子鄙视着我们："不说人话，四个王！"

直打到日暮西山，才懒洋洋下楼，去登哈布日神山。

山不高，却能显现平常运动状况，不过几分钟，小鬼和叶子就气喘吁吁，大鬼说："加油啊，这都上不来，明天徒步青朴可要8公里呢。"

"可不可以不徒啊！"叶子撒娇道。

三人一起义正词严地拒绝："不行！"

叶子委屈地说："一点儿也不会怜香惜玉。你们徒步，我坐车。"

"就是玉，也得先打磨，你现在最多算璞玉，能徒步到青朴，就是真玉了。"

一想到这么容易变美玉，叶子似乎找到了动力，努力攀爬，却怎么也爬不到头，而我已经在山顶了，叫着："快！一个小土包而已。"

叶子嘟囔着："你们家土包长得跟山似的。"好歹蹭上了山，一屁股拍在石头上就不肯动弹。

我自顾自地往前走，山上当真是好，清凉得很，也异常清净，视野相当开阔，放眼望去，泽当尽收眼底，茫茫乾坤，迷迷沙原，问苍茫大地，谁主沉浮。

泽当有座山，山上有座庙，庙里有个和尚，在点酥油灯，他穿着喇嘛红的长袍子，外罩金黄色的外套。看到我，他轻轻地招手，我轻轻地走来，双手合十，不多一言。他邀请我进入寺庙，佛、灯、油、

火，就这些。

他们在呼唤，轻轻地作别，轻轻地离开。

叶子说："我以为这里有个神秘入口，把你吸进去了，里面有奇异的王国吧。"

我说："从前有座山，山上有座庙，庙里有个和尚，天天在讲故事。"

叶子一听，就冲进庙里，不一会儿又冲了出来："是个老和尚，话也没有，没讲故事呀。"

我们的笑声响彻荒原。

"这是无声的修行，你要是有本事让老和尚讲故事，你的修行就成功了。"

"誓死不从！让我对着一个转经筒、一尊佛像、一个喇嘛，生无乐趣啊。"物欲在她身上形成厚重的金色的铜膜，遮盖了本色。"给我美酒佳肴、帅哥珠宝、豪宅名车，我就修行。"

"有了这些，你更加糟蹋修行。"

两个人追着打，追着追着，就没了力气，对着直喘。

对面的山就是纳瑞山，山腰中有一片山谷，山谷里有一片经幡，经幡深处就是传说中的青朴。

桑耶寺的夜充满着灵异的色彩，漆黑无比，比黑暗还黑暗，比宁静还宁静，偏偏每过一阵就会传来铜号角低沉的声音，如泣如诉，如鬼如魅。

叶子在被窝里翻来覆去，哆哆嗦嗦着："像鬼呀，怕呀。"

"这里本来就有两个鬼。"

“啊！”叶子尖叫一声：“别提鬼呀！”

我们笑起来：“你先提的鬼，小姐，是不是，大鬼、小鬼？”

叶子哽咽着：“呜呜，叫本名吧。啊！救命。”

大鬼和小鬼都姓王，都来自上海，因上海人管扑克牌里的大王叫大鬼，小王叫小鬼，于是，他俩自称大鬼和小鬼。

“你的叫声，比鬼还可怕，有我们三个人在，你还怕什么？鬼不会无声无息地来到你身边。”小鬼吓唬她道：“会！”

“啊！”叶子披着被子蹦了起来，跳来跳去。越是怕越要幻想，这是人类什么毛病？

大鬼打开灯：“小姐，能不折腾了吗？凌晨 2 点多了，你是怕鬼还是闹鬼啊？”

我打着哈欠笑着：“幸亏住了四人间，要是标间，她会把我吓成神经病。”

小鬼说：“我看她现在就像神经病。”

叶子瑟瑟缩缩地：“神经病也比鬼强，至少是人。”

“行了，别闹了，睡吧，明儿一大早要起来呢。”

“那……你们能不能不让那个声音响？”

“不能！”三个人齐声说：“人家响几千年啦，为了你不响！那是招神的，不是弄鬼的。”

叶子噘着嘴：“那还不一样。”

“招你心中的神。每个人都是佛，心中都有佛，只是被蒙蔽而已，寺院就是要帮你扫除心中的阴影和垃圾，拨云见日。”我说。

“我看，它是要把我心中的鬼拨出来。”叶子哆嗦着说。

大鬼说："你睡不睡？不睡把你扔到外面去。"

"啊！"叶子又尖叫一声："睡！"

我说："比起你的尖叫，我宁可听鬼哭。"

小鬼立即"哭"起来，像鬼一样，吓得叶子蒙着被子去打他，大家笑个不停。

钟声敲了很晚，"闹鬼"闹了一夜。

钟声使这座庙宇之城显得肃穆而阴凉，"闹鬼"使得庙宇柔软而亲和。

第二天，从青朴下山时搭了当地人的顺风车，坐在大货车的车斗里，虽然日晒风吹，将脸围裹了个水泄不通，还是好幸福。徒步时一个人不见，只看见一头无人放养的驴，现在竟然一下子冒出来这么多人。

车上还有几个老外，在我们看来都一样，一问却分别来自荷兰、法国和意大利。

"他们说什么？"叶子问。

"他们说这里很好，想来居住。"小鬼翻译。

"要住得先出家吧？"叶子问。

小鬼和他们叽叽喳喳说了几句，"他们说不愿意，舍不得牛排、咖啡、塞纳河和香榭丽舍大街。"小鬼翻译道。车斗里一片笑声。

没想到车正好停在那家面馆旁边，"啊！"四个人大叫着冲进去。

"老板，两碗炒面，两碗卤面。"前车之鉴，面可以一锅煮，两种做法而已。

从清晨6点徒步，下午才归来，四个饿鬼扑食，"哇塞，太好吃了，太筋道了。哎哟哎哟，烫。"叶子说。

"嗯！相当地道，粗细适中，软硬正好，咸淡皆宜，好面！"我说。

"这是上天送来的福面。"小鬼说，惹得大家笑起来，他反而担忧了："省点力气，在高原上大笑太耗费体力，笑饿了，还得加面。"

大鬼说："哎呀，我在上海活了这么多年，从来就没吃过这么好的面。"

大家又笑起来，三个人一齐把筷子伸到大鬼碗里："抢劫啦！救面啊！"呼救无效，一人夹了一筷子，"炒面也好吃。"遭殃的不是他一个，每个人的面都被另外三个人瓜分了。

"这面太绝了！再要一碗吧。"我可怜巴巴地望着小鬼，谁让你赌输了呢。

"这碗我买单。"小鬼慷慨地说："要，要，不用你，这种面也只有在这家馆子才能吃到，而这家面馆在西藏山南泽当桑耶寺的旁边，再来吃一碗，那得猴年马月呀！"

"到底是复旦大学高才生，就是高瞻远瞩，再来两碗。"我叫道。

慷慨受到挑战，表明了限度，小鬼做了个"啊"的口型却没"啊"出来，可看到大家喧嚣着又把这碗面消灭，大鬼还把盘子舔了舔，没啊出来真是英明睿智，挽救了不少颜面。

个个抹着嘴，打着响嗝，极尽所能对老板称赞，就往旅馆走，一路上仍在夸着面。

"怎么会那么好吃！怎么会！去年我在新疆吃了俩月的拉条子，也比不上这家的，太好吃了。"我说。

"真想打包回拉萨。"叶子说。

"是啊，有真空包装的没？忘问老板了。"大鬼说。

大家笑了。

这一路上可谓是伸手不见五指，相当黑暗，四个人手挽着手，以免走丢了。

"不对，有人在跟踪我们。"我小心翼翼地说。

小鬼小声喊"听我口令：一、二、三！"四个人一齐转身，"谁！"

倒把后面的人吓了一大跳，他立即打开手电筒，嗫嚅着，"你们……还没给钱。"

"不会吧！小鬼……"

"啊！哎呀，我忘记了！老板，多少钱？"

"48。"老板怯懦地说。

小鬼递给他50，仍然连声道歉，说是忘了，不是吃霸王餐。

老板说："没啥子。再来桑耶寺一定来咱家吃面。"

"好！"

倏忽间，已流逝十年，莫说桑耶寺，连拉萨也未曾再去，即使若干年后再去拉萨，也未必会去山南，去山南也未必去桑耶寺，去了桑耶寺，面馆还在吗？人还在吗？

沧海桑田说的就是物是人非啊，斗转星移说的就是别后难逢。

那么传奇的西藏，却留下了那碗面。

藏地终南山

凌晨6点，从桑耶寺出发，徒步去青朴。

光秃秃的山，黄色的山体，黄色的植被，黄色的沙土。在高原上徒步，不只要抵制劳累，还要克服高原反应，以及无穷无尽的荒原带来的视觉疲倦及灵魂的漠然：远方有多远？荒原的远方也许是更加荒芜的失望，而我们却必须抱着皎洁的希望追寻远方。

整整在荒原里徒步了一个上午。

太阳升起后，一个绿意盎然、鸟语花香的山谷呈现在眼前，山谷中经幡飘舞，树木葱绿，溪水潺潺，一片祥和宁静的色彩，似一朵盛开的莲花。

在光秃秃的荒原中竟有这样的绿洲：漫山遍野的绿，绿中夹杂着

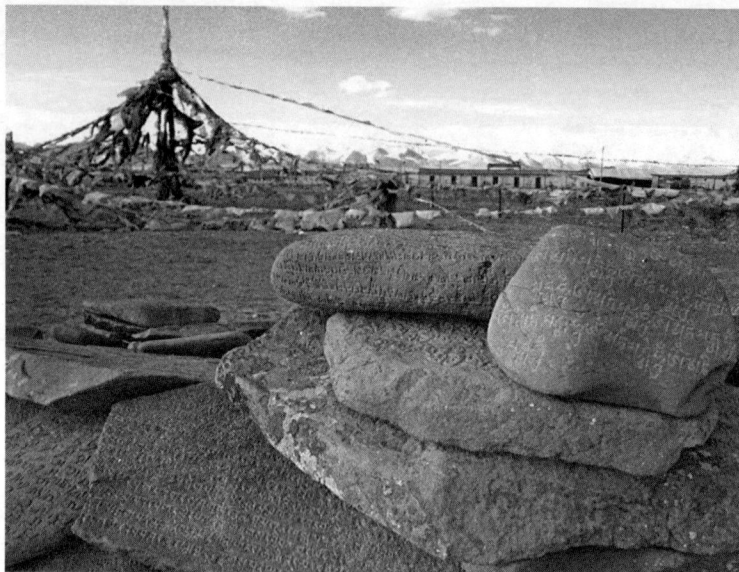

彩旗的颜色，还镶嵌着寺院的红与白，桥底是一条潺潺流动的溪水，还有那冲击灵魂的静谧，与世隔绝的淡然，直入心底的纯粹，一切都是那么出乎意料，又在情理之中。一个柳暗花明的世外桃源，一个苦尽甘来的修行道场。

"在距离上，它离我居住的拉萨并不遥远，然而在心灵深处，它却在我永恒的地方，是我今生今世不能到达的彼岸。"藏族作家二毛这样描述青朴。

据史书记载，青朴山上有108处神泉，108座天葬台，108处修行洞，每天有神鹰在天空翱翔，许多高僧曾在青朴修行过：莲花生大师、寂护大师、赞普赤松德赞等吐蕃时期的著名历史人物和众多高僧大德，都曾在此修行过，留下了许多动人的传说。

这是一个神秘而静雅的清修之地，是整个西藏的修行者都向往的圣地。就像终南山，是汉族修行者们心中的圣地。

莲花生大师在青朴修行六年时光，之后便离开西藏，去其他地方弘法，吐蕃君臣百姓恳求大师留下来继续教化雪域高原的芸芸众生，莲花生大师答应他们，每月藏历初十，他都会骑着太阳的第一道金光，重返雪域。

因此，每到这一天，所有的僧人、信徒都会对着太阳升起的地方祈祷，祈求佛法兴隆，人间吉祥。桑耶寺一年一度的大法会就是关于莲花生大师，主要内容是跳金刚舞，从壁画上，还可以看出当时的场面。

毕恭毕敬地走在寺院里，不敢说话，不敢越矩，生怕玷污这纯净之地。还未走近外表稀疏平常的尼姑寺，便听到袅袅余音的诵经声，口中的真言已念了数千年，念了无数遍，依旧如此动听。

幽暗的殿堂，发黑的唐卡，莲花生的化石脚印，近百名尼姑的诵经。她们年纪并不大，却隐居寺院修行，世外也是修行，寺内也是修行，方式迥异，殊途同归，不过是唤醒自己内心的佛性和灵性，找到我们自己的神，求得内心和平幸福，慈悲大爱。

穿过尼姑寺后的山路很是艰难，山林间不时可见石屋和石洞，编着序号，或虚掩或紧闭，这是隐修之所。恭敬而小心地弯腰进入修行洞，室内空间狭小，昏暗潮湿，条件简陋，佛像、唐卡、酥油灯却透着明亮的光，一片喇嘛红色，大多有人苦修，有的盘腿打坐，有的简单示意，但都静默无声。

修行，就是她们的生活。

能在青朴修行，是她们前世的福分。

最高处便是莲花生大师修行的山洞，这是青朴的灵魂。

当莲花生大师完成修行夙愿后，受藏王赤松德赞诚意邀请弘扬佛教，便与寂护修建了桑耶寺，在十里之外的雅鲁藏布江边，与青朴遥遥相对、银河两望。

青朴与桑耶寺共负盛名，藏族人认为到了桑耶不来青朴，等于未到桑耶。

下山后回头俯瞰整个河谷和远处的雅砻河，青朴很丰盛，很宽泛，既像西藏的江南，又像藏族的桃花源，还像藏地终南山，你看它是什么，便是什么。

你带着什么样的眼光，便看出一个什么样的青朴。

同样之于逆境和苦难，可以是折磨，可以是挑战，可以是成全；你认为苦难是折磨，你就会痛苦不堪；你认为苦难是挑战，你就会坚强独立；你认为苦难是成全，你就会涅槃重生。

你用什么方式对待生活，就拥有什么样的生活。你拥有什么样的人生目标，便拥有什么样的人生。

南迦巴瓦

秋染林芝时，是一场诗意的表演，每一时每一刻，每一帧每一秒，铺设着瞬息万变的秋日美景，似看跌宕起伏的国际大片，舍不得眨眼，生怕错过最重要的情节。那一低头的沉吟，粉色便成了紫色，再一恍惚的迷离，世界都变成了金色。

林芝的秋天，犹如女娲补天时的彩石掉落凡间，倾泻进了西藏的东南，美得非比寻常，美中透着大气、狂野、超脱与圣洁，天高云淡，蓝天如洗，满目流金，峡谷若图，雪山如画，一镜藏秋。

林芝被时间染成了金黄，铺天匝地的金，仿佛将夕阳扯下穿在身上。漫山遍野的萧瑟，铺天盖地的绚烂，层林尽染，叠彩万重，山野呈现出红、黄、蓝、绿、紫的渐变色调，好似一幅壮阔浓重的油画，白的圣洁耀目、红的艳丽璀璨、绿的青翠凝碧、蓝的沁人心脾，雪山下是茂密的森林，冷松依旧苍绿，一树引领，满山呼应。

如此犷潇大美的秋色让人呼吸凝滞，屡次停车，却不知拍摄、书写还是绘画，总也不能尽现如此千娇百媚，深深地、深深地将其收藏于眼、铭记于心。

柔软的尼洋河，在山谷中贞静地流动，如同一位历经岁月沉淀的女子，在沉默中释放着无形的魅力。碧水金叶两悠悠，空水澄鲜一色秋。

在前往苯日神山的路上，有一处尼洋河的观景台：潺潺的流水，刚毅的山峦，鸣叫着飞过天际的水鸟。在被打翻了的颜料盒般的秋里，尼洋河的水依旧一汪翠色、无比澄澈，在五彩林木的映衬下，愈发碧如翡翠、绿得心碎。

尼洋河

"中流砥柱"巨石周边的尼洋河水,却变成了蓝色,湛蓝的天空,金黄的树,白色的鹅卵石,漫步在尼洋河边,河水汩汩作响,奏出蓝色的声音,踩在落叶上,发出沙沙的响声。

车子驶入仲沙村,藏式民居的尖顶皆为红色,红顶在金树与蓝天之间,彰显一种特别的美。又转入巴河镇,在距离巴松错几公里的地方,出现了塌方,有段山体完全消失,推土机在修路。下车问路,他说从旁边的桥绕过去。这段路颠簸又险峻,下一段是柏油路,但却十分狭窄,仅能容下两车并排,驶至一个岔路口,就到了巴松错景区。

又行驶了一段山路,只能隐约地从密布的树木中间看到绿色的水,这是我在西藏第一次见到绿色的水,就像九寨沟的绿水。深秋的巴松错,从湖岸到山岭,叠翠流金,万紫千红,漫天彻地,摇曳着五彩的浪涛,低矮的灌木丛中,有红得似火的植物激情的点缀,就像生命的激情点缀了琐碎的人生。

车子停在了达砌拉观景台,需要爬一段木头梯子,三分钟后到达一块平地。湖水呈长丝带形状,湖中有一座小岛,岛中成片绿色的树木中掩映着一座红顶的房子,岛边停了一排小船。

湖边是一排墨黑色的山,山尖儿上不仅覆盖着厚实的雪,还笼罩着游移的斑驳的云,丝丝缕缕、若隐若现,梦幻般的感觉。

从观景台上下来,继续行驶,是一段崎岖的山路,杳无人烟,开了好一会儿,往左拐了一个弯儿,才看到房屋和藏民,他们像看珍稀动物一样看着我们。如果我们知道这是有五百年历史的村落,一定会下车看整个晚上。

房子都是木质结构的,有许多正在建设的房屋,门口堆满了木料，没几户人家，却过得恬淡而宁静。

车子开不多一会儿，竟然没了路！

鲜活丰盛的世界突然被一座山终结，只剩下一堵墙，山外似乎没有山，没有人家，没有世界。这是从未有过的精神的诡异和灵魂的落寞，连续的生命被突如其来的神灵拦腰折断，没有原因，不知所在。

惶惑地站在"世界尽头"，突然明白日本文化的偏执、极端与诡异，菊与刀共存，一个处处可见世界尽头的国家，尽头之外是一望无际的大海，那种被狭窄禁锢的恐慌、无处可逃的悲惨、幻想陆地的渴望，在我看到这堵突如其来的墙时，完全体验到了。

我拍着这堵神奇的墙，如果不是有同伴催促，真想翻越它，看看，尽头那边究竟是什么，仰头望天，山却高耸入云。翻越世界尽头，也是不容易的。

六年以后，我到斯里兰卡旅行时，到了被命名为"世界尽头"的景点，不过是一处低矮的山涧，1200 米的悬崖，之于锡兰已经了不得，之于中国，任何一处高山，俯望大地，都是比之更世界尽头的感觉。但是，我们从不认为那是"世界尽头"，从没想过冈仁波齐山是"世界尽头"，珠穆朗玛是"世界尽头"，乔戈里峰是"世界尽头"，我们的视野和思维永远是开阔的，永远是宇宙的，就像太极，没有尽头。

回程路过观景台时，天空一片热辣辣的火烧云，烧红了洁白的云朵，也燃着了山尖儿上的雪，白的都变成粉红的了，十分炫目，争相拍摄间，纱衣瞬间变丧服，夜晚降临了，云朵变成了夜晚的颜色。

我们迷路了，开进了好几个工地，不是在修水电站就是在修路，最终，来到巴河镇，夜宿此处。

第二天早上，出发不久，便经过一片由灌木丛和茂密的云杉、冷杉、松树组成的"鲁朗林海"，中间是整齐划一的草甸。"鲁朗"，藏语为"龙王谷"，意为"叫人不想家"：木篱笆、木板屋、石板路、花窗、五彩檐头，门前草地溪流蜿蜒，山间秋云清朗，雪山、林海、田园，还有那迎风飘扬的经幡，的确使人乐不思蜀，恍如一梦。

又行驶80公里后，终于抵达林芝首府八一镇：依山傍水，街道整齐，植被茂密，十分崭新。镇后山上笼罩着洁白的云朵，似仙雾缭绕，显得小镇贞静优雅。出了八一，过了一段公路之后就是坑坑洼洼的土路，路边有两个不知名的小村子，藏民的房子都是木头与石头建造的，放牧、耕种，生活得很悠闲。

车子在一个插满经幡的玛尼堆旁停下，这便是著名的两江并流处：一江一河竟能平行流淌，世代和平共处，色彩一深一浅，水流一浑一浊，胶着处有一条十分清晰的印痕。

两性之间本应该如此，当女人遇上男人，应该像尼洋河遇见雅鲁藏布江，保留自己的本性、方向与人生，而不应该毫无原则地溶入、消逝，美其名曰合为一体，当男人背叛时，女人再也找不到属于自己骨肉的那摊水。

奇异的是，男人那么容易背叛，女人那么容易愚痴。

"如果溶入，我必须成为那个被溶入的存在。没有人可以征服一颗自由、独立的心。当女人遇上男人，是一颗心遇上另一颗心，不是一个人遇上另一个人。两心必须像两江并流一样并存。"我不能选择性别和出身，但能够选择自由和人生。

我站在世代安好的江河并流处，被激发的是这样的思考。我爱自由。我是自由。

过了江河并流处不久，是一段极其漫长的崎岖不平的山路，车子右边就是险峻的石头山，路就贴在山边儿，似乎只能行一辆车，左边是深不可测的雅鲁藏布江。

坐在车里像荡秋千一样，偶尔会有坐海盗船的感觉，后座上的物品开始上蹿下跳，水壶掉下来了，饼干掉下来了，包掉下来了，重新拿回去，还是会掉。再掉下来，就得抱着，免得再掉。

江边屹立着一排排墨黑色的山，江里出现了一片沙洲，风吹动了沙子，飘舞在空中，沙子很细，远远望去，迷雾一般。

冒出一群小羊，横在路中央，怎么也赶不走，好容易等它们散完步，又横空出世一群猪，刚刚落地不久的小猪崽子，跟着自己的妈妈，悠闲地踱着步回家。等猪回家的间隙，我顺道打了个盹儿，醒后，车子进入一个村子，村子上方是连绵不绝的雪山，大家以为这必然是大度卡村，雪山就是南迦巴瓦峰，于是停车。

旁边是一所小学，时间是下午一点半，刚好是西藏放学和午休的时间，许多背着书包的孩子从教室里鱼贯而出，他们穿得很朴素，小脸儿黝黑，眼睛十分清澈，见了我们，有的孩子会绕道儿走，有的孩子会低头躲相机。

一个美丽的小女孩腼腆地走出来，我走近她，俯身轻问："我可以拍你吗？"女孩点点头，站在那儿，却不知如何配合，局促不安，我笑令她自在天然就好。

一个穿军装的年轻人问我们从哪儿来，到哪儿去，有没有边防证，他说前面直白村会有一位中士要检查、登记身份证。

一个穿着西装、皮肤白净、身材微胖的中年男人和我搭话儿，聊了一下这里的风景与民俗，才知道，此处是派镇，他是镇副书记。

时间紧迫，我们立即驱车到达直白村，果然有一位军官坐在路边一个小桌子旁，正在打电话，用手势告诉我们停下来。

检查完毕，我们走进一户农家吃午饭，等候期间，我在后院发现一大片菜园子，就像小时候外婆家的那片菜园，种着亲切的番茄、朴素的黄瓜、本真的茄子。开心地在园子里采摘，当我从绿色带青刺儿的梗儿上揪下黄瓜，瞬间穿越到小时候，那只揪小黄瓜纽儿的小手，灵动地想抓住自己的未来，世界就像菜园子，生活就是瓜果，而她是王。

我揪下那根黄瓜，那根生长于西藏某个村子、某户人家的后园中的黄瓜，想起那个想当王的孩子，还是个女孩，笑着，穿越时空告诉她："孩子，你只能当自己的王。这已然不易。因为你的性别。这是你一生的修行。"在那个此生不会重返的村子，我遇见了童年的自己。

回到当下，午饭已好，我捧着黄瓜和西红柿兴奋地对大家说："看！园子里新摘的！新鲜的呢！老板，给你加钱啊。"老板娘呵呵笑着："吃吧，不用钱。"

餐后，我们驱车至 19 公里外的直白村观景台。

这才是我们长途跋涉之后的真正的目的地：云中天堂——南迦巴瓦峰！

南迦巴瓦峰海拔 7782 米，自然在哪里都可以看到，只要它肯露头。但只有在雅鲁藏布江大峡谷处看到的南迦巴瓦峰，最是勾魂摄魄、美出想象之外，这是我们如此不辞辛苦地驾车到此的原因。没想

到一路上秋染林芝的景色如此出离魂魄，而且经历了几个村庄，及著名的巴松错景区，还有无路可走的"世界尽头"。

许多时候，通往目标的路上，有诱惑，有美色，有故事，有意外，有坎坷，有迷失，有出离，还会有挑战，有逆境，有苦难，在接纳、欣赏和经受这一切时，别忘了真正的目标。同时，寻求目标的每一个当下，才是不折不扣的生活，别忘了活在当下。

当下组合成生活，生活连接为人生，人生由自己选择和创造，如果觉得高远而艰难，那就从创造每一个当下开始：让每一个当下都通往自己要去的人生。

亲见南迦巴瓦峰遗世独立的容颜需要佛缘，也需要运气，因它常年隐居在喜马拉雅山的群峰上，终年云雾缭绕，有些人多次前来，未得以观瞻其容。

在西藏短暂的秋季——10月和11月，南迦巴瓦峰揭开神秘面纱的几率最大，也只是大而已。

传说中，仅仅因为嫉妒，南迦巴瓦就杀害了弟弟加拉白垒，使得加拉白垒峰永远都是圆圆的形状，因为他割下了弟弟的头颅，而他自知罪孽深重，因而常年云遮雾罩，羞愧难当。

有些伤害，突如其来；有些罪恶，无边无际；生命无价，自由至上。

无论如何，亲见了世界上最大的峡谷——雅鲁藏布江大峡谷。雪山与红叶争辉，秋水共长天一色。浓浓的云气蒸腾而上，白缎般环绕着山腰，发着蓝色寒光的雪峰，在澄澈的蓝天下亮出"直刺蓝天的战矛"。

南迦巴瓦峰，这座最美的山峰，你也许有缘见其美，也许无缘睹其容，即使亲见，又如何留住其美？又能留多久？

也许只是，那一年，那一天，瞻仰过极地天河，守护过云中天堂，亲见了秋染林芝：你若喜欢金色，它便许你一地金黄；你若喜欢红色，它便许你一地绯红，红色的落日，秋风点燃红叶，好似凤凰浴火；你若喜欢蓝色，它便许你澄净的蓝天，不带一点杂质的蓝天，缥缈空灵的佛语禅音；你若喜欢白色，它便许你洁白无瑕的云朵，神圣洁白的雪山，寒威千里望，玉立雪山崇，光撒神山峰；你若喜欢彩色，它便酝酿五光十色、色彩斑斓的颜色；你若喜欢无色，那便是涅槃重生的凤凰。

若生命像秋天的林芝，这一世的我，既喜欢流浪变幻，又喜欢静好安然，还喜欢自由飘逸，更喜欢智慧超然，生命，你许我什么？

转山

六年以后，为了阿里，回到拉萨。

初去拉萨，神奇地开了间神奇的民宿，过了一段神奇的生活。经常在小楼里听到顾客们提到阿里，但真正去的人却凤毛麟角，因为阿里实在是太高：一是海拔太高，二是价位太高，三是需要的时间也远远高出了上班族的年假。

因而，能够去阿里，简直要被视为英雄了，那时，被众人流着口水的目光艳羡着，直到你启程。

就连我这个从客人化身为主人的人最终都没能去阿里，可见，它是不容易光顾的。

如若说去西藏是旅行者的梦，阿里则是梦中的更深层次的梦境，

在世界屋脊中再上屋脊，透着莫名的征服欲与成就感。

2014 年初夏，在深圳策划了去阿里的专门行程，包括转山。

坐在复式高层里，点着鼠标：阿里，素有千山之巅，万山之祖，万川之源，圣灵之尊赞誉，号称世界屋脊的屋脊，青藏高原的高原。阿里是信徒们的圣地，探险家的乐园，登山家的向往，旅行家的天堂。无论是冈仁波齐，还是古格王朝，抑或是玛旁雍错，都让人为之心动神往。

有人说，不到阿里等于没有真正到过西藏，同理，不去转山等于没有真正到过阿里。

我在拉萨的辉煌历程因为没有去过阿里而被一笔勾销，这怎么得了？

"转山"是庄严而又神圣的宗教活动仪式，沿逆时针方向转。佛经上说居于世界中心最高的山，即须弥山，据说是释迦牟尼的道场，在印度教中又是湿婆大神的殿堂，原以为如天堂般可望而不可及，后被验证为竟是一座现实的山。

《大藏经·俱舍论》记载：从印度往北走过九座山，有座"大雪山"——绵延千里的冈底斯山脉的主峰岗仁布钦——藏语意为"雪山之宝"。据说朝圣者来此转山一圈，可洗尽一生罪孽；转山十圈可在五百轮回中免下地狱之苦；转山百圈可在今生成佛升天；而在释迦牟尼诞生的马年转山一圈，则可增加一轮十二倍的功德，相当于常年的十三圈。今年正是马年。

心里咯噔一下，似是练琴的孩子在调弦，发出生涩而长远的一声：属马的人在马年转属马的山，是否可以变成 26 圈？

转山全程 52 公里，从海拔 4800 米上升至 5723 米，14 公里砾石路、12 公里沼泽路、14 公里峡谷、5 公里不是路的路。

快者日夜兼程当天可转完，而一般人则需要 2 到 3 天转一圈，神山周围有扎布热寺、确古寺、哲热寺和祖珠寺 4 个小寺……我喝着茶，看着电脑，感觉这像一个玩笑，即使在平路上两天徒步 52 公里，都不可能，更别提是在世界屋脊上徒步、爬山，再上脊背。

但为什么越来越多的芸芸众生，加入转山行列？对于无宗教信仰的人有什么意义？还是如生活一般，活着才知生活的意义，转山，只有转，才知道转山的意义？

我站在落地窗前，窗外是高楼林立，如果是雪山绵延呢？我会想什么？做什么？还会正常呼吸吗？我能够在海拔 4800 米之上的地方连续两天徒步 52 公里吗？

我没有寻找到一丝可能。

可为什么，我们站在大学教室的窗前，会认为能在同样深不可测的社会跋涉几十年，在遥不可知的未来生活半个世纪？如果前者不能，后者为什么能呢？

如风，永远喜欢挑战，把不可能变成可能。

我放下茶杯，开始着手准备：买了万元保险，坚持健身两月，并写下遗书。虽然我知道会安全归来。

人生自古谁无死，或重于泰山，或轻于鸿毛，若是在冈仁波齐遇难，应该重于泰山吧，至少远远高于泰山。

先人不知冈仁波齐时，已觉登泰山而小天下了，那么登近四个泰山高的山，小的是什么呢？

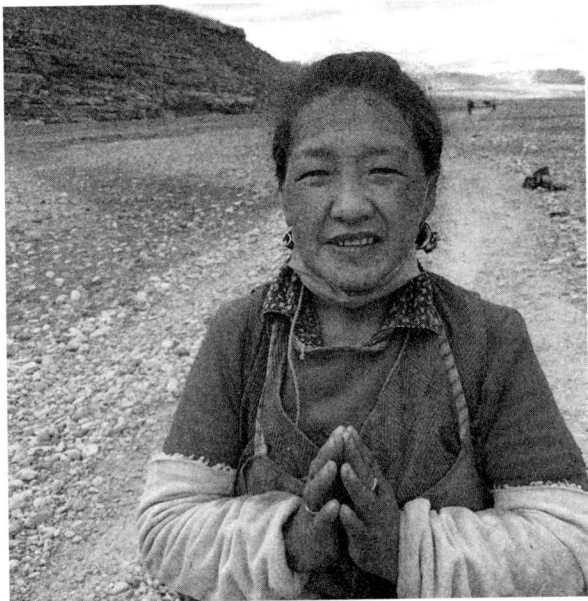

转山路上的藏族大姐

　　虑及熟悉西藏，反倒掉以轻心，一下飞机，就遇上小雨，气温骤降，遇雨成冬。

　　在深圳时 35 度，来到拉萨却需要开暖空调，开到 35 度。我违反了初到拉萨三天不洗澡的原则，第二天，醒来时，就患了平生未遇的重感冒，外带高原导致的头痛欲裂。

　　出师未捷身先病，计划便搁浅到康复以后，我在酒店里住了一个多星期的时间，才痊愈，这些天，我每天的活动内容便是，早起后去宽敞的餐厅吃一顿丰盛的藏式自助餐，晒太阳——如果有太阳的话，回房间开着暖空调看电视，然后在酒店里没完没了的散步。

我不记得酒店的名字，但却记住了它的纯藏式的阔绰的大堂，以及一个展览厅，厅里陈设的都是藏族旧饰：酒具、弓箭、盔甲、藏毯、唐卡，我天天参观，它们都认得我了。

酒店的人也认得我了，早上一到餐厅，厨师就微笑着说："您好，煎蛋，单面，一个？"微笑着点点头，偶尔会说："今天要两个。"然后，配上藏式甜茶、糌粑，有时，会吃藏面，有时会吃藏式薄饼和土豆。

大好以后，便到布达拉宫广场去散步，不能走太快、太久，不然，会加重头痛的感觉。

这才知道，高原反应，在同一个人身上，会有不同的表现。上次来西藏，只不过是上楼和跑步会气喘而已，这次却头痛眼晕、呼吸不畅，概是与感冒有关。因为散步两小时，就已经耗尽了年轻人的精力，变为老年，几乎爬回房间。

不禁暗自担忧：到阿里三天三夜的车程，以及转山时海拔 5000 米以上的 52 公里，包括海拔近六千米的卓马拉山口，怎么坚持？

我了解自己的力量，只要康复，可以挑战，唯一担忧的是那个最高点，看攻略是九死一生，甚至真会有人死在转山路上，仅仅因为感冒和腹泻，前者能引发肺水肿，后者会导致脱水。

我等待着健康的恢复，期待着奇迹的出现。

天晴时，我会到玛吉阿米吃藏餐，重温仓央嘉措的传奇。

读他的诗，听他的诗编成的曲儿：

那一天，我闭目在经殿的香雾中，蓦然听见，你诵经中的真言；

那一月，我摇动所有的经筒，不为超度，只为触摸你的指尖；

那一年，磕长头匍匐在山路，不为觐见，只为贴着你的温暖；

那一世，转山转水转佛塔，不为修来生，只为途中与你相见。

这个你，是指仓央嘉措的情人，还是指真爱？

倒了一杯甜茶，在无窗的窗边，吹着高原的风，望向长长的八廓街，寻找着"你"的身影，不只用眼睛，而且用心灵。

喝光了一壶茶，最终寻到的"你"却是——自己，"你"一直在这里，距离我们最近的地方，却是最遥远的旅程。没有一个你比真实的自己更重要。

黄昏时分，下楼，走在八廓街上，溢满了宗教的圣严和神秘的力量，不管信与不信，有这样一个地方，总是好的。

金黄的灯光扯长了人影，伴着月影成三人。若能在冈仁波齐上望月是多么神圣，那被四大宗教认为的世界中心，其月圆之夜定会美得无与伦比、倾国倾城。

随手拿转经筒的转经人，顺时针转着八廓街。

在拉萨，做足了充分的准备，去邂逅这座伟大而神圣的山，这应该是我这小半生当中最伟大的壮举。

直到体验了上不能、下不去，抬头即可触天的境地，以及坚持难、放弃易，生难、死易的感受，转山归来四年之后，再回忆这个转山的过程，不再觉得转山是壮举。

活着，才是壮举！

活着，活到了生难、死易，却还要选择艰难地活着，是活着的壮举。

转山一圈，可洗尽一生罪孽，马年转山，相当于十三圈，即免除十三世的罪孽了吧，就算没有好的来世，也有好的今生。

没想到，一年之后，我就受牵累遭遇人生中最深重的无常，时间：长达一年半；强度：换成别的女人，会九死无生。

我在人生的枪林弹雨中壮烈地穿越苦难封锁区，活了下来，不仅活得很好，而且梦想成真。在即将重新出发的时刻，又逢人生中最无情的意外，时间：长达一年；强度：无极。

如果三年内你一直在转山，一万人会有九千九百九十九个趴下，剩下一个挺立着的，就是我。

生命本身附带的苦难与无常，远超任何形式的祈祷与膜拜。才知，转山与烧香一样，只是拜佛的一种形式，其意义只是美好寄托，不负责代你实现这些祈祷，不能帮你完成你的人生。

人生这座山，需要你自己去转。

转山的背景，永远是冈仁波齐；活着的背景，永远是人生。

转冈仁波齐，不难，难的是转心中的冈仁波齐，太多人根本没能力转就离开了，太多人死在转山的路上。

能够活着完成心灵深处转山的人，必定会在某个领域成为伟人、贤人、哲人，至少是一个不得了的人。最差的结果是能够活在当下、知足常乐，成为一个懂得生活和享受生活的人。

目前，我得到了这个最差的结果。已经幸福满怀。

人生如果是转山，青年之前是从内地到拉萨的路；从拉萨到冈仁波齐脚下，才是中年。真正的转山，从此时开始，真正的人生，自中年开启。

带着成长的阅历和智慧，转山，立悟：要转的不是山，而是人生。

如若人生是山，反而好办。再难的山，都能转。再高的山，都能征服。最难征服的是：

人生，究竟是什么？

混乱迷城
烈火雾都
山城棒棒军
火锅与美女
千年三峡

....

....

山
城

混乱迷城

从没想过，此生会缘结重庆。就像我从没想过，有一天，会真正结缘文学一样。人生有太多的不确定，使得用心生活的我们格外动心。

当我在如此年轻的时候，被迫在思想中旅行，用近一年的时间回忆过往，竟发觉生活过这么多座城市！

是生活，不是旅行。

每一次，都生活得有声有色，信誓旦旦岁月静好，而我的生活却在动好当中。

2018 年清明节，一早起来，窗外烟雾弥漫、铺天盖地的灰白，全城人对祖先和已逝亲人的祭奠，生生地把冰城烧成了山城，重庆的天气就是这样，每天醒来，拉开窗帘，看见的就是看不见的雾，除此之外，什么也看不见。

必须拉开灯，看一下时间，才知道，这是早上8点。

因为创业，需在两座江城之间抉择：武汉和重庆。

在脑海中细细搜索，搜到了中学语文课文《从宜宾到重庆》和《长江三峡》。又想起初中时，不知从哪里得了本《红岩》，看得大义凛然外加毛骨悚然，渣滓洞中的日子像恐怖片。

百度重庆的介绍与图片，夜景很美，尤其是两江交汇处。在西藏林芝也有一处著名的两江交汇处：雅鲁藏布江和尼洋河，但没有如此奢华的灯光来配。

重庆作为战时陪都之前，在中国历史上没有多少痕迹。重庆成为直辖市那年，原应是国家大事，但所有的光芒都被香港回归聚集——1997属于香港。

当大家回过神儿来，重庆已悄然成为直辖市，大家很快习以为常。

重庆更是习惯，你说它属于四川，重庆人马上说："重庆不属于四川，我们是直辖市。"

现实是百度不出来的，只能亲身体验。

《疯狂的石头》中有个片段：那人停车没拉手刹，车子在斜坡上自动倒退，撞了后面的车，引出一堆笑料。

我们只是大笑，却不知厉害，等我到了重庆，却笑不出来了：不拉手刹不是问题，问题是有没有本事停车，有没有机会拉手刹。

我瞄着路边斜坡上仅留的一个车位，紧握方向盘，紧锣密鼓地权衡：三车道，两边都停满车，近40度的坡，停不停，怎么停——与客户约定时间快到了。停个车像抉择单身还是结婚一样艰难。

许多现实不是思考能够解决的，只能靠实践，长舒一口气，拉紧安全带，脚踩油门，手摸挡位，倒车时需要踩刹车，前进时踩油门得踩得恰到好处，太轻，车不动，太重，得重新倒车。驾校里应该也不会有这么复杂的路况，更何况，我从没进过驾校，在笔直的大路上自学成才，面临这种山路，就算科班出身的非渝人士都没有办法，我这个野路子出来的伪司机可怎么办？

当我把车搁在斜放着的长方形内，拉上手刹，已是满头大汗，后边排了好几辆渝A车，勉强给个甜美的苦涩微笑："都是山城惹的祸，你运气不错，如果这是手动挡车，我直接不要了，扔在路中央，看你怎么办？"

除了停车，开车也是巨大的挑战。

在重庆开车，就像自驾旅行，而且是一场非常之旅，明明目标就在左边，正常左拐，直线距离不过300米，非要穿过隧道上一座桥，折回来，再过一个隧道，需要三公里。如果走错一个路口，想回来大概得三十公里才能找到掉头的路，若再错一个山洞就又去了别的地方。

你别担心会开到成都，如果是那样倒还好办，我总觉得无论怎么兜，都是在这个巨大盆地的盆底儿里转。

重庆很少有红绿灯，因为桥多、隧道多，分流了车辆，有时候，开十几公里，竟然没信号灯，很是奇怪。

更奇怪的是GPS，找不到正常的横平竖直的路，不是隐藏在山洞中，就是许多个弧形的路连接一座桥，进了山洞找不到信号，处于暂时失忆状态，我就手忙脚乱了，没有 GPS 的指点，寸步难行，这么多道路选哪条？我磨磨蹭蹭地等待 GPS 记忆回归，可它精神错乱了，一会儿指中间，一会儿向左拐，一会儿点向右，一会儿又没反应了：在找路。

这个挨千刀的重庆，怎么老是把我搁置在路中央，我还没愤怒，后面的车主愤怒了，特意从右后方开到我旁边，开窗骂我，真想把 GPS 扔给他，要骂骂它，你们重庆啥路况你心里没数儿吗？！

他用重庆话叽里呱啦地骂，挑战我的耐心和修养，于是我把那句东北名言抛给他："再不闭嘴，我抽你！"GPS 吓坏了，终于指挥我左拐，于是，我一点油门，呼啦向左冲去，避免他应得的一顿揍。

从主城开往北碚水土的路，更像是一场历险，只要过了那座桥，路就开始了九拐十八弯，一边是江，一边是山，不规则的扭曲的山，不雄伟，但陡峭，不蜿蜒，但连绵。时常会有山洞，一个接着一个，江水土黄而浑浊，连山上的树叶都蒙了一层厚厚的土黄，已经认不出叶子的本色。

不过是正常工作，每次都要经历险境，回办公室后，得喝一壶茶方能平心静气。

盛夏 8 月，被灼烤得快熟了，赶紧自驾逃往贵州避暑，围着大盆地开了四个小时，也没开出主城，竟然回到了出发原地！

打给一个老重庆："在二郎立交时应该选择哪个出口，为什么选择了贵州出口，却绕回了袁家岗？"他说："应该选择南川出口。"可南川是重庆的一个县！

挨千刀的重庆！

空调开到最大，车里的温度依然是40度，开了一上午，又停回自己的车位。真想把盆地填平，揉了重建！ 40多度的酷暑，玩这种螺旋式上升游戏，比惨烈还惨烈，被高温和火锅熏得抱头鼠窜，想出却出不去！

于是，我让员工开车，我坐车。

本以为能解决问题，但是在重庆坐车，仿佛在漂移，仍然是历险，在盘旋而上的高空公路，公路两旁的楼房都参差不齐，有时你会看到墙上写着20楼，有时12楼，有时还是4楼，你也弄不清楚，住在20楼的人怎么能跟4楼的人做邻居，车子行走在长江大桥上时，还会有水上漂的感觉。

打车更需要勇气，司机轻车熟路，横冲直撞，七拐八弯，一会儿漂在江上，一会儿穿越楼区，一会儿下到地面，一会儿又上天了，晕车的人没机会晕车了，他会晕城；本来不晕的，来了就晕；恐高症的来了，要么治好了，要么更严重。

尝试着坐过一次公交车，仅有三站地，明明去时的公交车站在这里，回来后却停在几公里开外，走回去又是过隧道，又是过天桥。惊叹：重庆真是个迷宫，而且被倒扣在巨盆底儿，出个门儿，要顺着盆壁一圈儿一圈儿往上突围，圈儿还不是正经的圈儿。

直升机应该也不好使，看起来飞在空中，飞着飞着撞到楼房后腰上了，上面写着：8楼。

那就坐地铁，但你根本分不清这是轻轨还是地铁，有些车站是往下走，有些是往上走，有些出站需要过天桥，有些出去却在楼房中间。在山城，就没有正常的水平线，反正走哪儿都晕，最好哪儿也不去。

我就喜欢待在离车头最近的车厢，有座位也不坐，透过操作室的门玻璃看窗外，轻轨架在本来高低不平的轨道上，蜿蜒曲折，上下起伏，左右翻飞，很像过山车。

有时轻轨会突然钻出地面，在高楼大厦中间过，有时横亘在长江上面，有时你以为要翻车了，那是它在转弯，很是捏一把汗，这若是磁悬浮，就像在空中飘一样，真真儿是悬浮在半空中。

若是在长江上飞驰，你斜睨窗外的夕阳，倚靠在半侧的车壁上，会疑心在未来世界的空中街道飞行。

重庆地名里有很多带"坡""坝""岩""坪"的，这哪是城市啊！简直是窝在深远盆地里的陕北窑洞。

初来乍到，晕头转向已经不算事儿了，能正常生活就了不得。难怪重庆能够成为战时陪都，这种特殊地形，外加长江三峡和大巴山作天然屏障，进得来，出不去。

连自小生活在四川的李白都慨叹："噫吁嚱，危乎高哉！蜀道之难，难于上青天。"

烈火雾都

重庆是一个巨大的圆柱体，人们生活在锥形的圆柱里，夏天的热气堆在盆底，散不去，酷热；冬天的雾气散不去，太阳照不进来，潮冷。这种地形决定了虐人的气候，也决定了重庆人必用麻辣和火锅对抗，还决定了人的脾气暴烈直硬。

重庆的夏天就像是沸腾的火锅，锅底下还一直加着热，人就像火锅里的辣椒和花椒，在热汤里烫着，却永远烫不化。

重庆人偏偏喜欢以毒攻毒，生活在火锅汤里，却还要吃火锅。

每当太阳落山，重庆人便出动了，大街小巷的路边，光着膀子，喝着冰啤，烫着热气腾腾的火锅。锅底的火苗在嗞嗞作响，汤底的气泡儿不停翻腾，把鱼片往里一放，"刺啦"一声，热气连着终日不散的热气，热到骨子里。也不知道重庆人是怎么想的，本来热得狂躁易怒的夏天却还要吃滚烫的火锅。

要品尝人间地狱的感觉，就在盛夏来重庆吃火锅。

重庆给我的第一个挑战就是火锅，欣欣然吃了三天火锅，然后吃了三天肠胃药；第二个挑战是开车，开了三周车之后，尽量不出门；第三个挑战是长达四个月的雾冬，几乎不见阳光，被子是潮湿的，衣服是潮湿的，房间是潮湿的，整个人都是潮湿的。

洗过的衣服永远不干，阴冷的冬天，终日穿着潮湿的衣服。每天早晨起来的第一件事情是打开所有的灯，看 24 小时制的钟表，外面的天色，早 7 点与晚 7 点是一样的。

如果哪一天能够见到太阳，一定放下手头的一切，到草坪上躺着，躺到太阳落山，什么都不干，就是晒太阳。

在重庆的冬天吃麻辣和火锅，变成了生理需求。

一到中午，助理问我吃什么，还能吃什么？小面或酸辣粉，再就是火锅。

重庆小面和酸辣粉无处不见，无处不在，但正宗的味道还是在一些小店或连锁店里。喜欢磁器口古镇里的一家店，手工制作，加一点点辣就辣得直跳脚。莱一份里的酸辣粉也是我的最爱，每次出差回去，都会来一份儿。

每天早上，上班族们手里捧着重庆小面和酸辣粉，排队、乘电梯时，站着就开吃。

这两种食物是重庆餐桌上的主要角色，随时随地，无论早餐、晚餐，站着、坐着、蹲着、靠着，都可以吃得麻香。

　　在这样的迷宫城市里，能活得滋润就是万幸，姿态和规则就算了吧。

　　山城人在酷暑中吃火锅，很像冰城人在严寒中冬泳，都透着一股子较真儿的勇敢，冬泳利于健康；40度的天儿吃麻辣火锅，总有种受虐之感，跟谁过不去呢……

　　火炉般的温度，坐在火炉底儿，守着火炉，吃着老火锅，不开空调。也不知道他们咋的了，热疯了吗？

　　重庆可跟别处的火炉城市不一样，日落后依然狂热，暴晒了一天的热气根本无处可散，全堆积在地面上，继续捂人。

　　盆地造型送给重庆两大礼物：山城与酷暑。我倒觉得这更像是惩罚，他们还喜欢自罚，大热的天儿吃着滚烫的火锅，这是以热制热的节奏，却带着无厘头的成分，外地人咋也想不通。

　　喝杯冰啤、吃碗凉粉不好吗？他们会把凉粉在火锅里涮着吃。我看着都热，关上窗户，把空调开大，在家里清炒蔬菜，凉拌金针菇。

　　重庆的夏季来得特别早，又热得特别透彻，热到了快发疯的地步。开车去江津拜访完客户回来，正午堵在高速隧道口，开了最大的冷气，车内显示的温度竟然是43度！

　　热气透过车子所有的缝隙像幽灵一样钻入车内，侵入骨髓，仍然在堵车，几乎快要晕倒在方向盘上。

　　这要是有人再敢骂几句，马上打起来，这种不讲道理的热，会把人热出路怒症。堵了近一个小时，直到后面的喇叭声狂吼，才回过神儿来，赶紧逃离酷热，回到屋子，打开空调，冲个凉，似乎捡回了一条命。

　　亚历山大大帝和第欧根尼的故事，能否让雾都人明白坐在蓝天下晒太阳，是一种简单而不可替代的幸福。重庆一年中极少可以享受到这种幸福时光，要么没太阳，要么没蓝天，偶尔有，却射得你睁不开眼。

阳光虽如此热烈，保持阳光的心态却很难，原本热情如火的我，仅在重庆过一个冬天，快得抑郁症了，而且发了几次大怒。

有一次，GPS又混乱了，一会儿指挥上桥，一会儿指挥钻地道，我在左扭右拐中就擦到了从天而降的车的侧翼。司机下车就指着我的鼻子骂，我还听不懂，激起我的极度愤怒，挥拳打过去："给我说普通话！"

他还是叽里呱啦，声音小了很多，我又是一拳，被助理拉住了，助理用重庆话跟他说："你少说两句嚟。"我当然知道这是积累的愤怒，不只针对他。这座诡异的城市，从气候、地形、饮食、方言包括治安，从各个角度给你带来巨大的挑战与痛苦。

在一个雨雾交加的凌晨，飞离山城重庆，下面是潮湿而浑黄的长江，很快，机身完全被重重浓雾包围，外面的一切消失了，像世界末日一般。

飞越迷雾之后，天空竟然是晴朗而蓝色的，就是这些层层叠叠的云雾，让重庆看不见天空，天空看不见重庆。

从空中俯瞰那个巨大而独特的U形：长江在重庆偶遇嘉陵江，一见钟情，一拍即合，轰轰烈烈地进行了一场旷日持久的爱恋，策马奔腾，激荡疯魔的热恋之后，转变为温文尔雅、平平淡淡的相守，充分展示了中华民族的特色和智慧：你中有我，我中有你，你是你，我是我，我不吞并你，你也别招安我，我们是友好邻邦，永远和睦相处。

——柏杨《中国人史纲》

山城棒棒军

起先不知道什么是棒棒军，公司楼下总能看到三五成群的男人站在路边儿，他们衣着简陋，脚踏解放鞋，瘦削矮小，但是腿很壮硕，手里拿根一米长的竹棒、几根尼龙绳，有时拄着棍子立在那儿，有时候，几个人打牌。还以为是游手好闲的混混，后来才知他们是棒棒，山城的脚夫，一根棒棒，谋求生计。

在重庆，几乎没有一家没有用过棒棒军，山城到处都是阶梯，去哪儿不是上楼梯就是下楼梯。

这还只是上半城，就已经把外地人折磨得晕头转向，找不到出口，下半城十八梯，一下到底，简直没有底儿。

初到十八梯是黄昏时分，才下一半，就心惊肉跳，棚户区拥挤和倾斜程度到了随时随地都会散架的地步，我疑心开个舞会，就能把它震碎。让我惊叹老重庆人的生存毅力。

在西藏缺氧是因为海拔太高，在十八梯窒息，则因为空气太差。这样的地方，竟有 2500 人敢挤在防空洞，窒息而死，酿成震惊中外的"较场口大惨案"，可见战争的空袭是多么恐怖。

黑洞般的梯底寒气逼人，使我望而却步，双手紧捏拳头。

老重庆们却气定神闲地在路边打着麻将、吃着串串香、掏着耳朵、修着脚，可这根本就不是路，只是长长的石阶。

迅速跑回地面，沉重地呼吸，有种从"地狱"回到人间的感觉，回首那摇摇欲坠的吊脚楼，对面却是金碧辉煌的商厦，仅仅相隔一条马路。

这样的地方，若没有棒棒军肩挑背扛、爬坡上坎，真是无法生活。

在重庆搬过一次家，一年租期到后，在对面小区择了间更豪华雅致的房间。独自一人，一车一车拉过去，再一包一包拎进电梯。

搬家，我经验丰富。

唯独剩下舒奢的床垫，车里装不下，一个人也弄不过去，便想起楼下的棒棒，问了一位老者，他说 20 块。"20 块！"我惊呼。"太多了？"老人用重庆话问。太少了，可我只会砍价，不会加价。

只见他熟练地用绳子缠绕住了床垫，背起来就走。床垫并不沉，我自己都可以拿动，只是体积大，一直背着走路还是很吃力的。老爷爷 70 岁，非常瘦弱，因而，一路上，我在后面悄悄帮他抬，抬了一会儿，他说不用："这还是平路，就是上、下楼梯，也不在话下。"爷爷帮我把床垫铺在床上，我递给他 50 块，说不用找了，他一定要找给我："这才是我该得的力钱。"

高高的朝天门，挂着棒棒的梦哦。长长的十八梯，留下棒棒的歌。爬坡上坎脚下的路，一根棒棒求生活。累了抱着棒棒睡，渴了抱起大碗喝。傻由他说，土由他说。日子在棒棒上梭有盐有味不寂寞！棒棒……

这首歌把棒棒唱活了，棒棒军把重庆挑活了。

在重庆城市化的进程中，棒棒军做出了很大的贡献："如果画个素描，'棒棒'是这样一个形象——肩上扛着一米长的竹棒，棒子上系着两根青色的尼龙绳，沿街游荡揽活，他们来自农村，他们是重庆街头的临时搬运工。棒棒的产生，源于重庆的特殊地形和港口经济，整个城区依山而建，出门就爬坡，下船即上坎，搬运东西成为难题。重庆市民于是习惯了这样一种生活方式——大到买家具、电器，小到买几斤肉，如果不想自己动手，叫一声'棒棒'，即有人应声而到。"（《南方周末》）

像他们的父辈长江纤夫一样，棒棒军将会逐渐淡出城市发展，成为历史上浓墨重彩的一笔。

初识纤夫源于《印象武隆》，入口的长廊两边放着许多张纤夫的影像，被一幅幅"裸体纤夫"的照片震撼，平生第一次知道这种存在：在烈日下拉纤的男人们，通身黝黑、不着一布，偶尔有个女纤夫，也赤裸上身。

因为贫穷，在江上拉纤，衣服很容易坏，又没那么多衣服可换；而且总是泡在水里，穿湿衣服容易生病；还很危险，如果衣服和纤绳搅在一起，可能会被夺去生命，因而，他们拉纤时一直赤身裸体，浑身呈现非洲式的黑色。

在三峡的古栈道上，纤夫们永远佝偻着腰，口里喊着川江号子：嘿唑嘿，我们穿恶浪哦，嘿唑嘿唑嘿，一起迎激流哦，嘿唑嘿唑嘿，大家齐心协力。嘿唑嘿唑嘿，我们爬险滩哦，嘿唑。

《印象武隆》开场就用"川江号子"拉开了史诗般的歌舞，祭奠和纪念了那段触目惊心的生存历史。

工业文明之后，机动船取代了人工拉纤，长江纤夫退出了历史舞台，被沿江寻生计的"棒棒军"所代替，许多棒棒军是长江纤夫的后代，继续用负重前行的方式，推动山城城市进程。

棒棒的消失不过是时间问题，但如何消失，或早或晚，或主动或被迫，交给历史，还是交给棒棒自己，是一个值得深思的问题。

在山城的棒棒大军里，有做过一辈子棒棒的，有世代出苦力的，也有成为诗人、画家、企业家的，还有三位棒棒上过全国"两会"及央视。

可见，命运是完全可以更改的：如果你是棒棒一样的穷苦农村孩子，你永远做一个棒棒，还是让它找到一个支点，撬起你生命的地球？

我们生活在一个可以选择和改变命运的时代，安于天命，反而亏欠生命。

☞山城棒棒军

火锅与美女

不只听一个外地男人说：男人选择重庆的理由是火锅和美女。

起初还觉奇怪，想想连孔子都说：食、色，性也，若人生真如此，就不奇怪了。但是，人生怎么可能只为食物和本能而活，大略只在原始社会或灾荒战争之年，前者需要维持生命，后者需要繁衍生息。

人生应有更丰盛的内涵：理想、自由、独立、天下，追逐这些美好目标的奋斗历程会获得百倍于此的快乐与幸福。你当然有权利把人生过成食、色，性也，但也必须接受伴随其始终的人生调料：失望与痛苦、无聊与厌倦。

第一次听到麻辣烫这个词儿是电影《爱情麻辣烫》，电影虽然没看过，但是对麻辣烫特别好奇，这到底是个什么东西？

到重庆的飞机一落地，出了舱门，就隐约闻到一股火锅的味道，直到车子开进市区，满城的烧烤和麻辣烫味儿透过车子缝隙钻进来，促使你放下行李，先吃几串。

在烧烤摊儿上瞄了一圈儿，有一种东西是别处没有的，我问这是什么，老板用重庆话说了三个字，我说听不懂，他笑着，用很标准的普通话说："天不怕地不怕，就怕重庆人讲普通话。"然后就用重庆话告诉我这是啥，以后的一年中遇到无数重庆人，都用非常标准的普通话说完这句后再说重庆方言，真是要不得。

我招聘员工第一条——几乎是不算要求的要求——上班讲普通话。一周后问助理，地摊儿上那个糯糯的、黏黏的是啥，她说是烤脑花。

重庆式烧烤的特点是，无论菜、肉，串串儿烤熟之后，再用剪子剪了，加入麻辣和酸萝卜拌了，味道极浓重。

到重庆的第二天，一切安顿下来后，便去品尝真正的火锅和麻辣烫。当那锅红油老汤爽了嘴却辛苦了肠胃之后，感慨：相见不如不见，有情还似无情。

重庆人最爱的串串香、火锅和片片鱼都是那种老汤锅底的，服务员端上来六大块红油，往双"井"字锅底一放，便是一锅地道的老火锅。除了鸳鸯锅和清汤锅之外，街边店的锅底是免费的，你能指望每次都是新做的，客人吃完后，这红红的一锅全部倒掉？重庆人就喜欢吃这种无数人吃过、沉淀之后的味道。

那种另收几十块钱的新鲜锅底，在他们看来完全不正宗而且昂贵。

我吃过两次叫片片鱼的火锅，现杀切片的鱼成盆成盆端上来，倒入喷香浓烈的锅底，不限量，还有许多蔬菜和小麻花，锅底免费，才 20 块钱一位，惊诧于这廉价的消费：这可是 2013 年，这可是直辖市！

90 后的助理一边涮鱼片一边说："现在涨价了的，以前 12 块钱一位。"极力用商人思维寻找盈利点，这可是袁家岗地铁站的奥体旁边，但我是一个很差的商人，找不到。

员工们吃得很香，我到餐馆里找洗手间，找到一个无法下脚、满是潮湿的混乱屋子，正在想还是回公司吧，一个服务员进来拿蔬菜，见到我说："这是厨房，厕所那边。"风一样出去，呆坐桌旁，再不敢进屋，也不敢动筷。

一旁涮着火锅的重庆美女，说话声像火锅汤一样滚烫，张嘴就是："老子火大噻。"

这锅，这人，这卫生，这种生活，会激起男人留下来的欲望，只能说明一个问题：男人和女人不是一个物种。

在重庆生活过，才知四川自古地势险恶、交通不便，疏于与中原地区的联络，使得四川包括重庆女人言行开放，像老火锅一样又麻又辣。

淡倚轻轨壁，斜睨长江，一个皮肤嫩的可以捏出水来的女子，从眼前飘过，心下刚要赞美，不幸听到她接电话，句句震耳欲聋："你在哪咳？老子今天心情不爽噻！"整节车厢的人都能听到，遂嗤之以鼻，回望嘉陵江。

只要在你十步之遥，有重庆女人打电话或聊天，你就听得一清二楚，她们还喜欢把"老子"挂在嘴边。

在一次应酬中，一个区自来水公司的领导带妻子出席，妻子喝白酒跟喝啤酒一样，一杯一干，偶尔聊到男女关系话题，她一口干了杯中白酒，往桌子上一拍："不喜欢你就换。"

领导马上没电。已是二婚，不能再换了。

我起初没听懂，还悄悄请旁边的局长给"翻译"，翻译成普通话后，我也立马没电：够辣，够爆。

性子比东北女人还烈？男人喜欢这种类型？

为什么总有人劝我要温柔呢，比起重庆女人，我温柔似水。

重庆女人的火辣辣在脾气与喝酒上，我的火辣辣在精神与原则上，违背原则的任何风格与传统，在我这里，没有立足之地。我用这种火辣，凭借一杯红酒，仅半年时间就拿下重庆几个区县的关系和生意。

（by 王翔）

有脸无脑的肤浅女人太多，偶尔来个有脑又不幸有脸的强势女人，男人们会觉得相当稀有：傻女人才会跟男人拼酒。

我狂读书，就是因为傻且不想傻下去。

为了与重庆客户应酬，我们学习打四川麻将，打得一头雾水、面面相觑。

"牛经理，你在重庆四年多了，不会打四川麻将？"

"我们事业部走的是经销商，不是职能部门和大客户，你是晓得的，不需要应酬……稍等……我在和孙总学打麻将，你来教啊……"牛经理瞄了我一眼，知道是小四川，我马上点头。

她来了，我立马学会了血战到底的四川麻将。

因为小莲口舌伶俐、貌美如花、左右逢源，我挖她来做我的销售员。在应酬场合，她让人喜出望外，那些爱劝酒的各种"长"也不用劝了，一口一杯，一杯一干，又生得这种玲珑剔透，巧舌如簧，虽然我听不懂，但看得懂氛围，把他们哄得团团转。我连红酒都免了，一杯碧潭飘雪看戏。

千年三峡

对三峡的向往，真不是语言可以形容的。不只因为语文课文中有《长江三峡》，而且因为三峡大坝工程。一个老友赶在三峡截流上升之前去三峡旅行，发过来的照片甚是巍峨，可我当时没时间。

当我在重庆事业安稳下来后，一个深秋，乘船从重庆到宜昌，细品三峡。

晚秋的清晨，同李白一样，辞别白帝城之后，登上停靠巫山的船，彩云翩翩点缀天边，靠在船舷，凝望长江，欣赏千里江陵，两岸再无啼不住的猿声，仍有轻舟已过万重山之感。

诗仙在江下百米处，仰望群山，该是怎样的巍峨与震撼，当年的万重山有百米浸润在江下，遮上了永久的面纱。

风很大，云很轻，天淡蓝，心情恬静，周遭安然。

远远地，三峡最窄、距离最短的夔门，突兀眼前。

夔门峡谷窄如走廊，崖陡似垣，壁立如削，高数百丈，宽不到百米，最窄处不过 50 米，不仅江水呼啸奔腾，而且"两岸青山相对出"，船行深处，豁然开朗，顿感"孤帆一片日边来"。

杜甫寓居夔州（今奉节）时，老病孤愁，生活困顿，重阳节登高时，放眼夔门时，不禁感慨：

> 风急天高猿啸哀，渚清沙白鸟飞回。
>
> 无边落木萧萧下，不尽长江滚滚来。
>
> 万里悲秋常作客，百年多病独登台。
>
> 艰难苦恨繁霜鬓，潦倒新停浊酒杯。

古时的三峡属于文人，现在的三峡属于游客。欣赏完嵯峨缭绕、氤氲弥漫的巫峡，走下船舷，午餐，看着长江，赏着三峡。

餐后，弃船，换船，登船，上楼，在露台的茶座，择船边坐下。

小三峡风光更盛三峡，更加柔美、葱绿、淑婉、秀丽。开门纳客的是雄壮巍峨的龙门峡：两山对峙，峭壁如削，天开一线，形若一门。雄壮连着奇伟的巴雾峡：山高谷深，云雾迷蒙，钟乳密布，千奇万状，怪石嶙峋，峰回路转，石出疑无路，拐弯别有天。

收尾的是幽雅的滴翠峡：水尽飞泉，群峰竞秀，林木葱葱，翠竹绿绿，瀑布凌空，两岸滴翠，一江碧流，偶有猿声，饶有野趣。当真是龙门巴雾连滴翠，奇山秀水胜三峡。

"快看！有猿！"一人说。

另一人说："我们是有缘。"

"是猿猴，看那儿！"

大家不约而同仰望，在高高的峭壁上，一只孤猿在攀爬跳跃。

古人常见的猿猴在 21 世纪的三峡成了稀有动物。

我们狠狠地拍着。

在更高的峭壁上，一只悬棺出现在望远镜中，远远看上去，像口琴一样，挂在壁立千仞的悬崖上。

当时当刻，苏轼仰望悬棺，惊异非常，下意识吟道：

忽惊巫峡尾，岩腹有穿圹。

仰望天苍苍，石室开南向。

……

铁楯横半空，俯瞰不计丈。

古人谁架构？下有不测浪。

石窦见天囷，瓦棺悲古葬。

古人的智慧，非同小可，这些悬棺如何挂上去，至今是谜，却悬挂千年：

昔人骑鹤上天去，不向人间有蜕蝉。

千载玉棺飞不动，空江斜月照寒烟。

船继续前行，更多的悬棺悬挂在悬崖峭壁上。

小三峡有六奇：山奇雄、水奇清、峰奇秀、滩奇险、景奇幽与石奇美。

每一奇都真切地摆在你面前，得意扬扬地展示："我，名不虚传。"

如果，你经常在路上，就知道，做到这四个字有多难。偌大的中国，实至名归的景色凤毛麟角，在我看来，只有长江三峡、西藏的圣湖、雅鲁藏布江大峡谷、九寨沟和神农架。

盛名之下，不易出彩。

但是，有了诗仙李白的《蜀道难》，长江三峡想不出彩都难。

蚕丛及鱼凫，开国何茫然！

尔来四万八千岁，不与秦塞通人烟。

西当太白有鸟道，可以横绝峨眉巅。

坐在大学课堂里抱着课本，读到那么多没见过的生字，逐字逐句翻译才勉强能懂时，惊叹李白的才情盖世。

如今，亲历蜀道，仰视三峡，才知"上有六龙回日之高标，下有冲波逆折之回川。黄鹤之飞尚不得过，猿猱欲度愁攀援"所言不虚。

滴翠峡中的一段岩壁上，突现排列紧密的石孔，多为上下两排。

地崩山摧壮士死，然后天梯石栈相钩连。……蜀道之难，难于上青天，使人听此凋朱颜！连峰去天不盈尺，枯松倒挂倚绝壁。

这是一段长长的古栈道遗迹，原来《蜀道难》不只是艺术想象，古人竟真敢在如此高耸的悬崖峭壁上凿孔，孔中插入木棍，木棍之间铺上木板，然后在木板上行走或搬运！

这段古栈道遗迹竟真是《蜀道难》中如实描述的天梯，原以为这是浪漫主义名诗，却被验证为现实主义力作。

叹为观止！

心下慨叹："若能在上面走一遭，不枉此生。"前行不多远，栈道上竟然真有人。

"嗨！"我冲他们摆手大叫。

两人似从石缝儿里蹦出来，紧贴在峭壁之上，向我挥手。峭壁之

（by 王翔）

上，不只可以悬棺，还可以悬人。古栈道应该更长，可能有一部分淹没在江水中。

在悬崖峭壁上修栈道与凿悬棺一样不可思议，长江三峡充满着无尽的神奇。

其象无双，其美无极；毛嫱鄣袂，不足程式；西施掩面，比之无色。近之既妖，远之有望，骨法多奇，应君之相，视之盈目，孰者克尚。

神女峰飘入眼帘时，天色已黄昏，忽隐忽现。左看，右看，上看，下看，漂移着看，这就是传说中的巫山神女！

每个男人心目中都有一个神女。

取代折扇、花帕，人们用手机、相机向巫山神女挥舞致敬，强留在自己的镜头。

与其在悬崖上展览千年，不如在爱人肩头痛哭一晚。

哭过之后，又当如何？天亮之后是分是合？

爱人，相爱之时是人，分手之时，是鬼。肩膀上突然长出几把尖刀，将神女刺得鲜血淋漓，然后，再变成人形，把肩头递给别的女人。

与其遭受残酷的真实，不如在悬崖上孤独地幻想。

男人不值得拿生命去赌博。不如赌自己的生命。

女人太有能力让生命独自绽开，却总是赌男人的爱。多少女人输得血本无归，仍不觉醒，死不悔改。

当这是诗吧，动动嘴，说说而已，温暖一下苍凉的心。别真去做。做了，被弃时，别悔当初，不听风言。

孤独与痛苦，神女也难抉择……

我选择孤独：孤独成就生命。男人可能损伤生命。

机动船停在岸边，改乘柳叶形小木船，纤夫撑一支长篙，向小三峡更深处漂溯，满载一船余晖，在余晖峭壁处放歌，土著居民从天上掉落峭壁上，展开辽阔的歌喉，唱起三峡山歌。

我坐到竹筏一头，这才真正像李白一样，一叶轻舟赏三峡。

从小小三峡，换船回小三峡，再换到大船，继续游三峡。

生命就像长江三峡，是个巨大的奇迹，把握这个奇迹，能创造出更大的奇迹。

老街
千园之城
云中天堂
多元的生活
我的办公室

自由之城

老街

　　只要在深圳生活过的人，没有不知道老街的，它是近代深圳的根，是深圳的发源地，也是深圳特区成立之初最早的金融商务中心，旧称"深圳墟"，今天的深圳市就是由此而得名。

　　老街在康熙年间就是商业旺地，2000年前成为东门步行街，2013年成了我的私人游乐场。

　　我住在老街附近时，可不知道它的历史，单纯冲着罗湖和地王大厦而来。

　　特区发展早期，罗湖就是深圳，深圳就是罗湖，深圳许多奇迹都是在罗湖发生的。

　　20世纪90年代，在东门老街的边缘地带，蔡屋围一个小土坡上，被画了一个圈儿，之后的 1 年零 27 天里，以 2 天半一层的建设速度，地王大厦刷新当年国贸大厦创下三天一层楼的"深圳速度"，成为奇迹中的奇迹：80 年代看国贸，90 年代看地王。

20 年后，我以"深圳速度"住在"深圳速度"旁边。一天之内，清理了重庆的一切，一天之内，驱车从重庆开至深圳，仿佛来到天堂。

我住在地王大厦斜对面的一幢复式高层，万象城的对面。

这里实在是太方便了，守着两条地铁线，和一圈儿商务中心，过一座小小的人行天桥就是东门老街和地铁口，两站地铁就是罗湖口岸和火车站。

过关不排队的话，一刻钟之后，就站在香港的土地上了，方便的我根本用不到车，成月成月放在地下停车场，偶尔开一次是怕熄火。

搬家、收拾好屋子之后，先查看周遭地形，这一看，就爱上老街了。

徜徉其中，次第林立的店铺，曲折幽深的小巷，异域风情的商品，熙熙攘攘的客流，岭南特色的民居，百年风雨的参天古树，天荒地老的女儿墙和阳台，源远流长的祠堂、庙宇、书院，历尽沧桑的炮楼、古钟、石板路，沐浴百年风尘的青砖、土瓦建造的老式骑楼。

除了人太多之外，爱极了这里，有空时便逛一圈儿，散散步。

大多数时候，只逛不买，商铺相当于现实版的淘宝店，档次比较低，而且守着世界网店香港，实在用不到它。

老街还有花里胡哨的美食，却只美丽不美味，糊弄一下过客的味蕾，慰藉下常客们的眼睛。吃一次终身免役。

入夜后，众多酒吧里活色生香、人声鼎沸，生龙活虎的人们狂欢至夜半，才睡去，我刚醒来。

清晨的老街只属于我，喧嚣了一昼夜，只有此时才安静一会儿，商场门紧闭着，酒吧清场歇业，早餐都不大有。酒吧迪厅前的躺椅、秋千、藤条沙发、木桌、木椅、木头小屋，任由我或躺或坐，无人问津。

我便自带红茶或奶茶，到这里看书，今儿荡秋千，明儿坐躺椅，后儿钻木头小屋，心情好时，坐一会儿木椅，躺一会儿沙发，包裹着我的，悦耳动听的鸟鸣，清新珍贵的空气，自由如风的感觉。

有什么比得上初升的太阳、水润的空气、温馨的绿色？

我就是一个喜欢大自然的年轻人。

我属于阳光，我就是阳光，一边晒着太阳，一边想象自己是太阳的感觉无与伦比，虽然貌似有点狂傲，感觉真是像宇宙之王，幸福不是一种感觉嘛，时常与大自然接触，尤其，在国际都市的商业中心，还能如此自在，太幸福了！

很有一种虎口拔牙的味道，特有成就感。

在桃花源做陶渊明，谁都会；在都市里做陶渊明，只有我会。

问君何能尔，心远地自偏。

几乎每天早晨都到老街里转一圈儿，喝杯鸳鸯或丝袜奶茶，再回大厦里工作，或者再多走一站地，去人民公园散步。走到地铁口时，迎着潮水一样、拎着各式早餐行色匆匆的上班族；傍晚去看日落时又遇到从高耸入云的写字楼里分流出来的海一样的人群，在被高楼大厦"拘禁"了八个小时之后匆匆归去，每周五天如此。可叹上班族上班时关在办公室，下班后关进夜店吹空调，何时吹自然风呢……

早晨就可以，喧嚣的老街只有早晨才可以自在地吹自在的自然风，只有这段时光，独坐木椅，思考阅读。

人家泡吧，是深夜；如风泡吧，在清晨。

如风总是逆风飞翔，不肯顺风随波逐流。

我也没有办法，因为，这样自在。

随她。

若是有陪伴者，一定是散步的奶奶，遛鸟的爷爷，早些时刻，年轻人们还在梦乡，晚些时刻，年轻人们在挤公交地铁，或开车堵在路上，等我喝了一杯茶，挪回去的时候，他们必须分流到某个大厦里办公室，坐在狭小的位置上，开始一天的忙碌。

到黄昏，我出来赏夕阳时，他们像囚鸟一样飞出富丽堂皇的钢筋笼子，往能够吃饭的地方奔去。日复一日地囚在那里，就是为了吃饭，为了能够带领家人到世界各地吃饭，交付的是自在的生活，与珍贵的自由。

黄昏时，就不能来老街了，此时，属于上班族的，被禁锢了一整天，他们出来了。许多人一生都是禁锢的，再生一个小禁锢，他禁锢你到他大学毕业。

老街变得熙熙攘攘，人声鼎沸，丧失安静与自在，我便去到前面的人民公园，在棕榈树、芭蕉叶下散步、静坐。

我的肉体也被老板椅禁锢了一天，该让它自在一下了。我们的一生是被规划的一生，若不让心自由，生命还有乐趣吗？

8岁以前，拼命淘气和生长，8岁起拼命上学，20岁大学毕业，

30 岁结婚生子，40 岁照顾生病老人带娃，闲时泡吧、喝酒、K 歌、跟团旅行，50 岁自己生病，60 岁照看孙子、养鸟、跳广场舞，70 岁住在医院，80 岁离开，在别人的哭声中离开。

就这，还不找时间呼吸新鲜空气、看夕阳，享受自由的生活。

夕阳透射过一叶芭蕉斜映在脸上，半边天空是嫣红色的，这红罩在京基一百椭圆形的发簪上，笼在地王两根长长的金簪上，染在金融中心的皇冠上，也是美的。都市中一样有绝美的落日，有动人的风景，看你有没有发现的眼睛和心。

他们都说没时间，太忙了！忙到孩子上初中，老人开始生病了，不停地跑医院、办公室和家；忙到孩子上高中，自己开始生病了，不停地跑医院、办公室和家。许多以前只有老年人得的病，现在中年人都在得了。但愿他们病愈之后能够明白活在当下的意义，自由的可贵，夕阳的绝美。

我每每这样说时，他们就不屑一顾地撇嘴："我哪有你那么闲？没时间。"

我也撇撇嘴，淡然一笑："如果你有时间去赏夕阳，就真的有时间了，更不会有时间过早地生病了。"

他眨眨眼："可是我哪有时间！工作……老板……孩子……我父母……岳父岳母……我哥们……"

对不起，我没时间听。

这种生活的本质都是相同的，不同的是表现形式，我会打开一本书，《庄子》、艾默生随笔，或者《瓦尔登湖》……随便哪一本，都比听这些毫无创意的人生有意义，又有乐趣。

　　我也很忙，我只是把压力变成生活，把任务变成当下，在活在当下的生活中顺便去完成各种人生任务，享受珍贵的自由。

　　那样的一生，可有机会有自由？有选择自由的机会，不去自由，为了什么？生命来到这个世界上，除了自由与梦想，还有什么能够使它愉悦？生命不愉悦，这些人生任务又有什么意义？

　　艾默生说："我们热爱生命、知识和力量，因为它们都是美好的，相信事物的永恒将会使我们在生活的追求中永远不会选择放弃。""人类创造的艺术与文明哺育着我，给予我心灵的慰藉。我们决不应该画地为牢，而应该把眼光放得更远一些。"

　　可你，有把眼光放远的时间和心胸吗？

　　夕阳落山后，闲散着往回走，路过东门，活色生香，他们把亲近自然艺术、健康体魄的时间，用来美食、购物与狂欢了。

　　生活只剩下赚钱、花钱……

☞ 老街

千园之城

从重庆开车一路向东，一入深圳的感觉，与当年这个村儿里孩子刚到上海时是一样的，仿佛来到了纽约，而且住在纽约的中心。

车子停在"百里长街"深南大道的东方，地王大厦的旁边。一推门，一屋子的阳光立即拥抱着欢迎我，此时的山城正是雨雾交加的冬季，这里却是阳光明媚的春季。幸福油然而生。

因为来处，深圳给我的震撼是双倍的。

安顿下来后，临近春节，接父母和侄女来过年。春节期间，开车带他们出去玩，又一个震撼，长长久久的深深远远的深南大道，一路通畅，一城清净，半城空荡。那么多人都回家过年了，他们的家都不在深圳，也难怪，深圳才 30 年历史而已。

　　沿着中国最长的市政大道一路向前，停在另一边：深圳湾，长长的公园里，倒有不少人游玩。

　　一边是树林，一边是海，郁郁葱葱、绿意盎然，百鸟欢唱、花香袭人。公园很长，长过了香港，从海上这座银白色的桥开车到香港，不过一刻钟的时间。许多亚热带的树植，枝叶像巨伞一样半铺在半空中：露兜树、银叶树、火焰树、马樱丹、血桐、雨伞树、金山葵、散尾葵、旅人蕉……还有大片红树林，神奇的"海岸卫士"，可以抵挡海啸及风暴潮，所以，深圳人都叫它红树林公园。

　　我们把防潮垫铺在绿地上，摆上水果点心，老人坐着休闲，我带孩子在滩涂玩耍，海浪冲在礁石上，礁石闪闪发光，螃蟹趴在海边，懒得动弹。人们在散步、野餐、发呆、放风筝、骑单车、吹海风……竟然还有人在此跑半马。

　　好一处休闲之所。

　　深圳类似的休闲之所，非常多，公园多达 900 个，绝大多数是免费的，其环境比其他城市的收费公园还好。

　　我是一个最不爱逛公园的人，小时候在村儿里生活，一直向往城里的公园。去了城里的公园之后，觉得那是个笑话，不如到山脚下的小河边溜达。后来觉得那不过是小镇般的城，太小了，可是去了大城市的公园，包括上海，也还是觉得那是讲完笑话之后，给你的甜枣。

　　深圳的公园终于将我折服。

　　妈妈喜欢看花，冬季看花，单衣单裤，美上加美。我带她们去国际园林花卉博览园，沿着这条神奇的深南大道，开着开着就到了，路经许多知名景点：锦绣中华、世界之窗、中国民俗文化村、地王观光深圳之窗、华侨城……作为一座城市的财富、景观及市政大道，在中国是独一无二的。

园博园大超所望，只是太大了，要分几次才能逛完：两场两馆、三塔三茅、四湖四院、五泉五园、六桥六亭。

上海的石库门和济南的趵突泉可以并存，肯尼亚的茅屋与美国的休斯敦星球花园同在，尼泊尔的圣泉和加拿大的月亮花园邻居，实在神奇。在自然地貌上，营造出一个依山傍水国际化的园子，又兼有文化艺术、旅游展览、科普教育甚至太阳能并网发电。

妈一边逛一边赞叹，"有钱就是任性。"

"啊，妈！从哪儿学来的？"我大笑。

妈妈揪着漂亮宝贝恬恬的手，一边嘿嘿笑着："昨天翻台时听到，刚才又听一个小年轻说了。"

大年初六午饭时问妈，对深圳的印象，她呵呵一笑："公园，深圳的公园真多，而且那么好。"

"记得去过哪些公园？"

妈妈冒出一个"笔架山公园"。

"哎哟，这个我都忘了呢。"

顾名思义，笔架山公园是因三座主峰东西鼎立，形同笔架得名。它的土地是红壤，自然景观类型多样，既有园艺园林，又有山地森林，还有生物景观、国际赛事、丰富的野生动物，太多没见过的林木：苦楝、潺槁木姜子、朴树、乌榄、台湾相思……

公园内有一大片山脉园区，有六条登山道，市民来这里首要目的是登山、健身为主，其次是休闲观赏。每年重阳节，笔架山公园都会举行万名老人健步走活动，此活动已形成规模和品牌。

　　每年还会举办各项大型活动和赏车会，一边漫步群山，一边挑选靓车，亏他们想得出来。笔架山公园还建有国际标准草地滚球场，并于 2006 年举办国际草地滚球公开赛，来自中国、英国、美国等 20 个国家和地区的 24 个代表队参加了比赛，这是中国首次举行。

　　这样的地方，被叫作公园，也是一个玩笑，但它不仅叫了，而且是深圳 900 多个公园中的一个。

　　"我们还在……那个是个什么公园？烧烤过。"妈又想起一个。

　　"东湖公园。"

　　"管它是什么园……反正在室外烧烤，真好！"

　　东湖公园就有 150 多公顷，12 大景区、120 多个景点，还有 30 多项游乐项目。园内有大家乐露天剧场、红荔书画馆、门球场、网球场、健身园、谷对岭登山道等文化、康乐设施，画眉斗雀比赛和菊花展是公园的传统项目：每年元旦，举行画眉斗雀比赛，秋季则是菊花展。主要有匙羹山景区、杜鹃雕塑园、盆景世界、古树园、棕榈园、人工湖、沉香阁等十几个景区。

　　我们直奔烧烤场，带着好多腌制好的肉串、海鲜串儿，原以为只是辟出一个区域，提供木炭和烧烤架，没想到在绿树成荫中，建好了圆形的烧烤台和墩子，已经有几桌在烤，香气扑鼻，只需要交 60 块的租费和 10 元的炭，就可以自制美味儿。

　　恬恬开心地跑来跑去，催促我快点烤。我斜睨她一眼，你只负责吃和玩，还好意思催我，我是司机、导游、棒棒、仆人、摄影师、按摩师、背包客，现在还要当服务生，快得了吗？

"蔬菜熟得快，金针菇好不好？"

"不好，我要吃肉肉。"

"你个肉食动物。多吃蔬菜好，大力水手叔叔没告诉你？"

她的小脖子一梗："要排骨，鸡腿儿也要。"

"你们不教她多吃蔬菜。"我责怪妈。

"肉有营养。"妈说。

"现在的肉，成长不正常，吃的不正常，圈在流水线上养大的，吃多不好。上次我们中学同学聚会时，有个培训师，她和女儿都只吃素，她女儿才六岁，特别有气质、有灵性，没有任何营养不良的迹象。"

"姑姑，肉肉好了吗？"烤了十串羊肉串儿，恬恬一手拿五串。

我直摇头，只有一个办法，带她去运动，到草地上打滚儿，到古树园捉迷藏，等我在一棵古树后面找到她，这个小人儿已经睡着了。

肉吃多了，人就懒。我抱她入怀，放入越野车后排座，让她好好睡。

老人孩子走后，我也常去公园，多是罗湖、福田的公园，这两大中心区域的公园也很多，而且个个精彩。若非朋友力荐，对于洪湖公园赏荷，我不抱任何希望，守着曲院风荷守了八年，还有荷花可入眼？

除却地位、美誉及爱情传说之外，仅论荷花，洪湖确实不输给西湖。

一是洪湖的湖面面积比曲院风荷大了一倍多，百亩荷塘，接天莲叶，更加磅礴；二是荷塘周边的热带植被风光、水体景观，湖中岛群，按不同季节配置了春、夏、秋、冬的植物品种，四时鲜花不断，美不胜收；三是有国内唯一的咏荷碑廊，碑廊长100米，有85幅咏荷名篇佳句，也有书法家自撰诗文，由著名书法家赵朴初、启功等书写，字体有篆隶、楷书、行草书等。

荷花形神兼美，自古以来，文人墨客将赏荷吟咏视为乐事雅现，赞颂诗文浩如星辰：

荷叶生时春恨生，荷叶枯时秋恨成。（李商隐）

荷尽已无擎雨盖，菊残犹有傲霜枝。（苏轼）

荷叶罗裙一色裁，芙蓉向脸两边开。（王昌龄）

秋荷一滴露，清夜坠玄天。（韦应物）

……

赏荷、咏荷、品书、观景，诗文飘香，珠联璧合。

荷之姿、荷之韵、荷之神，味道更加浓郁深厚。

平时常去的是距离老街最近的两个公园。

在老街饕餮之后，便散步到人民公园，进了园子，再接着散。有人在公园里钓鱼、跳舞、赏花、放风筝，夏天时，这里也有个小荷花池，水池不大，无法与洪湖荷花媲美，但是透过枝枝蔓蔓的绿伞，可以看到地王大厦和京基一百的倩影，生命与钢土、柔媚与坚硬，很是耐人寻味。

人民公园门口有一片神奇的免费停车场，停满了车，有些车已经停得天荒地老，还在停着。深圳的停车费很是昂贵，公司楼下停车场一月八百元，这里却免费，还是市中心，这是怎么弄的……

另一个则是荔枝公园，在相反的方向，斜穿一段地道，就过去了，边走边想新加坡的地道，花红柳绿、遍体涂鸦，极具个性与创造力，若是把深圳地道改装成那样，这座城市更有特点。

荔枝公园，因园内555株亭亭如盖、自成体系的荔枝林而得名，初夏时分，荔枝飘香，登高极目："玉露滋篁千竿滴翠，金阳沐荔万树摇红"；京基一百和地王大厦等高楼画壁护一方妖娆胜景，从闹市进入园子，立感"既雅、又幽、还静"。

早晨，许多人在用各种方式健身，晚上，又许多人在用各种方式休闲。

围绕荔枝湖，建有浸月桥、邀月亭、揽月桥等，每逢明月当空，湖面平静如镜，这里就成了深圳赏月的绝妙佳景：待到当空方得二，邀来对影已盈三。这里众山虽小却有千般秀色，诸盆不大亦藏万种风情。

特意有一处文化竞技场："流芳斋"和"艺术家画廊"，常年展出来自全国各地书画名家的作品，免费参观；深圳的诗、书、画各界的文人可在此聚会交流、舞文弄墨，真是个：诗书画印弄文处，骚人墨客用武地。

这展示了深圳两大观念：让城市因热爱读书而受人尊重。实现市民文化权力。

那一天，从荔枝园里出来，恭敬地站在门口巨幅的邓小平画像前，这个神奇的政治家用超前的眼界与魄力，打造了一个神奇世界，又给了世界无限神奇。我神奇地来到这里，生活在神奇中，很难想象这是三十年创造的神奇。

这才到了几个园子？深圳计划成为千园之城，原以为政治是云端之物，我这样的小人物遥不可及，但是上层建筑和百姓生活确实决定于政治。

这深圳的一切，神奇地包裹着我和每一个深圳人——来了，就是深圳人。在被其他城市用各种形式歧视了十四年之后（尤其上海），初来深圳，看到这个理念，有种热泪盈眶之感。

如若不是高耸入云的房价，怎舍得不长居此处。

散步回家时，在想政治与文学的异同之处，都需要时间，需要坚持，需要鸿鹄之志。某种意义上，文学比政治更难，政治是集时代、全国、众人之力，文学是集知识、灵性、智慧之力，必须独自一人，在人生中历练，在孤独中创造，还未必会卓有成效。

云中天堂

这两天阴雨，没出去逛公园，老人和孩子都待不住了。

孩子找老人撒娇："奶奶，出去玩吧。"

老人找大孩子撒娇："除了公园，还有得玩吗？"

我瞧着这一大一小企盼的两双眼，在老人与孩子的夹缝中，与在现实与理想的夹缝中生活一样难，这淫雨霏霏的，都市里边，能去哪儿玩。

"我带你们去吃好吃的吧。"

老人和孩子一阵欢呼："恬恬自己走啊，不许让爷爷背。"

"嗯，我比爷爷跑得快。"只有她自己这么认为。

爷爷奶奶还得随声附和："嗯，是恬恬快。"

很想笑，应酬客户说些虚伪的话也就罢了，在家还要"应酬"老人和孩子：

"妈，你不老。美国的摩西奶奶六十岁才学画画，后来成为画家，跟你一样大。"

可是妈一辈子没有梦想，为了生存完全摒弃梦想。

"恬恬很乖，比其他所有的孩子都乖。"可她驴起来，全家人都挡不住。

笑完自己有了答案：亲人间的"应酬"是因为爱，为了让彼此舒心和开心，这是真爱。

我带他们去地王大厦稻香吃早茶，点了一堆孩子最爱吃的肉肉：排骨、凤爪、虾饺。刚吃完，她一抹嘴："姑姑，去哪儿玩呀？"

奶奶出来解围："除了吃就是玩，这下雨天的，能去哪儿玩？"

"那还能干啥呀？"

"回家看电视。"

"看书行吗？"我几乎哀求了，得让 00 后学会看书，不然，他们登上历史舞台之后，纸质书可怎么办？

恬恬眨着一双天使般的眼睛："看 iPad，玩游戏。"

我突然眼前一亮："我带你去玩，回家后把那本《十万个为什么》第二册看完，好不？"

"好！"

看书需要收买，私塾先生也是醉了，好在他们也在历史进程中消失了，看不到这一幕。

从地王到京基不过几分钟，孩子连蹦带跳跳着，老人揪着的手还不敢撒开，一路小跑，我负责做侍者兼保镖。走入京基大厦，恢宏、奢侈扑面而来。

"请问，去 96 层大堂，是哪部电梯？"

"您好！请走这边。"侍者恭敬引领我们过去，与他相比，我这个"侍者"太逊了。

"您用午餐吗？"

"不，刚吃完早茶。"

"刚好用咖啡。"侍者微笑着，并为我们刷卡按键。

"老人孩子不喝咖啡……下午茶吧。"

"您慢慢享用。再见。"

电梯门关上。妈妈牵住我的手，晃了一下，坐这种高速电梯她会晕，恬恬也不蹦了，靠在我腿间，等着开门。耳边呼呼的风声，这样的"天梯"，是怎样设计出来的，如果西藏能建一部"天梯"，可以从海拔零米，直上海拔四千米，定是人类的奇迹。

门一开，孩子就蹦出去，老人赶紧跟上，"慢着点……"眼前的景象令我惊呆了，我让老人孩子坐在沙发上。

我站在窗边，像是天堂的窗边，窗外白雾缥缈，烟云弥漫，像雾像雨又像云，是雾是雨又是云，胶着在一起，你中有我，我中有你，你就是我，我就是你。漫天漫地、成群结队的水珠铺天盖地倾泻下来。

我在天上，云中漫步……

时近正午，云雾渐渐淡漠一些，地王大厦露出了顶，两根长长的避雷针，俯瞰着它，曾经的深圳第一高楼，此时却像弟弟一样，偎

依在姐姐身旁，它是强壮的，身材魁梧，姐姐虽然高太多，却亭亭玉立，窈窕颀长。

老人和孩子们也很惊奇这里的一切，不停地围着窗边溜达，贴着窗户看云端和大地。妈看一会儿就头晕，赶快坐下。恬恬则"啪嗒、啪嗒"，四处跑着，一点儿也不害怕。

我抱起她看云端另一边的城市："看到了吗？那是香港。"

"香港是啥地方呀？"那奶声奶气的声音，能把你融化了。

"一个神奇的地方，好多好吃的、好玩的。"

"噢，耶。"

"想不想去玩？姑姑带你去。"

"去。"恬恬兴高采烈地说，在我怀里扭来扭去。

一周后，我就真带她去了，她回北方的前一天。

老人和孩子走后，因为住得很近，所以时常散着步过去，瞧深圳晴朗及黄昏时的模样。在云端俯瞰深圳全景，不敢相信自己的眼睛：三十年的奇迹，除了中国，地球上还有哪个国家有这样的力量？

几年以前，美国人在帝国大厦俯瞰纽约的全景，世界各地的人，站在上面，似乎已经站在世界中心，许多著名电影在这里取景，而它不过 443 米。现在，全世界的人可以来中国了，中国不只一幢"帝国大厦"可以拍摄电影，也不只一座城市让你惊颤。上海中心（632米）、平安金融中心（599米）、天津 117 大厦（596米）、广州东塔（530米）、台北 101 大厦（509米）、香港环球金融中心（484米）……世界十大高楼，中国占有七座，每一座都高于帝国大厦。

作为一个平民百姓，世界有几座高楼，其高度、数字与安居乐业似乎毫无关系，但当我坐在高楼大厦 96 层的闲逸廊，喝着下午茶，从未遇见的夕阳美景，秒杀了所有的不相干，那一瞬间升起了浓浓的中国骄傲。

我在斯里兰卡红茶中加入牛奶，放一块方糖，轻轻搅动，捏起一块英式松饼，突然脑海里响起一个声音："祖国啊，你快富起来，强起来吧。"在大学里，最不喜欢学现代文学史，使却记得郁达夫在《沉沦》中发出这样的呐喊。作为当代文人，生活在富强、民主、文明当中，随时随地一壶功夫茶，与法国红酒、美式咖啡、英式下午茶平分秋色。

我在世界各地旅行时，会遇到世界各国的行者，那次随一个世界旅行团，行进在"世界上风景最美的海岸公路"——澳大利亚墨尔本的大洋路上，大家分别自我介绍：马来西亚一家四口，两个英国女孩，两个意大利男人，两个德国人，两个美国的独行者，一对韩国小情侣，一个菲律宾男人，一个法国男孩，一个爱尔兰女孩，一对来自悉尼的老夫妻，一个印度人。

其他国家的人都很温婉，那两个美国人，立即热烈气势磅礴地对话："Which city?"

"你来自洛杉矶？我来自纽约。你好！"一个车头，一个车尾，一男一女，两个人的手穿越各国游客拉到一起。那不可言说的美国骄傲散布在空气中，极其夸张，别着急，还没轮到我呢。

我坐在副驾驶座上，最后一个发言。

我说时很平静，但刻意不掩饰骨子里的中国骄傲："My name is Sunny. I come from China。"

美国人的气势马上弱了一半："Oh, good, China! Which city?"

既然离香港很近，不妨直接说："HongKong。"

"Oh, I like HongKong." 他们立即平和了许多。

坐在云中天堂，俯瞰整个天堂，一口咬了半边草莓塔，有什么可张扬的？美国有的，中国几乎都有；而中国有的，美国几乎都没有。想起那一幕，不禁穿越中西笑话他们。政治和经济，看似在云端，但会决定和影响平民生活，就像我在四百米的云端喝下午茶，傍晚会下到地面，散步回家，买菜做饭，继续奋斗。

同样开自己人生这架战斗机，歇息时停靠在航空母舰上，与停在贫民窟甚至战场上，一样吗？中国这艘航母平衡有序地前进，如日中天、风和日丽，偶尔一小片天空阴云密布，自有军队保卫，作为平民百姓的我们只需做好一件事：顺应本心，开好自己的飞机，成就自己的人生。

多元的生活

1

　　我们去一次香港，会当做一次正式的旅行，港澳通行证一年才两次，而且是团队旅行，想自己去玩，需要另外买号，排长队过关。签注用完后，得把通行证寄回户口原籍，重新签。

　　谁会有事儿没事儿去香港？深圳人会。

　　上次打斗地主，阿云问我：“明天去不去香港？”

　　“呃，签注用完了。”

　　下一次阿龙从老家带来的家鸡，邀大家一起喝鸡汤，阿云说：“刚从香港回来，累坏了，得多喝一碗。”

"啊？一个上午，去香港？"

"是呀，那不是常事吗？"

"！"

阿云呵呵一笑："文锦渡口岸就在我公司旁边，人很少，拎个皮箱，到香港买完要买的东西就回来了。"

"……"

"香港的东西真是又好又便宜，车厘子才几块钱一斤，我简直当饭吃了。"

"……"

深圳户口不限次数，不用团签，想过就过，阿云把去香港当成逛商场一样。

没几天，她打电话来："去香港不？我上回买的名牌大衣竟然开了线，我去弄一下。"这个理由也能去趟香港。

"小姐，下次提前一周告诉我好吗？我可不比你们深圳人，签注还没回来呢。"

"噢，我忘了……要我帮你带什么吗？"

"要，刚刚在世界之窗那边逛完苹果商店，我要买一台苹果手提电脑。"立即用支付宝转给她五千，下午，她就把这台 MacBookAir 拎回来了，价格比内地少了一千块，从此，它与我一起流浪世界，存放流浪的生活。

阿云又有主意了，她总是有主意，关于吃、购、玩。

"周末我们去香港徒步，你去不？"

"当然去！……你能徒步？"

阿云会吃、会玩，但是不会运动，所以很肥硕。

"不能。西贡不只可以徒步，还可以玩海。"

周日上午 8 点，我们在福田口岸集合，过关时偶尔会被问导游在哪儿，我还得跟他指一下那个卖我号的人，这个游戏真无聊。看我过关了，深圳人再刷身份证，这种时候，"来了，就是深圳人"只是一句口号了。

我们租了一条游轮，带足了食物与美酒，在海上疯狂了一天。

一海之隔，那边比这边更能玩出味道，还是那边更懂生活。所谓近朱者赤，近墨者黑，深圳人也特别会生活了。

对于不能常去香港的"隐痛"，我用阿 Q 精神就可以解决——逛中英街，街道很香港，那头就是香港，聊以自慰。有事没事就跑过去溜一圈儿，哪怕是为了买瓶李锦记生抽，也开越野车溜一圈儿。根本不管浪费多少油钱。

"你上周刚去过，人家遛狗，你溜车啊。"

"可是，车一周不开，就打不着火。我的雷克萨斯虽然能坚持十天，还是七八天溜一下。"

"你这个超常女人，人家想好车没有，你有好车不开，老是停在地下。"

"我最近在想不如让 S 把车开走，我爱坐地铁和步行，深圳停车费一个月 800，跟抢钱似的。放武汉，一个月才 100。"

路遇明斯克航母，顺道去拍了几张照片。

把车往中英街边一停，堆了一车生活用品，再回去买。得意扬扬地瞄着阿云："跟你去香港一样吧。比你还方便，不用过关。"

"那只是现在，以前要有特别通行证的，这里是特区的特区。"

"噢！"为此，我又多买了一堆，直到车门快关不上。

阿云怀里还抱着一箱红酒："你！下次别叫我了，还能省空间放东西。"

我伸伸舌头："请你吃早茶，赔罪可否？"我一边开车一边讲条件。

"哈根达斯冰激凌蛋糕，上次你生日时，第一次吃，真是太美味了。我儿子下周生日。"

"噢。当然可以，问宝贝喜欢什么口味。"

"只要是如风阿姨买的，他都喜欢。他可喜欢你了，老是说你，又漂亮又有钱。"

啊！有钱也是被喜欢的理由，难怪男人拼命赚钱。女人有钱，小男人也喜欢呀。没道理可讲。

过几天，阿云说带我去吃一样神秘美食，要用我的车，她老公十几万的车拿不出手。我二话不说，就把越野车从车库里拎出来，任他们去摆弄，我乐得坐在副驾驶位置上，听歌、赏景、睡觉。

阿龙直接开到一家饭店，进去坐下来，闲聊时，一桌菜已经摆满。

阿云神秘兮兮地瞄了我一眼："快尝尝，然后告诉我是什么肉，味道怎么样？"

阿芳说："你遍尝天下美食，今天的保你没吃过。"

我夹了一根榄角形肉块，放入口中，肉质结实爽脆，像鱿鱼一样结实，但不是鱿鱼。

"再尝尝这个。"

我又夹了一块豉汁蒸的肉，一样弹性十足。

这让我很是侧目，朋友们一边吃一边得意地瞧着我的惊讶。我夹了一片鲜嫩的鱼片，在滚热的汤锅里涮了一下，见到变色，立即捞出来，正打算享受其嫩与鲜，却仍然是崩脆无比。

"咦！都说广东人爱吃鲜、吃嫩，就连江南人吃鱼也多为清蒸。这是什么鱼？无论椒盐、水煮还是涮锅子，肉都如此干脆？"

阿芳说："你猜，为什么会这样？"

"这……哪里猜得出？"

除了鱿鱼、墨鱼，那些稀奇古怪的鱼之外，鱼肉都是鲜嫩无比的。我回头看鱼缸里的活鱼，外形很像草鱼，只是肉很奇怪。脆从何而来？

"难道是吃了什么特别的东西？"

阿云一拍桌子，对另外三人说："我赢了！一人三百啊。我们打赌，你能猜出是全鱼宴就算赢，现在连秘方也说出来了，应该一人加一百。"

三个朋友呵呵笑着："全鱼宴和今晚酒店，我们请。"这才知道，他们带我专程来吃脆肉鲩。

脆肉鲩前身就是普通的草鱼，是吃蚕豆长大的，运用活水密集养殖法，在急剧流动的池水里，迫使鱼经常运动，减少脂肪积累，增加肌肉韧度，因而其肉质结实、清爽、脆口而得名。中山脆肉鲩很有名，富含胶原蛋白、钙和氨基酸，有非常丰富的营养价值，仅比三文鱼低一点儿。

吃蚕豆，常运动，普通的草鱼就变成了脆肉鲩，那人呢？一个人，终生柴米油盐、家长里短，与追逐梦想，也一定不同。

"深圳什么吃不到呢，还巴巴地开车来中山？"

"不是玩吗？住一晚，明天开车去珠海，我们去澳门小赌一下，珠海乘船去澳门才 20 分钟。你是留在珠海吃早茶，还是跟我们去赌场？"

如果他们了解我，就不用让我选择。

我万千感慨："深圳人过得太滋润了：生活在深圳，吃在广东，玩在香港，赌在澳门。"

他们呵呵笑着："你也是。你来了，就是深圳人了。"

2

因为定居海南的一位中学同学来深圳出差，加上我从天而降到深圳，所以，我的中学同学们决定来一次特别的聚会，巧的是当年的班长和团支部书记，都定居在深圳。

虽然多年不见，相见就热情相拥的不是战友就是同学。

我们从中俄边境那座连公交车都没有的小城一直聊到国际大都市深圳，既惊讶国家的变化，也惊讶彼此的变化，都觉得生活在这样一个时代并被时代所成就，既幸福又珍重，不然的话，我们会过着什么样的生活？

班长阿华，做女生时就非常优秀，做女人时一样优秀，原是国家审计局干部，新近工作变动，调入四大国有银行某行做总经理，在福田有两套房子，把父母接来同住；阿卜，灵性培训师，通身的灵秀，气质非凡，带着六岁的女儿赴宴，母女吃全素，女儿也透着透明的灵性；阿东，女博士，某三甲医院主任医师，宝宝才六个月；阿彭，全职太太，儿女双全，家在深圳富人区南山，谈话中说她家的房子已经涨到十万一平了，她自己都觉得不可思议。我跟海南来的阿峰更是觉得天方夜谭。

奇异的是女生们都出类拔萃，而且是逆生长，比十几岁时更见风致，男生们却只是平常的上班族，且大腹便便。当年瘦得一道闪电似的，现在却变成了雷神。

大家非常激动，当年当下、国际时事、人生变故、黄金时代，什么都聊，又觉得相聚太短，分别太久，二十年巨变岂是一朝一夕可以聊完。却只有一朝一夕。

因为是为阿峰接风，大家都把话题转向他和海南，他讪讪地："没想到深圳有这么多老同学，且个顶个拔尖儿，据我所知，三亚目前只有我一个。三亚很努力，我也很努力，但是，无论城市还是人，都比不上你们。别说三亚了，把整个海南都算上，也不抵一个深圳。"

阿华问："同样三十年，为什么呢？"

"我也很想知道。但我只是一个平民百姓，海南也在努力地变，三亚的外地人越来越多，尤其东北人，但是没什么太大成效，工业、农业、第三产业都谈不上。按理说，海南是中国唯一一个热带城市，又是唯一的岛城，旅游业却也跟不上，总是有关于海南宰客的报道……一到冬季，房价涨得跟香港似的，满城游客，我们出行也不方便。本来天蓝蓝、海蓝蓝的地方，现在却到处是垃圾……"阿峰一口气喝干杯中酒。

"老同学，别的我不敢说，说说海南的旅行，2003 年元旦，我跟同事们是单独的旅行团，到海南旅行，真是被宰得彻头彻尾。我们是不缺钱的，单是我，买回来的物资就有三大箱，都是你们海南的特产，比如苦丁茶。但是六天的行程每天都在被宰，每一次购物都在被宰，80 一罐的苦丁茶卖给我们 800，在景区里玩你们少数民族成亲的游戏，一个男同事被选中新郎进了椰子屋，出来时铁青着脸，一个下午都没说话。以至于最后一天，再到购物地点，我们都不下车了，导游央求我们去走个过场。"我喝了一口茶，"迄今为止，我周游中国，在海南被宰得最厉害。你们可以短视，继续宰，我们可以选择不去。能够享受热带海岛风光的国家太多。"

阿峰叹口气，"是啊，好好的资源，被人浪费了。"

"也不算是吧，每年冬季，都看到新闻，海南一房难求，涨到几千块了。"

"是啊。"

"我是奇怪会有人去。同样的钱，在马来西亚和泰国的海边，享受着真正五星级的服务，倍受尊重。如果，你们再不懂得尊重自己、尊重游客，吃亏的只是你们自己。"

"不是阿华说，我根本不知道海南是经济特区。"阿彭说："没觉得特在哪里。上个月，刚刚跟闺密去新西兰看海，好像因为什么，谈到海南，但我们绝对不会去海南看海。它的名声不适合我们去，好像不是去散心的，是去堵心。"

同学聚会后，又与阿华见了几面，参观过她的办公室，也到过她父母家的书房，我离开深圳时，几百本书都送给了她。工作生活之余，她的爱好竟然是深马，不过，她只能跑半马。

得知我有运动天赋，还是大学系越野冠军，并且爱户外运动，她带我参加过一次她的半马朋友们的聚会。一群热爱生命、热爱健康的人，个个精神抖擞，大家都谈跑马拉松的感受、经过，他们把这当成了生活方式。阿华也是，从最初的参与，到今天，竟也有五年，她悄悄对我说："说话的这位，很有名的，都能百度到。"她拿出华为，搜索到那个页面。

"哇噢！酷！可以穿成这样跑半马。"他穿着量身打造的超人服，显露出强健的胸肌。

去年底，阿华在湄公河边长跑，还发出微信：祝南山半马、石梅湾半马的伙伴们欢乐畅跑，2018 年的第一天，阿华带着儿子一起用跑步的方式迎接新年。

3

得知我来到深圳，老赵便联系我，约我在乐园路吃海鲜。老赵是我纯正的老乡，我们生在同一个村儿，但认识时是在我们的县城，而且是六年前。

那时我就知道他在深圳华强北做手机生意，但没太大概念，直到我来到深圳，开车或坐地铁总是路过华强北才有概念。

我们吃着各种海鲜，聊着老赵的深圳创业生活。他没上过什么学，一直在做生意，做手机生意也有六七年了，在宝安租了一个很大的房子，有两个员工，装着无数的手机。

"深圳真是个好地方，就是房子太贵，家里催着回去结婚。"老赵说。

"定居深圳呗，不好吗？"

"房子太贵。"

iPhone6S 面世之后，全国疯抢，全国缺货。我刚好需要换手机，iPhone5S 可以送人，但是一直等却没货。想去香港买，连港货都被人买空了，规定一个香港人凭借香港身份证最多只能买两部。我让阿云想办法，她说她的三个香港朋友的名额已经没有了。我只好去找老赵，老赵也在焦头烂额地搜集货源，告诉我等。

一个半月之后，他才让我过去拿手机。开车到华强北只需要十分钟，停车却停了三十分钟，而且停到对面的小街，走过去。电子一条街是深圳最繁华的商业街，只要跟电子、通讯、电器有关系的产品应有尽有，太多淘宝店主都在华强北。

进入一幢大厦之后，所有的摊位都很繁忙，有的在批发手机，有的在改装手机，豪华灵敏的苹果手机，被剥去外衣之后丑陋萧条的不忍看，却在他们熟练的操作中变成一部新手机。

这么快就有人在组装 iPhone5 了，感到十分震惊，见到老赵就问："他们不会把这当作正宗的新手机去卖吧。"

"不会。这幢大厦就是专做翻新机的，他们都是有营业执照，交了保证金的。罚款很重的，我在旁边那幢大厦，我们只做正品行货。价格会差一半。"

"那你带我来这里……iPhone6S 不会有组装的吧。"

"刚出来就有的话，苹果早倒闭了。连我们都很难拿到行货了，一来就被抢空。你如果要 iPhone6，我这里就会给你留，但 iPhone6S 更少。我让我朋友给你留了一部港版行货。放心吧，我们是多年生意朋友，他不敢给我'山寨'机。"守着深圳和香港，却买不到刚上市的苹果手机。

年底时，老赵回故乡过年时拐到武汉，找 S 帮他去买二手名车，第二天就开着路虎回去了。这一走就没再回来，在家娶妻生子，问及生意，他说有消息要打击像他这样的手机贩子，回来前，他把半屋子"山寨"机低价处理，房子也不要了，赶紧"逃"回故乡。

他有几个做手机生意的朋友被抓了，会罚巨款。

深圳用它的国际性胸怀拥抱着来自五湖四海的人，并且容纳着各色深圳人的各种存在，只要你留下来，怎样生活都行。

我的办公室

我有过好几间办公室，最爱的自然是深圳的办公室。

超大落地飘窗，复式结构，白天办公，晚上写作，周末属于我自己。

每天早起后，先去老街散散步，吃个早茶，回来后就盘坐在飘窗上赏风景，或者做一份特别妩媚的早餐，配上英式红茶，边喝边看窗外的风景。

人造的风景也是风景，花费巨资，高耸入云，好歹要点个赞。在我的窗外能看到地王大厦和京基一百，曾经的地标建筑依偎着新的地标建筑，像弟弟靠着姐姐一样，一看就想笑。同时惊颤这个时代，不仅没有永久的第一，而且很容易就被超越。的确，即使是这个比弟弟

高了 50 多米的姐姐也很快被福田横空出世的平安大厦取代，它要建
118 层，600 米高，据说为了航行安全从 667 米调整下来。

我一边喝茶，一边瞧着苗条的京基金融中心，为什么要比高呢？
为什么要把建筑建得那么高呢？高的好处在哪儿呢？第一的称号真的
很荣耀吗？而且又能保持多久？物质上的尺度，只要有钱就能刷新。

什么时候，中国能有成堆的文学作品屹立世界文坛，让它们无
法超越；能有那样一部电影，像《指环王》一样，让世界人民纷至
沓来。

这更不容易，我用刀叉切着新西兰松饼，因为不容易，所以先做
容易的事。而那件不容易的事情，会惊奇地由一人完成。打开《这是
文化的力量》，边吃边读。

办公室即是我的家，上一道小梯，便是闺房。

白天办公，晚上写作，早晨散步，鉴赏黄昏，喝茶、阅读、思
考，看这座同我一样年轻的城市。

当然，不是所有的私企老板都能有这样清闲的心理空间与自然的
生活方式，也不是所有的私企老板都能有来自世界各地的驴友，把办
公室当成偶尔的客栈。办公室的沙发成了他们的床，而非其他总、长
们独享的位置。我似乎知道他们会来骚扰，所以买了几万块的名牌沙
发，舒服得睡在上面就不想起来。

办公时间，我接到的不只是客户电话，还有开口就讲英文的：

"Hello! Beauty! Long time no see."

"讲中文。"

"人家刚从国外旅行回来嘛。"

"别跩了，汉语马上也会成为世界通用语言了。在哪儿？"

只要我见过的人，一听声音，就能听出来是谁。这是在尼泊尔的驴友，来自内蒙古。

"我在台湾。马上回内地，经过内地，想过关深圳，有空吗？"

"没空。"

"哦……心肝宝贝……那么久没见，我好想你。"跟 90 后打交道要习惯她们这一套。

"有床。"

"谢谢美女姐姐。晚上到，给个位置呗。"

发了个定位过去。这个夜晚便成了与驴友叙旧以及欣赏她新旅程的时光，坐在家里又旅行了一次。

"美女姐姐，猜我在哪儿？"只要是这种开场白，一定是驴友，多半是 85 后的女孩子。

"在深圳。"

"聪明绝顶。我就在京基一百地铁站。到你那儿咋走？"

"走着走。"

"……"

我发了个位置。

"哇噢！姐姐你不仅貌美如花，而且实力超群，竟然住在这里。"

她们在路上不是这样的，有求于你时才会如此浮夸，浮夸得相当低档。

"说点儿人话。刚好晚餐时间，你等着，我带你去地王大厦吃早茶。"

"现在是晚餐时间呀。"不用说，准是一个北方人。

"早茶也可以当晚餐吃，内容俱全，而且是广东特色。要不吃烧烤？"

"我看行。"

"那你走过来，到楼下等我，我们去老街。"

俩人坐在室外，眼前摆了一堆羊肉串儿。

"去非洲旅行了？"

"你咋知道？"

"你的肤色。"我指指她的脸。

她不好意思地笑笑，却看不出脸红。"非洲真是奇妙无穷，又特别消耗体力。"

"这次旅行，多长时间？"

"八个月，整个东南亚，从中东进入非洲。哇塞，真是扒了我三层皮。"

"一个人？"

"时有时无。你懂的。"

我们都是独行者，到一城或一国都住国际青年旅馆，于是就能结识这些来自世界各地的奇葩。路线、性情相投，便相伴一程；南辕北辙时，就互道保重，和平分手。能够与我保持联系，并且到这么奢华的"客栈"借住的，自然是中国女奇葩。

"最喜欢的国家？"

"伊朗、埃及。"

"几句话描述一下。"

"嗯……"她一口气撸光了三支竹签，才说："伊朗完全超乎想像，今生必去。埃及，不去，念念不忘，搁在心里；去了，大失所望，留在嘴上。"

我饶有深意地笑笑："看样子，去埃及之前，我得想个不失望的法子。"

"唯一的法子就是不去。"

"去。这是必去之地，要让去过之后，还想再去才是。"

她一拱手："全靠你了。"

全靠心。

我时常被他们打扰，陪着他们在嘴上和照片中旅行他们刚刚旅行过的国家。偶尔，也会有勇敢的男驴友试探是否可以借住，都是经济并不宽裕、追求自我与人生目标的 90 后。

虑及在某国初见时的欢欣，相处时的愉悦，背包客的不易，深圳高额的房价，及繁华之地出行的方便，都会让他们短暂停留。

同是天涯独行人，相逢何必曾相识。

于是，我的办公室，成了驴行者们的豪奢民宿，免费管住，外带管吃。驴友们都很独立，最多让我尽一次地主之谊，然后自己去逛。

背包独行世界的人，不用担心他会迷路，无论逛多远，他们总能在深夜之前回来。突然之间，从天而降，已是打扰，若还陪吃陪玩，实在有违行者们的独立精神。

驴友是懂得自由的自由的朋友。

在深圳时，住在繁华中心的复式住宅里，超大的玻璃窗被阳光晒得如同暖气一般，冬天只需要一条裤子、一件薄衫、一件薄大衣就可以。到大街上也还是看到许多人穿着羽绒服。到深圳的朋友家做客，待一会儿就想回去，朝北的普通民宅也还是有些冷的。

在我，这个复式住宅的最大意义是，既能体会老深圳的内涵，又到港澳十分便利：距罗湖口岸只有两站地铁；地铁到蛇口乘船去澳门。使我得以有机会，近距离接触港澳生活，并非作为旅者，不同的心态会带来不同的视角，获得不同的感受，经验到不一样的港澳，尤其是香港。

西贡
吃在香港
"地狱"的香港
天堂的香港

东方之珠

西贡

这个西贡，不是杜拉斯遇见《情人》的越南的西贡，而是香港的西贡。

每周末，西贡码头会集结了许多热爱生活和户外的人群，有人专门来吃海鲜，有人来租条游船出海，有人来郊野公园徒步。

本地人特别喜欢来此度周末，还有不少深圳人来寻找欢乐，从福田口岸搭的士到西贡码头，大概四十分钟。

一下车，空气里充斥着浓烈的海鲜气味，渔船上琳琅满目地陈列着船家清晨的收获，吸引着高高在岸上的吃货们自动询问价格。他们是世代生活在船上的蛋家人，海赐予了他们一切。他们在船上等待买家。

不少跑过去问价，海面上停着大大小小的游船，远远地望去，很像泰国芭提雅的水上市场，但这里的岸高了许多，对话靠大喊，交易靠长杆。

无心于海鲜的人便会被各种各样的渡轮和游船送去高尔夫球场或国家地质公园，以及海边。

"西贡"一名，大约在明初才出现。郑和七下西洋后，不少东西亚、中东沿海等国家向明朝朝贡或贸易，西贡便是朝贡船只停泊的一个港口。于是，这里就被称为"西贡"——"西方来贡"。

西贡最早的先民是来自华南的水上人，他们的渔船在14世纪便在这里的小海湾泊岸，后来渐渐聚居于这个景色怡人的山区，沿海建立许多小渔村，务农或捕鱼为生。其后，一些深圳河以北的客家人也迁至西贡聚居。

西贡数百年来维持原貌，近年增添了许多西班牙式别墅，中国渔船和西式游艇并肩泊岸，相映成趣，令纯朴的渔乡多了一份中西合璧的风味。

在海面前，人们从来是不客气的，发明各种各样的疯狂玩法，可以坐小艇去更远的海岛，可以浮潜，可以把游泳圈、气垫床往海面一扔，穿着比基尼的漂亮女生们纷纷跳入海中，在床上消遣。轮船后侧还有一个可爱的滑梯，直接滑入海中，像煮饺子一样，"嗖"地一下"扑通扑通"跳入海中。喜欢刺激的人便玩香蕉船、冲浪板。

外国美人儿们穿着三点衣，长时间暴露在外面，既不担心风光外泄，也不担心会被晒黑，要让中国美人儿们换比基尼，那需要费一顿饭的工夫，穿出来的却是包裹严密的泳衣，要么，就在比基尼外面罩一层纱或一条长裤，无论多好的身材都会担心是否有小肚腩、肥硕的大腿，无论多白都担心比别人黑、会被晒黑。

玩儿累了，在船上享受海上自助午餐，把音乐开到很嗨，露天Party。生活不用太匆忙。下午或者继续闹海，或者漫步沙滩，或者登山远足。

西贡拥有辽阔的郊野公园、巍峨的翠峰和美丽的海滩，户外爱好者常常来此光顾。白沙澳村更是西贡郊野公园内保存得最好的一条古旧村落，村内仍保留着旧有建筑物的特色，浮雕壁画、古老门框仍然可见。

西贡有一条香港著名的徒步线路：麦理浩径，全长100公里，麦理浩径横跨香港23个郊野公园中的8个，沿途要翻越20多座山头，风景各异，不论山岭、海岸、丛林、溪涧，美得叹为观止，尤其是其中第三、四、七、八段，都是连绵不断崎岖难行的山路，颇有蜀道难，难于上青天，却能够上得去的风范，几百米直上直下，令人色变。

西贡半岛及其沿岸的岛屿绝大部分是由火山岩组成。由于长期受到东风及海浪的侵蚀，吊钟洲形成了很多特别的海蚀地形，例如海蚀洞、海岩柱、海蚀拱及海蚀隙等，使这区的天然外貌更加吸引人。

品完海鲜，当然不要急着离开，在西贡还有别的消遣节目。

这里恬静出尘、沙细滩长，你可以租舢板畅游牛尾海内海，或是流连于西贡墟的购物区，还可以走进墟内后巷参观天后庙。

漫步一圈之后，遵循香港人的生活方式去喝碗糖水，点一客绿豆沙或是水果冰，去掉口中海鲜腥味。

美好的一天就过去了。

吃在香港

1

别人在香港，是买，我是吃。在这个世界美食之都，不吃到酣畅淋漓，怎对得起民以食为天？我是一个如假包换的平民百姓，一到香港就想着吃，还要吃独特的、内地没有的。

为了吃，得付出不少工夫和时间，虽然港铁四通八达，但从出站口到达目的地，往往要穿行很长时间，有时候走错了路，坐在位置上时，已经饿得精疲力竭，仅剩下点单拿筷子的力气。

但这并不耽误吃的热情，血拼的人在品牌店门口排队还要排个把小时呢。

从中环港铁出来，行至不远，就是陆羽茶室。被白布包头的印度守卫迎进去，老香港的气息扑面而来，古色古香的原色装饰，温馨典雅的木质家具，到处是中国字画墨宝，茶室内的柜台、屏风、吊扇、钟、花瓶及算盘等都古意盎然，充满着深深的怀旧气息。

时光为这座茶室增添无法取代的味道，是重金购买不到的极致装潢。时光的魔力还体现在侍者身上，清一色的年过半百的老者，身着白色对襟唐装，个个精神矍铄，行动如风。

一位老者递上一张纸制菜单：繁体字，竖向排列。看我不会说粤语，竟然说起英语来，虽然俩中国人说英语，感觉很别扭，但他从牙根儿深处蹦出来的汉字让我举手投降。他的普通话跟我的粤语一样差，我基本上不会说粤语。

一壶陈年普洱，四道点心：滑鸡球大包、虾仁鲜荷饭、云腿鲮鱼角和枣泥甘露甫，港式早茶与粤式早茶师承一脉，但港式早茶价格不菲。

时值大年初六正午，顾客不多，直到来了一群人，茶室变得热闹起来。他们穿着很隆重，女士着旗袍，男士着西装，在一张大桌坐下后，为首的男性长者拿了一打红包，见到侍者就发。顾客给服务员发红包，这在内地是不可能发生的故事。抑制不住好奇心，借添水的功夫问老者。对于红包，他习以为常，他用英语回答：

"这位先生是喝这里的茶长大的，从几岁起就跟着大人们来喝茶，直喝到成年白首。"

茶室开到这种境界，无话可说，心服口服。

后来在广东生活了几年，才知，这不是北方意义上的红包，只是利是包，金额不多，数字寓意要好，只为喜庆，恭喜发财。

当茶点摆在餐桌上时，就明白港式早茶价格不菲的原因了，单就那粉嫩、雅致、可人的外表，已经垂涎欲滴、跃跃欲试了，一粒入口便七窍生津、飘飘欲仙。港式早茶不仅茶点比粤式早茶精致，而且茶与茶具也精致，正儿八经地给你一只陶瓷茶壶，上好的杯子，幽雅的环境，极致的茶点。

一边品尝，一边翻它的前尘往事。

这家陆羽茶室已经拥有八十多年历史，接待过多位富豪名流、香港总督，霍英东、李嘉诚等人还投资了整栋大厦的业权，易名"陆羽大厦"。

1975年英女王访港，也想要到陆羽茶室品一品正宗的广式早茶，却被拒之门外，理由是：位子订满了。

这让陆羽茶室登上香港最牛餐厅的榜首。

这里还发生过盗窃案，1996年，被盗走过18幅名画；几年之后的夏天又发生了枪击案……历史悠久是双刃剑，既能带来荣誉与财富，也能带来忧伤和灾难，但这未能影响陆羽茶室在香港和香港人心目中的地位。即使是一间茶室，活了八十岁，也要历尽沧桑，经历各种抉择，承纳各种无常，何况是人。

这样想来，我的流浪生活没什么大不了。捏起一粒鲜美可人的枣泥甘露甫，轻轻放入唇舌，究竟什么是属于我的，属于我们的？什么是可以控制的？这个小美色，我与它热恋、纠缠的当下，才是真切陪伴着我的，我能够拥有的。

我改变不了世界，控制不了他人，算计不到无常，也不能选择出身，唯一可选的是喝茶还是喝酒，在香港喝茶还是在德国喝酒，跟谁喝，喝时想什么，说什么。

这个喝茶的当下，是唯一属于我的。

我呷一口茶，茶香混着枣香，带来幸福的香味。于是，我能够意识到的每一个当下的存在，都是幸福的，无论我是什么状态，在做什么，活着，健康而和平地活着，就是幸福的。

味道是王者，吃茶吃出了王者的气派、女王的感觉，即使飞越千山万水，我必会卷土重来。吃茶吃出一个誓言，一定是茶醉了。

2

煲仔饭是香港很大众很知名的一种饮食，越是大众的，越是生活的，其味道一定纠结味蕾。

查询到油麻地的兴记煲仔饭不错，雄赳赳气昂昂地去了，一出地铁口，仿佛进入了旺角黑夜，疑心会不会遭遇枪战、抢劫、黑帮火拼，饥肠辘辘的胃迸出一个字：饿。

顿时勇气胆边生，为了吃，豁出去了！

地摊，小店，阴暗，低矮，像都市边缘，繁华背后的残缺不全。油麻地虽只在尖沙咀下一站，就感觉出了香港，来到广东乡下。

有好几家兴记，也不知哪一个是正宗的，都有人在排队。找了其中一家，刚好有个位置，说是旮旯更为精确，而且是三个人分享一个旮旯，桌子，如果那也叫桌子的话，除了调料盒放下一个 iPad 就满了，于是，把 iPad 搁到腿上，腾出放碗的地方。坐时要挺直腰杆，稍一拱背就碰到了后面的食客。

还好，香港人不比上海人那么爱讲道理，碰一下整个晚上都交代了，他们已经习惯这种拥挤和狭窄，并会在间隙中明朗地生活。

人很多，许多帅哥靓女来吃，服务员像打仗一样，那么多小桌都记得牢，那么拥挤的过道竟然自由穿梭！

热气腾腾的腊肠滑鸡煲仔饭顷刻之间摆在面前，立即吃了一口：啊，厨师忘了放盐！偷瞄邻居家的煲仔饭，都是酱油色的，独独这一碗是白色的。刚要问个究竟，旁边的香港小姐好心地告诉我："要加入酱油搅拌才能吃。"原来如此，果真全赖酱油着色、提味，再吃时完全不同。煲仔饭的前世变成了今生，而今生是那样光辉灿烂、美味无穷。

进门儿时，看到外面支着锅在做一种没见过的小吃——煎蚝饼，说是煎，很像是在炸，油多的快溢出了锅，便点了一份，好吃，但有些油腻，加上煲仔饭出乎意料地阔绰，吃了几口就搁下了。

煲仔饭是我在香港吃过的最便宜、又好吃、又饱腹的食物，30块港币就能喂饱自己。不比陆羽茶室的典雅、镛记的豪华，兴记平实、大众，贴近民生，比起那一碗五六十块钱、挑两筷子就没的鱼蛋面，兴记真是菩萨心肠。

3

2014 年，从马尔代夫飞经香港，顺道去尖沙咀买单反，经过重庆大厦时，回眸瞥到了地下的兰芳园，一看那气场和繁体大字就知道是老字号，偶遇的美食是断断不可错过的，这是上天送到嘴边的鸭子，不能让它飞了。

真是酒香不怕巷子深，兰芳园不仅建在地库，而且要经过一条长长的走廊，去洗手间还要刷卡。

餐厅依然狭窄拥挤，依然人满为患，桌子依然罕见地矮小，依然还要拼桌。便怯怯地占据一角。服务员繁忙而冷淡，木然地杵在人缝儿里，拿个本子，划拉几下就走。

点了西多士、猪扒包、葱油鸡扒捞丁和龙虾汁儿捞丁、奶茶和鸳鸯。但愿桌子能放下。

鸳鸯是兰芳园的首创，在香港广东一带比较盛行，内地的港式餐厅，试着点过鸳鸯，要么没有，要么面目全非。

港式鸳鸯由七成丝袜奶茶和三成咖啡混合而成，咖啡的香味儿加上奶茶的丝滑，比奶茶浓烈，比咖啡清淡。一杯上好的鸳鸯，必须保证奶茶与咖啡的醇正，才能组合成中庸之道的鸳鸯，不然，味道很古怪，既不像奶茶，又不像咖啡，失去了奶茶的香甜，仅留下咖啡的苦涩。

中庸之道也需要智慧。

穿着西装、套裙的上班族们匆匆地吃完，匆匆地走了，很快有人补上空缺。S和我盼着快点吃完，占据娇贵的位置有点像犯罪，但是西多士和奶茶实在太好喝，宁可犯罪了，又要了两份儿。

S是一个完全不懂得任何享受的人，他能把普洱茶喝成红茶，吃牛排和炸酱面一样的口感，连他都对食物赞不绝口，可见兰芳园的厉害。

兰芳园另一个厉害之处就让我对香港的面免疫了。

香港不是所有的食物都好吃得特立独行，最黯然伤神的是面，捞丁其实就是面，此次之后，今生作罢。

惩罚一个北方人最好的方法，就让他吃香港的面：卖相与方便面相同，口感很硬，汤很鲜，两筷子挑没了，再没别的味道。

想必香港人没吃过手擀面、拉条子、陕西裤带面、新疆拌面，不然怎么会那么多年，都吃这种被电卷了的疲乏的钢丝面。

4

住在尖沙咀却不购物很痛苦，一出门就是商铺，无边无际的商铺，层层叠叠的招牌，摩肩接踵的人群，分不清哪家是哪家。

楼下有家翠华餐厅，无论何时，经过时总有人在排队。大年初八，早起了半小时，排队的人少了大半，便决定一探究竟。

同样狭窄得想笑的桌子，奇异于这样的环境却能培养出香港人那样的小资与优雅，点了奶油猪仔包、冰镇菠萝油、鱼蛋河粉和奶茶。

奶茶和鸳鸯是香港餐桌必备的佐餐饮料，内地已然不陌生，走到哪里都有奶茶，但没有一个城市能做出香港的味道，即使刚刚在深圳东门开张的豪华版的翠华餐厅，欣欣然去寻找两年前记忆中的香港味道，也还是不比香港奶茶丝滑厚美，冰镇菠萝油则差别更大。

许多味道是溶入当地的历史、风情、建筑，少了感觉，就差了味道。

咖啡杯厚重花哨，描了浓重的景泰蓝色，既像脸谱又像浮世绘，是翠华的一大标志，杯中的奶茶浓郁醇厚，加入一个糖包后，好似晴朗的西湖飘起蒙蒙细丝，有种"山色空蒙雨亦奇"的特别味道。

奶油猪仔包是翠华的招牌，黄油和炼乳这两个可爱的间谍，潜伏在刚烤好的酥脆的椭圆形面包上，成功地渗透进面包的每一个毛孔，咬一口，嘎嘣嘎嘣直响，浓郁的脆甜，脆到了骨子里，甜到了心坎儿上。

冰镇菠萝油也不示弱，冰鲜的牛油夹在热酥的菠萝包中间，冰火交融，寒暑相爱，牛油这个霸道的追求者成功地俘获了菠萝包的身心灵，与它珠联璧合、琴瑟和鸣，享受它时，香脆甜魅，七窍玲珑，无尽畅快。就凭这次与菠萝油和猪仔包魂断巫山的云雨之欢，使我日后每次在香港机场转机时都要到翠华寻觅旧欢，但再也未能寻回人生初见时的痛快。

不只追求真爱需要耐心和时间，追逐美食也是如此。香港美食绝非一周、一月可以尝尽，它需要经年累月地欣赏和沉淀。

它比真爱美好之处，它就在那里，你来与不来，它一直在那里，直到你突然出现，它会让你觉得，它一直在等你，等的就是你。

虽然，你走了，它会让别人感觉，它在等他……但是，足够了，一次用餐的欢愉，片刻偶遇的感动。

美食美在，只爱你，不伤你。爱却难说……

到香港寻遇美食，是一辈子的事情。

"地狱"的香港

　　虽然我能够触摸香港的灵魂，但是香港却是一座无法言说的城市，既让人像阿拉伯王子一样生活，也让人像《包身工》里的芦柴棒一样过活；它的房子可以几平方，也可以豪华的像宫殿。

　　2013年底，去泰国过年，经飞香港，可以无证停留一周，便提前定了一间房。春节期间的房间特别难定，基本上爆满，包括五星级酒店，好容易捞到一个单人间，赶紧下单，700元，还是人民币，已经觉得很幸运了。

　　从泰国回来时是大年初五，按照地址，来到尖沙咀重庆森林旁边的老楼房。

　　在陈旧而古老的电梯里上了楼，开门后找不到前台，只有一个阴暗的角落，一张桌子，后面坐着一个衣着家常的女人。

有点疑惑，必是走错了地方，用手机出示了订房信息。

"在这里。"她带我走进一个狭窄的门，进门后，右边一个小门是厨房，往前走，是洗手间，再往前，是一个四人间，走廊尽头是一个稍微宽一点的门，打开，里面一个房间，仅有一张双人床，床上还放着那些……我都无法描述，那些被褥和箱子，是三十年前村里人用的那些。

床上边有一排空间，放着奇怪的箱子，一股子奇怪的味道。

"就这个房间！"

我和香港女人同时说，她后面是句号。我后面是叹号。

"还有别的房间吗？"

她耸耸肩，浓烈的香港腔："现在是过年耶。"

"这样的房间 700 块人民币！"

她耸耸肩，外加撇撇嘴，很跩地说："这里是香港啊！"

让我说什么，如果不是春节期间的香港；如果不是以为万事俱备，外加天性粗心，大大咧咧，没开香港长途；如果不是已经付了六天的房费，你以为我会住在这个闹鬼鬼都嫌寒碜的房间。

上次来香港，我们住在中环一家四星级宾馆，虽然房间也狭窄得可怜，但还是人住的正常的宾馆，才 700 元港币，不过，那是平时。

S 是个对生活和享受毫无要求的人，最大的爱好就是工作，最爱吃的是豆腐、土豆、茄子，排列组合互相炖，地上铺上凉席就能睡，夏夜的阳台上放一顶蚊帐也能一觉到天亮的人，看到这样的房间，唉声叹气着："这能住人吗？"

我是订房管家，委屈地点点头，又摇摇头，"看样子，平常好像是住人的。但不十分像……"

"还能换房间吗？"

我摇摇头，"没网，有也没房间，这是香港。星级宾馆不仅全满，而且几千块一天。"

"那也比这强吧。"

我们尽量早出晚归，本来白天在中环、海洋公园玩得很尽兴，一回来就皱眉，得闭着眼洗澡，闭着眼睡觉才能勉强忍受。

洗澡时不能转身，没有转的空间，洗手间也仅能容纳一个马桶及坐在马桶上的人的一双腿，进去后，想关门就得立即转过身先坐在马桶上。

第三天从维多利亚港夜游回来，S就要回内地，"你把我一个人扔在鬼都不敢闹的房间？"

"武汉有个大项目年后就招标，那你跟我一起回。"

"都交完钱了……而且，香港也好玩呀。"

"香港倒是不差，怎么有这么差的房子？"

"我哪儿知道啊？我也想知道呢……"

这个鬼房间到底没留住他，他到底把我一个人扔在香港，天天吃各种香港美食，天天喝丝袜奶茶和港式鸳鸯，天天回到这个惨不忍睹的房间。

第四天，我发现电梯迟迟不来，抬头看奇怪的标识，似乎只是单层才停，便下了一层，没电梯！又下一层，等了好一会儿电梯才来，缓慢地打开后，保洁阿姨和一只巨大的垃圾桶占了一半的空间，另一半的空间的一半被一个男人占着，我进来后，电梯就满了，祈祷它千万别叫。

两个人用香港话聊着天，我觉得阿姨一定知道这里的玄妙，便问："你好，这里的电梯怎么那么奇怪？我在 16 楼，应该坐哪部电梯？"

她突然提高了十倍的音调，用不太流利的港味儿的普通话厉声吼道："这里是香港啊！"

我一声叹息，如果这里不是香港，你敢这么跩地跟别人大声吼叫。

我知道这里是香港，我在去世界各地旅行时，被问及我来自哪里，我时常会说香港，总是会得到夸赞，我还要再夸赞一句：当然，香港是一座自由的城市。住的地方狭窄得像猪圈，收垃圾的都敢对未来的作家大吼，真自由。

一出电梯，走几步，就是车水马龙、繁华昌盛的尖沙咀，住在这样的地方，工作在这样的地方，香港的穷人不会心理变态吗？这一定会影响心理健康，住在这里的小人物已经彰显了。

2014 年，春节期间，我又想去吃香港，定了六天房。这次的房间，远没有上次那样夸张，至少窗明几净，一张正常的干净的床，一个独立的洗手间，床边的位置仅够放下皮箱，还得立着，要拿衣服，得把皮箱搁在床上，打开。

躺下，还好，能搁下我修长的身躯。

当天晚上，就知道厉害了，隔壁人的谈话声一清二楚，看的什么节目，也一清二楚。第二天一早，他们一起床，床就吱呀一声，把我叫醒了。

这样的房间一样 700 一天，好在，有那个鬼都不敢闹的房子垫底儿，这里只是闹闹人，就闹吧。

还好，我天性开朗、心胸开阔，住在这样的地方，不耽误吃和玩，还不耽误体验生活，写文章。

那天看到窦文涛主持的新节目《圆桌派》，有一期的主题是：租房。他说他也有十几年的租房经历，说起了香港的劏房，这个"劏"，就是指将一间房间隔开为两间或 N 间房。每个小房间的面积由几平方米到十平方米不等，月租金竟要三千至五千元。劏，读 tāng，属于动词，多用于粤语，本义是宰杀，是指把动物由肚皮切开，再去除内脏。

这才知道，我住的房间叫劏房。第一次住的连劏房也不如，应该是连劏房都卖出去了，那是主人家自住的房间，拿出来卖钱。就像我当年在拉萨开客栈，实在无房，就把我自己的房子腾出去卖，我睡榻榻米。

住在这样的房间，这过的是日子吗？

知道香港的房子贵，贵到了这种程度，真是令人咋舌。浅水湾的房子又豪奢得像宫殿一样，香港的贫富差距，也令人惊颤。在网上搜索了劏房的照片，惨不忍睹，惊为天人。

我看都不用宗教吓唬人了，不行善事，会下地狱，地狱什么样，之前看但丁的《地狱》，蒲松龄的《聊斋》，现在看劏房的照片就行了。

吓唬年轻人不努力，就让他们一辈子住劏房，管保他们一直斗志昂扬；吓唬小孩子，再淘气，鬼来捉你，孩子哈哈大笑："哪里有鬼，鬼住哪里？"给他看劏房的照片，他就信了，还会吓得哇哇大哭。

萨特说：凡是存在的就是合理的。劏房存在的合理性，只能由香港人解释。我不仅看到了，而且住过了，此生不想再住，住在此处，生无可恋，做鬼都不愿意住。劏房没有机会，我身后是要成仙的。

天堂的香港

1

人们都在传说，香港是购物天堂。但是，从文学作品中，我感觉香港是有生活的，香港人是懂生活的。我偏知其不可为而为之，在繁华中寻找缓慢，在骚动中寻找宁静，去发现一个别样的香港。

大年初六的上午，我从梳士巴利道赶往地天星码头。

天星小轮是拥有百年以上悠久历史的交通工具，承载了许多香港人的成长记忆，运气好的话，会遇上某个低调的名人或明星，但那天，人烟稀少，都是本地人。

奇怪游人都乘坐豪华游轮夜游，喧嚣着拍摄一堆扭捏的照片，仿佛不如此，对不起维多利亚港的繁华与盛名。可是，在天星小轮上看到的香港不仅丝毫不差，反而更加真实、平和、古朴，充满了生活的味道。

以后，来香港，便只乘坐天星小轮游维多利亚港。

在中环上岸后过天桥到巴士总站，搭上 6A，坐在二层第一排，居高观景，视野开阔。

车子驶出闹市之后，似有点翻山越岭的味道，时而是起伏的山路，时而是碧波荡漾的大海，时而又穿越树林绿海如茵，似乎到了某个闲适舒坦的东南亚小岛。

大约一个小时左右，海边出现一片波平浪静、水清沙细、依山傍海的新月形海湾，总觉得它有某种特别的气质，与繁华喧嚣的香港似有不合之处，又有某种特殊的联结，瞧了一下报站的电子屏幕：浅水湾。

难怪窗外的一切，渐渐地明媚起来，带着富丽的光，下意识为其诱惑，不自主地多看几眼，女人原来也是好色的。

这个"天下第一湾"本可以靠本色征服世人，却被如雷贯耳的商人与明星征服，以豪奢闻名天下。没有人在这里按铃下车，住在这里的人不可能坐双层巴士。

在车窗里寻找辉煌荣耀的豪宅，主人倾国倾城的富奢，总能使它们像金字塔一样绚烂夺目。却只看到表面平庸的房子，隐藏在明快的绿色之间，门前碧蓝色的私家游泳池，与紧凑拥挤、寸土寸金的市区相比，倒显出这里的金贵。

没有想象中豪宅的模样，倒更能显出香港富豪们的审美品位：低调的奢华，简约的外在。

在内地富商眼中，豪宅如果不被一眼认出，豪在哪里？可还有买的必要？

懂得生活的香港富豪喝着茶，莞尔一笑："豪宅再豪奢，是用来住的，不是给人看的。"

想那旧时的浅水湾饭店，露台餐厅上的下午茶，一堵灰墙，一湾宁静，一提点心，一丛树影，沁人心脾的享受，仍不能让白流苏和范柳原这样的人，在情场较量之后稍微交换下残存的真心，最终要由战争来成全，实为憾事。

"这堵墙，不知为什么使我想起地老天荒那一类的话……有一天，我们的文明整个的毁掉了，什么都完了——烧完了，炸完了，坍完了，也许还剩下这堵墙。流苏，如果我们那时候在这墙根底下遇见了……流苏，也许你会对我有一点真心，也许我会对你有一点真心。"一点真心，也还是有的，在这个和平年代，想找真心，哪怕一点，也是难的。

在《倾城之恋》那个兵荒马乱的时代，个人主义者是无处容身的，可是总有地方能容得下一对平凡的夫妻。现在，每个人都有机会成为个人主义者，但却容不下一对平凡的夫妻了。

浅水湾饭店已经不存在了，被影湾园替代，但《倾城之恋》还在，一直存在。

能流传于世的，在创造者身后，建筑与文学都在其中，但建筑会在天灾中倒塌、在战争中损毁，会被翻新、重新命名；文学作品，只要有某种意义和价值，会永远本色地存在。

再来香港，要在有月的夜晚，住在影湾园 130 号房间，看看自己能否抵抗得住浅水湾的月色，偶遇那残存的一点真心。

一生寂寞的萧红，能够长眠于浅水湾是对她的寂寞人生的慰藉。如果有来世，但愿她喧嚣一世，写出她想写的所有作品。

萧红的生命价值，在于她的作品，不在那几个男人。男人，不过是生命的点缀，永恒的一定是作品。

2

一个小时后，在赤柱广场下车，眼前一泓幽静美丽的海湾，半个岛屿平缓地滑入太平洋中，沿着赤柱湾一线悠游，许多风格各异的酒吧和咖啡屋，半露天式的，欧陆风格建筑，通透的长窗能够完整地舒享温暖的阳光，墙上不用旋转式风扇，而是上下摇动的蒲扇，这在越南，是贫瘠，在香港，却平添几分古雅的情趣。

各国特色食肆云集，虽是下午，西餐厅与酒吧热闹非凡，座上客洋人居多，坐满整条湾，划了长长的、柔软的弧线。

没有鲜花与绅士，却说不出的浪漫，即使独自一人。

仰观近二百年历史的美利楼，惊奇的不只是古典的维多利亚风味——石砌的砖墙，可爱的罗马柱，老去的吊灯与风扇，而是这座原本坐落于中环的大楼，竟然完好无损地搬家到这里。

怎么做到的？

这里真适合写真。

这样想着，转角处，一袭婚纱，一身燕尾服，让建筑鲜活起来，在他们的婚纱照里，建筑也让他们灵动起来。

与美利楼相隔不远的天后庙，则是纯中国传统式四合院风格，供奉着天后娘娘、黄大仙等多位民间神祇，终年香火不断。维多利亚与四合院，怎么都不挨边儿，就像咖啡就炸酱面，若再来一瓣大蒜……

怎么能够出现在一个餐桌上，还能优雅而热闹地全部吃下。

优雅属于咖啡，热闹属于炸酱面，它们却同时属于赤柱。

前面是赤柱市场，入口处有一家很文艺范儿的书店，书籍很多，明信片、冰箱贴都很有香港味道。赤柱不是一个看书的地方，适合闲庭信步，海边小坐。

各式各样的纪念品、特色服饰、旅游用品，中国传统工艺品：古董、藤器、书画、丝制衣物及布料等，不会比尖沙咀更丰盛，但价格相对低廉很多，是一个选择手信的好地方。

与代表着高贵奢华的浅水湾相比，赤柱则更能体现平民的生活，古朴低调得不像香港，很像东南亚的一个小镇，但又隐透着富硕与繁华。

一个男婴在地上爬来爬去，爬到我的脚下，抬头看看我，呵呵一笑。

为其天使的笑颜所惑，近乎趴地蹲下来，用婴语手舞足蹈地跟他交流，婴儿笑得浑身颤动，笑容像木棉花开之后的木柱，点燃周边所有的空间。

婴儿的父亲也乐不可支，我们用正式的英语打了招呼，知道他们是法国人，来此旅行，得到允许之后，给男孩拍了几张照片：他蓝色的眼睛像与阳光热恋中的海，立体的脸颊像海中的渔船，盛载无限的收获，性感的小唇展开美妙的未来。真想抱抱他，但他好重，揪了两下，没揪起来，也就不请求父亲允许了。

撂下一句英式的作别方式："很高兴遇见你。愿你拥有美好的一天。再见。"

走到"卜公码头"，视野更开阔，海风更柔和，清醇亲王、孙中山、英国亚打王子、爱德华王子、港督弥敦……都曾在我站立的地方用不同的方式上岸，直至 1925 年的皇后码头启用，这里便成为遗址。

恍惚中觉得自己有可能是个人物，偷偷瞄向海的远方，瞄到了真相：一个流浪的小人物，偶然来到大人物们站立的地方。

悠游累了，坐在露天茶座上，发发呆。外国侍者用英文跟我招呼，并递上英文菜牌与酒牌，点了杯蓝山咖啡（Blue Mountain Coffee），彼此说谢谢。

柔和的海风，温暖的日光浴，充满异域风情的小镇，缓慢与安详的下午。没有高楼林立，甚嚣尘气，也没有喧哗与骚动……

原来香港的另一面，如此悠闲而迷人。

怪道邓丽君钟爱这座滨海小镇，买下一栋小墅，享受世界大都市中罕有的慢生活，她穿过花径去沙滩看海，顺道在路边买一束玫瑰，饱含深情地唱道：

雄壮的山岭，美丽的海港，有我的幻想，有我的希望……它是我爱情的天堂。（《香港假期》）

赤柱有爱情吗……

黄昏如约而至，太阳从青春的热烈转为中年的稳重，很快变为知天命的淡然，归于花甲之后的苍茫，倾尽一世爱的余晖，沉下去，沉下去，仅余下海面一点红：幽红、玫瑰红、勃艮第酒红，红透了整个世界，红掉最后的生命。

世界各地人在红中经过：如胶似漆的情侣、欢乐的母子、年迈的夫妇，勾勒出赤柱最温情动人的黄昏。远处的渔船，在不断变化的红海上，陆续归航回家，渔民们稳妥地将船停靠岸边，上岸抛锚绑船，娴熟地给渔船打结。

夕阳西下时，落日的余晖使得整个小镇安详中多了一丝妩媚。

夜幕低垂，霓虹多耀眼，那钟楼轻轻回响，迎接美好夜晚……点点渔火叫人陶醉，相爱人儿伴成双，他们拍拖，手拉手情话说不完，卿卿我我，情意绵绵，写下一首爱的诗篇。有你在我身旁，我爱这个美丽晚上。

邓丽君深情歌唱赤柱的夜晚。如果她能做到无"你"在身旁，一样爱每一个美丽晚上，她应该是世界上最幸福的女人，她本是上天宠爱的孩子。

走进南欧风情的船屋，海蓝色的外墙，海洋风的装修，坐在楼上近窗的露台位置，仰望苍穹，微风拂面，尚未用餐，心满意足。

香港是生活的天堂。

别样的生活，要用心感受，眼睛看到的只是表象和片段，相机拍摄的只是建筑和灯光，没有情感和理性。

香港是一座有灵魂的城市，需要有灵魂的人尝试去触摸香港的灵魂。

☞ 天堂的香港

穿越中西
城市无言
别样新年
叹茶
叹书店

无言之城

穿越中西

生活在广州时，最喜欢在西关老街闲逛，那沉浸多年的故事，厚重沧桑的历史，市井小民的人生，无不浸透着生活的痕迹、时光的风味纷至沓来，似是翻开了老画本、旧杂志，却讲述着当代的时尚。

闲庭信步，悠游一条条小巷；随心所欲，观赏一排排老屋。

这些小巷在上海叫弄堂，在北京叫胡同儿，十足的岭南特色，潮汕风情。

看得出老广州人非常讲究，先不说别的，单说老屋这三道门，就十分有趣儿。

第一道是屏风门，像两面窗扇，既挡住路人的视线，又轻巧方便开关。

最具特色的是第二道门——趟栊门，说是门，看上去就是横放的木栅栏，横架着十几根圆木，一定是单数，不能双数，这是一种古老的"防盗门"。

第三道门才是真正的大门。

岭南湿热，开大门通风透气时，屏风门和趟栊门，可以保护隐私。

经过这些奇怪的门时，不时地打开一道道屏风门，用手指在趟栊门上下滑动，很像拍戏的道具，却是岭南人生活的本来面目。

西关老屋另一有趣儿之处是深宅窄门，布局狭长，与北方人四方正统的思想完全不同。

门虽有三道，看上去不过二人宽而已，里面却另有千秋。

门廊、茶厅、正厅、卧房、天井、饭厅、尾房一应俱全，每厅为一进，一般大屋为二三进，有的七进深，像一个折叠的望远镜。

我在马来西亚槟城和越南会安古城，都看到过这种纵深布局的房屋，想必是广东人带去的建筑风格。

西关老街会给我们提供意想不到的美食。

不约，偶遇，最是有味道。

碰上哪家吃哪家，专挑古老、陈旧、矮小的门面，最爱招牌上的字从右往左读的，吹着上了年纪的铁制风扇，不锈钢柜子上放着布和蒸屉的老字号，随便来一碗肠粉、牛三星、鱼蛋粉、布拉肠粉、脆卜卜炸鱼皮、咕噜咕噜小丸子……都美得像长了翅膀在天空飞一样。

在陈家祠有家西关竹园据说上过《舌尖上的中国》，其招牌是四大天王云吞面、瑶柱鲜虾云吞面、蟹膏云吞面，仅听名字就知是广州人琢磨出来的，广州人之于吃，不是民以食为天，简直是民以食为命。

许多人在巷口打麻将，麻将倒不分东西南北中，和平了整个国家老街的邻里街坊，只是打法不相同。还有一些人在自家门前泡茶，两个小方凳，一壶开水，一杯茶；有闲情逸致的人，用简单的小茶盘，喝着功夫茶。

老街的生活是缓慢的，老街的人也是有功夫的，远离了地铁、高架桥、写字楼，反而更接近生活。

从西关可以转到上下九步行街，从古色走入古香；也可以过一道桥，一条河，进入沙面，从古色古香走入欧陆风情。

走在上下九老街，依稀来到南洋，街道两旁排列着许多老字号、老店铺，就像奶奶压在箱子底儿的珠宝袋儿，充满着时间的味道。

徜徉其中，就像进入时光隧道，一脚历史，一脚现代，恍如隔世。

20 世纪初，两广总督张之洞参考新加坡、香港，建议兴建连绵千米的骑楼街，以对抗炎热多雨的气候。

西关是三百多年来广州美食文化的核心区域，也是正宗广式点心的发源地，广州的十大名小吃皆出自西关地区。

西关"百步之内必有小食"：银记的肠粉；欧成记的上汤鲜虾云吞面；伍湛记的及第粥、鱼皮粥；广州酒家的灌汤饺、虾饺、烧卖、萝卜糕；莲香楼的莲蓉月饼、鸡仔饼、老婆饼和龙凤结婚礼饼；陶陶居的姜葱鸡、奶黄包；南信的双皮奶、姜撞奶和牛三星；林林的牛杂和猪红汤……就算连吃带打包，也得吃上十天半月。

到广州酒家、陶陶居这些老字号叹早茶，享受最正宗的粤式点心，可以让老广州吃上一辈子。广州酒家原本有诸多名菜，都被纳入广东省传统名菜美点之列。

杭州人在西湖新老十景名字上的润色功夫都被广州人用在菜名上了：红棉嘉积鸭、百花煎酿鸭掌、蟹肉灌汤饺、沙湾原奶挞、三色龙虾、红梅大生翅、天香一品锅、白玉藏罗汉……仅仅是听着就想入非非、垂涎三尺了。

近年还推出"天下第一宴"——满汉全筵：用料共一百零八款，取三十六天罡、七十二地煞之数，寓天地万物、飞潜动植包罗万象之意，供宾客分四餐享用。那要看多少宾客，一百零八道菜，普通人想也想不出，他们却做出来了。

上下九老街有一家特别简陋的小店，猪肠一样的小道儿，拐来拐去，一间小屋，四张可怜的矮桌，总是爆满。

专做烤生蚝，烤出了生蚝极致的味道，时常是为了它顺道去上下九闲逛。记不住具体门牌，但却记住了位置，每次全由感觉带领，奔着记忆中的模样，总能找到，一口气吃上十几个烤生蚝，溜达着去找南信的双皮奶，清清口。下一次再吃，便换南信的姜撞奶，那真是连满汉全筵也不幻想了，已经心满意足。

食在广州，味在西关，所言不虚。

从老街过道到沙面，仿佛是晒着太阳剔牙、闲话家常的少妇，却突然变成了穿着洋装、喝下午茶的贵妇。走在沙面，与走在欧洲街头是一样的，因为这里曾是重要商埠，有十多个国家设立领事馆，九家外国银行、四十多家洋行在这里经营。当年的辉煌虽已不在，却留下欧陆风情的露天建筑博物馆，巴洛克式建筑，及一座圣母教堂，每一栋建筑都有故事，每一个转角都有风景。

这里很安静，在广州难得的安静。

街头巷陌漫布着雕像、花圃、木椅、喷水池等西式街道元素，岛上有150多座建筑，随心所欲地闲逛，喜欢哪个角落，坐下来吹风就是。

我吹风时，视线中吹进一个背包的欧洲帅哥，帅到可以当演员和模特的地步，有人在拍他，地上放了一堆皮包，他挨个儿拿，做出各种动作，果真是一个模特。

一个女人笑吟吟地望着他，坐在我旁边。我跟她搭话，问这是什么品牌，女人和颜悦色地告诉了我，品牌不记得，却记得她骄傲地说这是她老公。

我瞧瞧她，再瞧瞧他，就不愿意再瞧她了。西关与沙面联姻，一个奇迹。他与她联姻，更大的奇迹。

沙面每个角度都是一幅静美的图画，只要你能从快节奏的都市生活里摘出来，到这里临摹，心还是可以慢下来，时间也慢下来，只要你不带手机。

城市无言

从深圳来到广州居住，发现广州与深圳截然不同，像是祖母与外孙，过去与未来，广州处处透着历史的痕迹，潮汕的味道，这客家文化的母体，影响了整个东南亚的风格。

无论是从上下九的繁华，还是西关的历史，或是沙面的欧式风情，还是花溪公园的羊城雕塑，抑或是城中村的生活，三元里黑人城的存在，广州是一座无法言说的城市。

在近代革命以前，广州从来就没有登上过中华文明的政治舞台，但却已悄悄绵延了二千多年。

对于中华古代文明，广州几乎没留下深厚笔墨，文人被流放此处时，才哎呀一声："那么偏远的蛮荒之地。"留下一些诗词，才让人知道它的存在，异样的存在。

苏东坡与刘禹锡都曾被贬此处许多年，留下名诗：

> 日啖荔枝三百颗，不辞长作岭南人。

> 莫道谗言如浪深，莫言迁客似沙沉。
> 千淘万漉虽辛苦，吹尽狂沙始到金。

到了东南亚诸国，就会奇异广东客家人对其深远的影响，你随时会遇到说粤语的华人，他们甚至不会说普通话。随处都是粤式早茶，华人会煲各种汤。

我在马来西亚华人村过了一个春节，他们讲客家话，吃客家菜，敬观音，拜关公，烧高香，喝茶，活脱脱是一个生活在异国的广州村。他们承袭着中华传统，喜欢多子多孙、妻贤子孝、岁月静好，甚至丧葬文化都与我们一般无二。

在马来西亚槟城乔治市的娘惹博物馆和华人庙会，都充分展示了客家人对南洋的深刻影响；马六甲则展示了郑和下西洋对南洋的深远影响。

畅游整个东南亚，粤语比英语更正统、更普遍。

不只东南亚，我在新西兰的一个小小箭镇都发现了客家人的足迹和影响。

也正是因为广州独特的海上地理位置，以及与东南亚诸国侨民的联系，使得广州一直无言地繁荣。

但广州的繁荣不是风平浪静的，一直谣言四起，说广州有多混乱，广州火车站有多可怕，一到广州就有可能被抢劫、拐卖。

广州一直不急不辩，静等其变。就像它在整个二千年的历史中一直静观中国北方朝代更替、局势变幻，稳坐岭南一角，安然存在，平静发展，与外国进行海上贸易，远下南洋淘金。

在无言的城市存在一些无言的角落，你听到了、见到了，才知它的存在，否则无法想象。

比如城中村，楼房并不高，都是六层，在楼顶上还建有房屋，有些建在服装公司的楼顶，有些还在地铁口。

从花城广场坐到这里，一出地铁站就从大都市来到了乡村，但明明刚才买的是地铁票，不是火车票。

这里生活物资一应俱全，包括肠粉店、糖水店、凉茶店、烧烤摊儿、夜市，好处是消费比市里低很多，租金竟然只有三四百块。

其他都是坏处了：手机没信号；快递只送到楼下，自己去取；冬冷夏热，夏季午后，连自来水都是热的，整个屋子像被灼烧的热气球，必须有空调才能活得下去。

蚊子特别多，一方水土养一方蚊，广州的蚊子精明得很，生不见虫，死不见尸，飞不闻声。飞过，立即留痕，多了一个小肉球，奇痒难忍，若不涂抹些木瓜霜、芦荟胶，会一直痒下去，痒到坐立不安。待在房间，就会被咬，洗脸的功夫，胳膊上、腿上，已经有三个小肉球了。

冬天，阴冷时，冷得像地狱，若是暴风骤雨时，就变成了炼狱。

雨砸露台的声音噼里啪啦，像放鞭炮一样，下得紧时，会觉得天上掉下了许多石头，一股脑儿倾泻在露台外的水泥地上，又不敢出去瞧，怕身上被砸出个坑。

风很大，刮得窗户呼呼作响，就像东北农村的后窗，虽然包裹了厚厚的棉被，中间还装了许多锯末儿，仍然抵挡不住寒冷的西北风，再刮下去，疑心风会带走窗棂。

春天里，华南有长长的回南天，整个世界陷入茫茫海雾，墙壁甚至地面都会渗出水珠儿，到处都是湿漉漉的，空气似乎都能拧出水来。楼顶上的房子简直是被水泡着了，人像在河里蹚着水生活一般，呼吸的都是水珠儿，睡在水里，盖着水被，穿着水衣，只有雾都的冬天整月大雾时才能一比高低。

只想每天都吃一堆辣椒，排湿、排汗，但是广州却没辣椒可吃，不比重庆，全城麻辣烫、黔江鸡杂、万州烤鱼、老火锅、酸辣粉。只能在潮湿里硬挺，自己买竖椒炒菜。

广州人喝凉茶、吃龟苓膏，我不喜欢，便吃糖水：眉豆沙、杏仁糊儿、清补凉糖水、百合糖水……潮湿的日子，泡在糖水中，一天天地挨着。

可这渗水的日子怎么那么长啊，再渗下去，房子会漂走的，这还是楼顶，"咣当"砸到地面，既伤人又伤地。

这样的城中村，楼上楼，非常的生活，却不耽误广东乡下人及经济拮据、要求不高的外省人在此上班赚钱、生儿育女。

一墙之隔的房子是一个魔兽世界：一日三餐、柴米油盐、儿哭女闹、不可开交。邻居家是老少配，男主比女主大十五岁，但也仅大在数字上，行动上没有丝毫优惠。

男主阿林开了一间餐馆儿，白天基本看不见，只在夜晚 10 点多钟时，喝得醉醺醺回来了，有时，楼梯都上不来，需要小妻子下去接；女主是全职妈妈，外带微商；儿子八岁，看上去挺乖的，却经常被妈妈打，其鬼哭狼嚎的程度很让人怀疑他来路不正。

以为这个不像亲妈的亲妈大概是六零以上，但她生于 1988 年，竟然还用棍棒下面出孝子的老方式。

她拿棍子抽儿子的样子和狠劲儿真是令人发指，常常把我从屋子里打出来，想拦，却不知从何下手。阿彩一边打一边用撕裂的声音喊："还偷不偷钱了？还撒不撒谎了？"她屡次打，儿子屡次偷，屡次能把露台上的所有人叫出来。

我一边看她儿子抱头鼠窜、哭天喊地，一边认为他们夫妇应该好好动动脑筋：儿子为何如此？怎样才能不如此？1988 年的母亲舍得下如此重手，真是大开眼界。自小在村儿里，我看到的是男人这样打女人，没有打过孩子的。

那次又打，一边打一边吼："也不缺你的钱，想花就要，再偷！要什么给什么？还不听话。"阿彩拿着扫帚抽在儿子的屁股上、后背上，可他那么小，广东人又矮，哪分得清后背与屁股，反正全身上下都挨了打。

我唉声叹气地，"阿彩，差不多了吧……"

阿彩看着我，"他又偷了五十块钱……"

她停下来，儿子立即钻进屋子里哭，"我今天去超市买菜，也丢了 100 块。"

南方女人不是温柔的吗……

她暴虐的真正原因是……

阿彩家经常来客人，这让我很头疼，一是整个露台 360 度无死角的噪音，躲哪儿都没用；二是他们的辈分，以及乡下人不会保养的外貌，更加头疼：老公的姐姐像老婆的阿姨，老婆的父母像老公的兄嫂，老公的父母来了，真是像老婆的曾祖父母了。不知道两个孩子长大后会不会同样头疼，面对爷爷奶奶一样的哥哥姐姐……

这两拨儿客人整整差了几辈，若干代人。

阿彩介绍给我，我只是傻笑，不知道该咋叫。

这还不算，男方的亲戚，仿佛来自另外一个星球，连"你好"都听不懂也不会说，就别说其他了。我教了半天，都学不会，还不如老外。我们之间的交流一律靠笑，笑到肌肉僵硬，头像啄米，晾好衣服，马上脚底抹油，尽量不打照面。但这种可能性几乎没有，总要出去买菜，总要收衣服。

即使冰箱里储存好蔬菜，不出门，还有阿彩的女儿妹猪来敲，她哪里懂得什么敲，简直是连踢带踹。那种铁皮门，踹起来震耳欲聋，妹猪又异常执着，踹到我连滚带爬出来开门搂着她一顿乱亲，再塞一把巧克力贿赂，侍候到她心满意足，扭搭扭搭回家为止。

如果不是在此借住过，我无法想象它的存在：前卫的广州带领着闭塞的乡下小弟，是怎么跻身一线城市的……

这样的悲悯之地，却在广州大量无言地存在。生活在那里的人们早已习惯，跟乡里人说：我们住在广州，就在地铁旁边，还是有诸多的荣耀。

若说还有什么好处，那就是可以看天空，恐怕只有我才会欣赏：当火烧云布满天空，夕阳染红了身边的云彩，折射出迷人的凤尾，铺满西天的尽头，很是能够惊艳心弦。

我时常会在楼顶看黄昏时的天空，头顶的云团如此低矮，似乎伸手就能撕下来，却舍不得破坏这完美，还是点缀天空吧，整个世界都可以看见。

一直看到天空深处，夕阳尽头，看到"沉舟侧畔千帆过，病树前头万木春。"

当能够在逆境中看到希望，才会有希望，在冰封的寒冬看到春天，才会感受温暖，人生的春天，真的来了。

别样新年

1

在广州过了一个特立独行的新年，做了三件开天辟地的事情：打边炉、吃鱼生和逛花市。

打边炉就是吃火锅，广东人的叫法，火锅能有什么特立独行之处呢？没有。但是为此，亲自抓了只活鸡，那是空前绝后的事情。

楼上楼和邻居家的生活内容令我几近崩溃，很快发现了巨大的补偿，阿彩真是能干，除了养活两个孩子，还养活了一条大黄狗，两只乌龟，以及几只鸡。另外还种了一个葡萄架，和墙边的一小片庄稼。

这不是城中村了，简直就是村儿，一屋一村。

阿彩问我"会抓鸡吗?"

会还是不会,没做过的事情我无法确定。

"没抓过……"

今天是冬至,广东人的习惯是杀鸡。

住了仨月,才知道露台上有鸡。鸡笼就在庄稼旁边,阿彩指给我才发现,外带发现了一小片土地和一个葡萄架。

这简直是一个现实版的哈利·波特,在楼顶上能变出这么多魔法。

为了神奇,我也得勇往直前。我进入鸡笼,她从房子下面赶鸡。这才发现,地基是空的,架在水泥台阶上,一只不知好歹的鸡飞奔过来,钻进笼子。我站在笼子外面,戴着洗碗用的胶皮手套,怎么抓呢?好像用手,原来,手除了打字和刷屏之外还可以抓鸡。

闭眼,伸手,抓住啦!

鸡先生一顿挣扎,眯眼一看,立即圆睁双眼:胶皮手套已经面目全非,如千年古庙斑驳的壁画,一块一块往下掉。手噱噱地疼,一手抓住一只脚,一手抓住鸡脖子——许多人喜欢啃的地方。

瞬间,我把晚上的大餐移交给阿彩,她已经笑断了气:"哪有你这样抓鸡的?"

"你抓个试试?"

她立即改为称赞,"你太勇敢了。"

这还用说,住在这里,就需要勇气。

"会杀鸡吗?"

这个超越灵魂底线了:我不杀生。

阿林回来后，把立在墙边的一个桌子七拼八凑地打开，中间一个巨大而中空的圆形，放上了锅，汤底是那只咬碎我手套的鸡。

真正家养的鸡，自制的调料，这是天底下最营养、健康的火锅，味道奇鲜、奇美、奇正。

我竟然会抓鸡，奇怪。

打完边炉后，我才知道这个七折八扣的物件是个桌子，铺上一条藏毯，再搬一把藤椅，相当不错的室外学习与休闲区域。

天气好时，晒着太阳，看着书，喝着茶，看看美剧，写写文章……夕阳西下，金色的光辉燃烧整个露台，大黄乖乖地趴在地上，偶尔会进入催眠情境，看到对面墙上盛开了一垄垄的薰衣草，疑心自己在普罗旺斯，再不济是托斯卡纳，虽然都没去过。

因为没去过，才可以随意幻想，去过的国家，没一个与这里一样。

临近三十儿，老友打来电话，说晚上去阿林的餐馆吃鱼生。

"鱼生？是什么？"

"去了你就知道了。"

弄了半天，是生鱼片，偏要反着叫。

一桌子人，两大盘生鱼片，搁置在冰块上，半透明却无一丝红色，透着鲜气儿。一圈儿眼花缭乱的配料：炸米粉丝、炸芋丝、洋葱丝、京葱白、姜丝、白萝卜丝、尖椒丝、榄角碎、生蒜片、花生、芝麻……

广东人爱吃鲜、奇、特，但没听说过吃生鱼片，要吃生鱼片只会想到日本料理，但那适合独享或二人世界，这么多人，得吃多少能吃饱?

老友问:"你自己配料? 还是我帮你配?"

我还是自助吧,选了几样喜欢的,夹了片鱼生,蘸了下调料,原汁原味,鲜嫩无极。

阿林忙完别的客人,坐下来,立即有人倒上一杯米酒,他笑着:"'烧酒佬'来了。"

与大家碰杯后,喝了一口又说:"鱼生很难弄的,鱼肉要透明才靓。要透明,杀鱼放血很关键,整整一个下午的时间。"

老友敬他,以示感谢。

杀鱼时,在鱼下颌处和尾部各割一刀后放回水中,鱼在游动时鲜血流尽,了无淤血的鱼片便洁白如雪,这正是"技术含量"所在,也是残忍所在。

阿林对我说:"没吃过鱼生,不能算广东人。"

"噢! 为什么像日本人一样爱吃生鱼片呢?"

烧酒佬一杯酒下肚:"哪里哟,鱼生是我们中国人发明的。"

这引起了我极大兴趣,忙去百度和翻书,果不其然。

鱼生在中国史书记载中称为"脍"或"鲙"、鱼脍。中国食鱼生的历史可以上溯到先秦时期,《汉书·东方朔传》:"生肉为脍。"《礼记·内则》:"肉腥细者为脍。"

出土的青铜器"兮甲盘"的铭文记载:周朝一大将出战,凯旋而归,其友设宴,主菜就是鱼生。在《诗经·小雅·六月》记载此事:"饮御诸友,炰鳖脍鲤"。"脍鲤"就是生鲤鱼。

食鱼生历史如此悠久是第一个意外;竟然是北方人发明的,第二个意外。

南方食用生鱼片的最早记载，是《吴越春秋》攻破楚郢都后，吴王阖闾设鱼脍席慰劳伍子胥，当时是西元前 505 年。

三国曹植就喜欢吃鱼生。

南北朝时，出现金齑玉脍，是中国古代生鱼片菜色中最著名的，北魏贾思勰著《齐民要术》记载了"八和齑"的做法：用蒜、姜、橘、白梅、熟粟黄、粳米饭、盐、酱八种料制成的，用来蘸鱼脍。

鱼脍在古代是很普遍的食品，唐朝是食用鱼脍高峰期，李白、白居易、王昌龄在诗中皆有提及，王维在《洛阳女儿行》诗中写道"良人玉勒乘骢马，侍女金盘脍鲤鱼"。

唐朝时，生鱼片才传至日本，日本称其为"沙西米"——刺身，佐以浓口酱油和绿芥末，发展成为日本的国菜。

明清之交，禽、兽、肉脍消失，在《金瓶梅》《西游记》、三言二拍等明清小说中都没有提及鱼脍，其在文学作品中出现的频率亦远低于唐宋诗词。仅在李时珍的《本草纲目》中提道："剖切而成，故谓之脍，凡诸鱼鲜活者，薄切洗净血腥，沃以蒜齑姜醋五味食之"。清人李调元在《南越笔记》中记载"粤俗嗜鱼生"，并衍生了不少鱼片粥，鱼脍以残余的形态继续流行于岭南。

一不小心，吃了这样悠久历史的食物，广东人爱吃，还是有传承、有章法、有创新的，但是吃河豚、果子狸，又怎么论呢？吃处理不得当的鱼生，会容易得肝吸虫等病，说到底，吃是为了愉悦，为片刻的愉悦甘冒健康甚至生命风险，却是为何？

只能说广东人吃为天下先。

2

临近年关，我就发现许多店铺无论大小，门口儿都摆放着枝繁叶茂的盆栽橘树，看一眼就觉生机盎然。问了人，才知这是有寓意的，粤语中"橘"和"吉"同音，象征大吉大利；还有些人家门口会放桃花，象征大展宏图（桃），青年人则希望能行桃花运；放水仙象征富贵吉祥。

广州人过年，有中国独一无二的民俗：逛花市，用自己独特的花卉语言："讲意头。"

于是，除夕那天，我去逛了迎春花市。

关于中国花文化，由来已久，如在"意识形态"领域，菊花表示高洁，茶花表示战斗，牡丹表示富贵，梅花表示坚强……

我一边徜徉在美丽的花海，一边奇怪大家喜欢统一的思维模式，瞧着那些花，我总有不同的感受与观点：我觉得粉色的菊花代表妩媚，黄菊花代表高贵，雏菊代表生命力。

一朵花代表什么，既要看他的知识、阅历，还要看当下的状态、心境、同一朵花，去年看时是高贵，今年便是落寞；玫瑰，热恋时，代表火热的爱情，失恋时，代表刺目的嘲讽。

刚刚失恋的人，看到玫瑰，大半会扭头就走，或嗤之以鼻。花代表什么，视看花人想什么，想它代表什么。

花语其实是人语。

广州花市的历史并不太久，起源于"花渡头"，大概形成明朝，成为"广东四市"之一，名扬五洲，饮誉四海。

买花时特意找一个年纪最大的老广州，向其讨教迎春花市的前世："20 世纪 80 年代初期，那时的花市，都是用桶装着花，在街道两边摆卖，中间走人。而现在是中间搭棚卖花，两边走人了。我们那时噢，逛着花市，买着鲜花，还听着广播：《好一朵迎春花》，呵呵，到处都是鲜花，生活处处有鲜花。"被爷爷逗乐了，除了梅花之外，多买了一束雏菊。

不只花市变化了，卖花的方式也变了，出现了"网上花市"和"手机花市"，送花上门，这很符合广东人讲求实际、重功利的传统心理，只要那些"生""发""久"（3、8、9）的花，能够带来生生猛猛、发财大利、长长久久的结果，过程可以舍去。

我觉得花市的意义在于欣赏，而不是摆在家里，取其寓意。

花象征着美，花展荟萃众美，赏迎春花市，身心愉悦，尤其是过了那么多冰封雪飞、潮湿阴冷的春节之后，穿着秋季的衣服，晒着春天般的太阳，徜徉在夏季般热情如火的花海，魂儿都醉了。

尤其是在人生的冬天，看到这些美艳无比的鲜花，人生的春天也不远了！

叹茶

第一次对广东早茶有概念，竟是在西藏林芝。当时一行四人搭乘回广州的越野车，遍赏川藏线美景。在八一镇出了点意外，广州阿姨与她的朋友会师，而她朋友搭的车有事返回拉萨，她们很想一同回广州。

看到她们如此难分难解，我让出了位置。广州阿姨十分激动："小姑娘，谢谢！你来广州我请你吃早茶。"

嘴上说着"不用"，心里却不屑一顾：帮你这么大的忙，要坐8个多小时的长途汽车才能回拉萨，却只是请我喝茶，而且是一个从来不喝茶的北方人。这还没算路费，如此金贵的茶，不喝也罢。

没想到，几年后，我竟然会生活在广州，并且爱上吃早茶。

广州的茶市每天有早、午、晚三市，其中以早茶市最为兴旺，从清晨至中午 11 时许，往往座无虚席。

饮夜茶渐有兴盛之势，尤其是盛夏，一边饮茶一边听戏曲演唱，一边享受难得的清凉。

广州的早茶通常是清晨 4 点开市，晚茶要到次日凌晨 1—2 点才收市。

"叹"在广东话中是"享受"的意思，广东人认为：懂得内里乾坤的人，方能品出真滋味。关于爱"叹茶"，这两副对联可窥一二：

为名忙，为利忙，忙里偷闲，饮杯茶去；

劳心苦，劳力苦，苦中作乐，拿壶酒来。（妙奇香茶楼）

陶潜善饮，易牙善烹，恰相逢作座中君子；

陶侃惜飞，夏禹惜寸，最可惜是杯里光阴。（陶陶居）

"茶兴于唐，而盛于宋"，广东人最初的喝茶，是纯粹的品茶，喝的是意境："小炉拨火自烹茶，袅袅青烟扬落花。一曲松涛琴几畔，几人似此得精华。"（晚清《烹茶》）

现在的广州人叹茶，讲究水滚茶靓点心正，叹早茶的魅力已经不在茶了，而在于茶点，茶点是否精致多样，是否价廉物美，是否赏心悦目，是否秀色可餐，都是评价早茶成功与否的标准。

广州茶客大致可分为两类：一类是熟客，几乎每天去一间固定的茶楼，特别长情，一盅茶盅，两件点心，以离退休老人居多；另一类是饮"礼拜茶"，即在休息日去饮茶，品尝多款点心，从容"叹茶"。一盅两件，一品一叹，丰俭由人。

因而，越是老的茶楼，越是在茶点上下功夫，每个茶楼都有几样儿令人赞不绝口、爱不释手的点心，才能让人三天两头来排队叹茶。茶点分为干湿两种，干点有饺子、粉果、包子、酥点等，湿点则有粥类、肉类、龟苓膏、豆腐花等，毫无疑问，干点更加秀色可餐。

广式早茶的四大天王是：虾饺、烧卖、排骨和凤爪。

虾饺可谓是早茶的头牌，每家茶楼都是首推自制虾饺，虾饺的口感标志着早茶是否正宗地道。一只好吃的虾饺，必须是外皮晶莹通透，爽口弹牙且不粘牙，里面的馅必须是原只鲜虾。虾饺醉卧笼屉之中，已是脸颊微红、国色天香，举箸夹之，似是夹着一粒珍珠美玉，轻轻一咬，外皮的柔韧与虾仁的甜脆结合出的爱的宝贝，吃出幸福的创造感来，回味无穷。

烧卖是早茶中二当家的，地位仅在虾饺之下，其顶端蓬松束折如花，烫面为皮裹馅，上笼蒸熟。

广东烧卖，以干蒸烧卖、鲜虾烧卖、蟹肉烧卖、猪肝烧卖、牛肉烧卖和排骨烧卖为主，其中，在 20 世纪 30 年代，干蒸烧卖已风靡广东各地，成为岭南茶楼、酒家茶市必备之品。

豉汁蒸排骨：一道经典的广东早茶点心，一份上好的豉汁蒸排骨，排骨必须要蒸得离骨，不能塞牙还要留有嚼头。豉汁和排骨的香味要融为一体，品嚼时，这种奇异的香气，恒久不散。

广东人对于蒸凤爪由衷的热爱，使得它成为酒楼茶市中日销售量最大的点心之一。凤爪经过油炸与清蒸，爆满而松软，一吮即脱骨，再加上诸味调和的酱料，吃起来齿颊留香，就连啃骨头也成为一种乐趣。无论老人或是小孩，都可以无障碍地享受它。

最抵制不了肠粉的诱惑，在广州的大街小巷，包括城中村，会有许多小店现场蒸制肠粉，将米浆置于特制的多层蒸笼逐张蒸成薄皮，热乎乎得很是诱惑人，必搅和得你坐下来吃一份再走不可。肠粉分别放上肉类、鱼片、虾仁等，蒸熟卷成长条，剪断上碟，配以生抽或辣酱调味。

但在新加坡和马来西亚等地则多加添芝麻酱或甜酱，味道很怪，因而，在国外吃早茶，我就不点肠粉。

广式粥品可谓一绝，不似北方的清粥与甜粥，多为咸粥，而且掺杂鱼片、炸粉丝、海蜇皮等各种作料，吃起来依然鲜嫩爽口。最有名的有：状元及第粥、生菜鲮鱼球粥、生滚鱼片粥、荔湾艇仔粥……

有些粥还有典故，比如荔湾艇仔粥，据说汉末以后，广州成为通商大港，明代著名剧作家汤显祖用"临江喧万井，立地涌千艘"来形容它气势恢宏，艇仔粥就在西关荔枝湾问世。也有说是从鱼生发展过来，清人李调元在《南越笔记》中记载："复有鱼生粥，其中所有诸品，因鱼生之名而名之。"

及第粥来自以前有一书生落难行乞，得人施舍一碗粥，内放有各式内脏等厨房杂烩，后来书生高中榜首，遂以状元及第粥命名。

那么各种广式包子，便是早茶的主食了：叉烧包、奶黄包、豆沙包、流沙包、酥皮包、核桃包……其中最为传统的，当数方式叉烧包。

据说它有一个标准：高身雀笼形，大肚收笃，爆口而仅微微露馅。包制时要捏制成雀笼形，因为发酵适当，蒸熟后包子顶部自然开裂，实际上是一种带有叉烧肉馅的开花馒头。

我最不喜吃叉烧包，虽然它在港澳等地也十分流行，在麦兜中还把它编进歌曲，就是不爱。

许多茶楼都是大圆台，客人即便不相熟也能在一起"搭台"，坐定以后就可以"开茶"，挑一样儿当下想喝的茶：铁观音、普洱、香片、菊花等。

点心一般放在一个推车里，由"点心仔"在过道推动，客人随意选择，也有老茶楼边推边喊着点心种类的。现代茶楼都是点好了，服务员将点心送到桌儿上。

每桌顾客都有点心卡，每点一样，"点心仔"就在卡上盖章注明。点心分为六等：小点，中点，大点，顶点，特点，超点，价格是芝麻开花——节节高，小点一般三五块钱，超点就要十七八块，在深圳一些高档的酒楼，小点就要八九块，超点得二十几块，在香港更是水涨船高，一份大点就五六十块港币。

但只要是同时流行于广东与香港的食品，一定是香港做得最有滋味。

喝茶、看报、会友、聊天、想心思、谈生意、写文章（我），生活是沉重的，工作是枯燥的，闲散是无聊的，但在叹早茶中，却让一切都变得兴趣盎然，游刃有余。

不知有没有作家在叹茶时写作，如果有，就把（我）去掉，没有，我发明了叹茶的新内容。印象中，广州盛产商人，不产文人。

之前屡屡听说广州商人喝个茶，生意就成了，以为是笑谈，现在才知所言不虚，一边吃早茶一边谈生意，比入夜后，一桌子大鱼大肉，几箱啤酒，来得精雅和理智。

茶的妙处，是让人的头脑更清醒，身心舒畅，这生意就谈得特别轻松愉悦，一言九鼎。

广州的街坊，特别长情，有些人，从孩子叹茶叹到老，在同一间老字号里叹茶，逢年过节时茶客要给伙计发利是包。

因为地理位置，广州是千年商港，又是古代海上丝绸之路的源头，广东早茶很早就传到海外，南洋诸国尤其多，在纽约、旧金山这样的大城市，也很容易找到，就连偏远的南太平洋小岛上，也会看到"全天供应早茶"的牌子。

广州大概是世界上唯一的 2000 年长盛不衰的大港，其语言、饮食、生活等方面的文化、传统持续浸润着海外华人。

有些华侨，出国定居数十年，得知当年人生初见、相恋的茶楼还在，会特意回来叹茶，感恩茶缘。还有些华侨，睡一觉醒来，发觉中国竟然比自己生活了半辈子的国家发展得更美好，巴巴地回国，与幼时的伙伴叹茶，了解时代和中国的变化，寻找商机及回国定居的可能性。

佛家禅语："人生在世，如身处荆棘之中。心不动，人不妄动，不动则不伤。"叹茶让妄动之人无妄动的习性，叹一辈子茶，减少多少妄动的机会。《大学》有言："知止而后有定，定而后能静，静而后能安，安而后能虑，虑而后能得。"

在广州没生活多久，却接触到基本的广东风俗：叹早茶、吃夜宵、饮糖水、喝凉茶、吃老火靓汤、打边炉等，可见这些广州特有的饮食文化，是根植在市井百姓的生活之中，不需要特别寻找，触目可见。

广州人，是懂生活的。在"叹茶"中，"叹"着生活，叹了生命。

叹书店

广州人叹早茶的时间，我都用来叹书店了。每到一座新的城市居住，一切安顿好之后，必会去寻找特色书店。三月不知书味，则活着无味了。

于是，便结缘了 1200bookshop，在一道狭窄细长的楼梯之上，别有洞天，既有宽敞优雅的大厅，又有两间独立的书房，既可以用来独自阅读，还可以晚上下榻于此。

这不是一家普通的书店，它是 24 小时不打烊书店，广州，本是夜之城，又有免费住宿之所，就会衍生出许多奇人奇事。

深夜不眠之时，不只可以去泡夜店，还可以叹书店。

这里收留过沙发客、背包客、失恋的人、失眠的人、抑郁的人，因家庭暴力不想回家的小学生，清早要去赶火车和飞机的外地人，在书店待了四个多月的八十多岁的老学霸，有住了大半年的流浪的留守儿童，也收留过正在浴火的凤凰——如风。

长达九个月的白昼，我不在 1200，就在去 1200 的路上。

书一直在为人类架着通往天堂的阶梯，绝大多数人却不相信，他们选择钞票天梯，那梯子却通向相反的方向。除非，你用钞票购买去天堂的善意和车票。

在二楼的入口处，有一本书《愿天堂就是书店的模样》，虽然有人的地方难有天堂，却可以搭建一个精神天堂。

汲取了充分的精神食粮，并不能替代胃的需要，读书到深夜，一定会饿。这里有深夜食堂。只卖水饺。

吃之前得先答问题，一定是与书有关的问题：比如，莫言获得诺贝尔文学奖的是哪一本书？

那些日子，我身陷巨额负债，没有能力承担每天一杯 30 元的咖啡，只能坐在免费座位，喝免费的柠檬水，若实在心有不忍，想买一本书作为酬谢，想想离开深圳时送朋友的几箱子书，遂作罢。

不是买不起书，是买不起放书的房子，而且，还不知把房子放在哪儿。于是，一个星期买一杯茶。忘却时，一个月。

服务员从来不会使脸色给读免费书的人看，在这方面，书店真的是天堂。如果我去吃午饭或晚饭，再回来时，座位自然会变动，有时会坐满。

我就站着阅读，阅读那些能够安住当下、身心和平、增长智慧的书。上天会看到我的真诚、善良与和平，也会让我拥有理想的人生。

广州有很多特色书店，包括阳春白雪的方所书店，那是用来瞻仰的，没有免费读书座位，一杯咖啡最低 88 元。1200 书店则特别贴近平民风格，装饰也与众不同。

表面上光鲜亮丽的物品，实际上由许多东西变废为宝：360度环形书架来自废弃的光缆架；书籍的展台前身是一个摇摇欲坠的木床；一整面复古又浪漫的墙，拆开来，是几扇旧窗户，还有许多我没发现的。

这证明主人是一个建筑师，听说他曾参与过广州大剧院的设计，如今，设计了这家特立独行的书店，收留那些不眠的身心。

做一个有趣的事业，为这个城市点一盏深夜的灯，也为自己的心点一盏永明灯。创办仅一年，不打烊书店就登上了"17家全球最酷书店"榜单。

许多人慕名前来，不只因为书，更因为味道，还有神奇的故事。

它甚至吸引了著名作家龙应台。

《愿天堂就是书店的模样》作者就是书店的设计者和主人。

愿天下多一些这样的书店，让无处安放的心可以停泊靠岸，哪怕只是暂时充电，必能伺机而动、厚积薄发。

太多人觉得读书无用，或者只读对工作与赚钱有用的书，恰恰是那些不能帮助赚钱的书，其功用持之以恒。

那么，究竟读多少本，行多少路，可以成为自己，活出想要的自己呢？

个人经验是，只读不可以，读行兼备也未必可以，一定要读、行、思、写、悟、修、静，才可以。

未必一定梦想成真，但一定可以找到回家的路。灵魂深处的家——真正的幸福所在。

☞ 叹书店

冰
城

双面雪

在冰城过冬天，是躲不开雪的。

早晨起来，拉开窗帘，窗外便是一片雪白的世界；黄昏时分，出门就餐，晶莹如玉的漫天飞雪，在妩媚柔情的灯光下纷至沓来。那一瞬间，人是出离的，立即进入了童话世界，变成了公主或王子，至少，会幻想遇见公主或王子：公主与王子在银装素裹的世界翩翩起舞，那冰魂雪魄的精灵，让一对玉人的脑袋很快罩上碎琼乱玉，这便是真正的"白首不相离"了。

沉醉于这种"愿得一人心"的夙愿，自己也成了"白首"，却无人"不相离"，不禁"咯咯"笑着。

雪，总是会给人带来轻而易举的快乐。

雪纷纷扬扬地下了一天，在忙碌中偶然一抬眼，看到那至善至纯的精灵，从天而降，嘴角不由自主地上翘，纠结的神经舒缓了许多。

飘雪的心情，视你的心情而定，如果你是快乐的，看到它一定快乐；如果你是苦恼的，看到它会增添苦恼——外在世界永远是内在世界的反映。

同样是雪，落在乡野与城市是完全不同的，在乡野里堆积成山，会带来纯洁的圣景和无限的乐趣；洒落在城市的街道上，会给行人的脚下打上肥皂，使人走一步滑两步，走三步停一步，不分年纪，人们似乎都得了半身不遂，走路哆哆嗦嗦。

雪可以落在任何地方，但不要落在心里。

等到雪下得够多、够厚，铺满了所有的地面时，反而不滑了，走的人多了，便踩出了一条白色的路来，这是寒冷的城市才有的景象。

晚上七八点钟，路上人少了太多，大雪夜里，都提早回家了，或者在馆子里，喝着烧酒，吃着烤肉。浩浩荡荡开来三辆除雪机，前赴后继地铲雪，此时，铲过的街道反而与最初一样滑了，路人又得小心翼翼。

雪落在那些年一直落过的街道，行人却年年不同，雪地里的跋涉，却是相同的。

院子里有棵树，平常未曾注意，飘雪时，反倒觉得它恰到好处，无论是树干还是树枝，仿佛都被施了魔法，琼树生花，气度不凡。那枯涩的枝丫像魔法师的手，张开了，接着轻舞飞扬的雪，越积越多的雪，等风来，只消轻轻吹过，它便松开手指，挥洒白色的奇迹。

也有雪不爱魔法师，偏爱大地，欢快地扑向母亲的怀抱，浸润她一冬的温情。

我则看着它们之间的游戏，觉得十分有趣儿，有天造之美，何必去对着电脑玩人脑开发的没有生命的游戏。

这个游戏，是宇宙的发明，上天的恩赐，永久的乐趣。

打开窗子，亲密地感知雪。

开窗与不开窗是不同的，开窗是有我之境，关窗是无我之境。

岁暮天寒是否与你有关，就看你在窗外还是窗内，看你凛若冰霜还是心宽意爽。

索性坐在窗边看雪，看它从哪儿来，到哪儿去，何时来，何时去。同样是雪花儿，同样在天空形成，落在哪里是上天注定，还是自己选择？

下雪的夜晚尤其亮，仿佛多了无数盏白色的路灯，在乡村里感觉最明显，晚上出门，不用手电，没有路灯，却仍然感觉雪亮雪亮的。

雪点亮了夜，就像梦想，点亮生命。

雪，是冬天最好的礼物，最忠诚的伴侣。

人们总是拿雪去形容美的事物，因为雪是美的，就像人性一样。

看雪吧，无论何时，雪看上去总是纯洁的，尤其当它在空中轻舞飞扬的时候，纯洁的你只想拥它入怀，含入口中，但当它融化之后，却污浊不堪。

人无法忍受人性的复杂，人心的冰凉。落在我们一生中的雪，是那样深厚，只是我们未必有能力看见，尤其年轻时。到成熟甚或衰老时，反忆生命中的冬天，那么多的雪积压在心田，却没有好好抚慰自己。

我们终其一生，都在为别人掸雪，却忽略了自己身上的雪。多年不清理，它们只能往心里钻。

高傲的羽绒服

漫长而寒冷的冬季里，冰城的人们需要在温暖上下足功夫，才能对抗零下30℃的天儿，如果要兼顾温暖、美丽与奢华，非貂皮莫属。

冰城的冬天，你会看到两类女人：貂皮大衣和羽绒服。尾随着她们一路进入商场，脱去貂皮大衣的女人里面只穿一件纱袖的性感衣服，穿羽绒服的女人里面一定会穿着保暖内衣外加毛衣，价格不能表现出高贵，但能保证温度。

貂皮大衣在东北很畅销，哈尔滨人好面子，讲排场，不管有钱没钱，也得想办法让自己的女人穿上一件貂皮大衣，这钱花得是松是紧只有自己知道。

想透过奢华的貂皮大衣看到更多的东西，就不大有了。

冬天，其实越来越舒服了，一是气候变暖，二是物质丰盛，但却没来由地感觉越来越冷，比三十年前更冷。那时的雪下了一夜，早上是推不开门的，村儿里若有一户人家能出来，全村儿人都出得来，不然，整个上午，全村儿人都要想方设法自扫门前雪。

那时的雪经常会下到淹没小孩子，但村儿里人总是开开心心的，过着简单善良的日子，没有如此纷繁复杂的事情需要应付。

是人弄冷了冬天。一年又一年。偶尔，盛夏时，仍然感到冬日的寒冷。

人生是痛苦的，但人生的意义不是承受痛苦，而是在痛中找爱，在苦中找暖，在绝望中开拓出希望，即使这充满温暖的爱与希望来自自己的灵魂深处。

其实，大般存在于内在，向外寻求的那些，会千变万化。尤其在无常降临之时，你会惊惧地发现，你所付出半生的那些人或那些事儿，正是使你处于人生严冬的根源。

往往，只有你真正付出与在乎的人和事，才有力量伤害你。

你敢穿着男人的羽绒服、鸭绒裤、老人的鞋帽，出入商场、电影院和西餐厅吗？

我这样晃荡了一个冬天。丝毫不在乎衣着，总得有人敢为天下先——一个花样年华的女子，如此漠视外表与名牌，一身男装，在一群貂皮里穿梭，依然昂着高傲的头。

外表的美，换身行头，就熠熠闪光；打造灵魂的美，却劳心伤神，费尽心机。昂贵不等于高贵，为身体穿上貂皮容易，为思想穿上理性难，为整个身心穿上智慧的外衣，难上加难！

我选择了最难的外衣。

女人真正的高贵与优雅，在于举手投足之间的自信，来自内在的力量，身心自由的气质，思想里滋长的智慧。

这是持久的高贵与永恒的优雅。

老字号

在城市的发展中，未必一切都是新的好：新机场、新车站、新高楼……有一样必是老的好，那就是老字号，它那一成不变的传统顽强地在城市中与新对抗，告诉人们：味道，还是老的好。

总有什么在坚持着曾经的坚持，在许多美好的事物已很难坚持的时代。

哈尔滨有许多老字号，也许是榜上有名的百年老字号商标，也许是百姓口碑极好的老餐馆儿，每当生活在此，必会将我喜欢的那些老字号逐一吃遍。

老字号分布在旧城繁华中心，最集中的地方莫过于老道外和中央大街，一个连一个，抬头便是，只差碰到鼻尖儿，每次去寻找美味，只恨一日三餐，只能品尝一餐，只能，每次更换一家。

要看当下最饿的那一刻，对哪家动了吃心。

只要钻进去，吃它最有名的那几款，必会幸福无边，满载而归。

我爱吃冰城的春饼，在外面成年累月也不想着去吃，一回来必吃无疑，似乎冰与饼有着千丝万缕的联系，最起码发音不准的老外说起来一个样儿。

有时吃老昌，有时吃榆林镇，吃时每次都要点一对筋饼，一对春饼，但我永远弄不清哪是筋饼，哪是春饼，反正都是饼，都可以卷菜。

一种薄如蝉翼，一种钢筋铁骨，薄的婀娜多姿，厚的踏实稳重，就像不同性格的人，我也说不清更喜欢哪种性格，反正各有各的好。那饼，薄的已经薄到不能再薄的地步，再薄就不是饼了，但仍然可以卷菜，还不烂，真是神奇。还有筋饼，筋得似乎扯不断，随便包什么，不用担心透出来，却疑心能不能咬动，很筋道，也很有嚼劲，饼如其名。

榆林镇的嫩炒鸡蛋嫩到吹弹可破的地步，很像婴儿的皮肤，总想捏一把，吃到嘴里，软软的、糯糯的、香香的。老昌的香椿炒蛋是极好的，卷在饼里，是天生一对，地配一双，以至于我不吃单独的香椿炒蛋，一定要用饼来卷着吃。

卷菜的究竟是筋饼还是春饼，还是不知道，反正不耽误吃。

在中央大街的任何一条小巷都充满了异国情调，巴洛克式的建筑和俄式西餐厅无不彰示着这座城市深受谁的影响。这是距离俄国最近的都市，又因中东铁路，挡不住的俄国美食源源不断地涌进来，使啤酒和红肠成为哈尔滨的专属特产，在中国无出其右。

中央大街上一溜烟地站着许多俄式西餐厅，就像红灯区待选的女子，随便你去哪一家，味道都会令你焕然一新：啤酒大列巴、红菜汤、罐焖羊肉、煎大马哈鱼……当你在思念俄式西餐时，已经被马迭尔冰棍充斥耳朵了，到处都有卖马迭尔冰棍的，到处都有人在吃马迭尔冰棍，不分季节。

在冬天时尤其引人侧目，外地人冻得心肝肉疼时，本地人戴着厚手套捏着一根方方正正的鹅绒黄色的冰棍，扒开厚围巾塞进口中，呵出一团带着奶味儿的白气。引来一批叹息声，不用尝试，只是看着，就冰封了，赶紧钻进商场暖和一会儿，即使是在温暖如春的商场，也不敢吃它，因为一开门就被冻住。

冰天雪地吃冰棍儿既是冰城一景，也可验证你是否是冰城人。

要说这种冰棍的特点，不只因为它已有一百多年的历史，还因为它一百年不变的朴素外表和精致味道，以及那个极其谦卑的名字：冰棍。

这种冰棍吃起来是哈根达斯的味道，冰激凌的感觉，价格却比冰棍贵，你可以不服，但它就是它。

我喜欢在两个季节回冰城：一是夏季，避暑；二是冬季，滑雪。

在南方长居之后，就只喜欢回来避暑了，尤其喜欢带着老、小来中央大街闲逛，有时候从经纬街开始，有时候从索菲亚开始，要走过几道街。

一路上，小东西就已经吃了两根马迭尔冰棍了，还跟你耍赖，用天使般的小脸儿和小声音挠你："姑姑，要吃冰棍。就那个。"我瞅瞅妈，她也没办法，在小人儿面前，她力量尽失，我只能靠自己。讲了一圈儿道理，没用。

转移目标，一会儿看教堂，一会儿玩鸽子，有用，仅限一段时间，新鲜够了，她还是扭着小脑袋像玫瑰一样绽开在你眼前："姑姑，冰棍。"敢情我成了卖冰棍的，再不买，一会儿成了做冰棍的。

冰棍还没递给恬恬，妈接过去："不行，她吃太多了，凉着。"说着就大口咬起来，急得恬恬在婴儿车里直蹦，顶得车篷往上翘："奶奶不吃，恬恬吃。"我能有什么办法，谁让这个才三岁的孩子却养成爱吃冰点的坏习惯。妈瞬间给马迭尔冰棍进行了全面的瘦身运动，快剩下一根光棍了，恬恬也快哭了，赶忙塞到她嘴里，婴儿和婴儿车都安静了。

我无奈地笑笑，我们爱亲人得爱得健康而天然。如果你想让婴儿长时间安静，那一定是她睡着了，小脑袋歪到一边，嘴里还衔着棍儿，嘴边流着一绺泉水。

能吃着吃着睡着的，一定是婴儿。

我把冰棍杆儿捏出来，用纸巾轻拭恬恬的小脸儿，蹲下来轻轻亲了一口，对于成年人而言，最好吃的冰棍莫过于婴儿的小嘴儿。

夏季的哈尔滨的风是凉爽的，尤其是阴影里，比吃了冰棍还舒坦，更舒坦的是在舒坦的同时还陪伴着老人与孩子。还有更舒坦的，你就这样走着，从黄昏可以走入音乐。

夏夜，中央大街会是流动的音乐之海，好几处现场演奏，有的是孩子在表演，有的是俄罗斯人在表演，若是一抬头，马迭尔宾馆那个唯一能打开窗的室外阳台，摆满了鲜花，准备了灯光，一个小提琴手站在花与光里，音乐飘飞在海洋之中。

这个与马迭尔冰棍同样年纪的老字号宾馆，制造了一个世纪的浪漫，让有心的人吃了一根精神上的冰棍，快乐流淌在心里。

冬天的快乐便是吃热乎乎的砂锅、铁锅炖，以及各种熏酱肉食和红肠。你在哈尔滨看到的所有的砂锅居一定会标有"老道外"，但只有去老道外吃的砂锅才是真正的老道外砂锅。

那味道，那肉丸子一入口，就吃出了差异，东施不可能变成西施不只在外表，还有那渗入骨髓的味道。老妈总是跟我叨咕，哈尔滨卫视的美食节目，每天晚上都在介绍老道外的美食，怎么那么多美食呀？

我斜睨着她，"明天，你来，我带你去找。"这一找就找到了中华巴洛克街上的老街砂锅居。

门面很有老字号的感觉和味道，墙上一块牌子，标明：始于1937年，对联用黑色的木框钉在墙上，暴雪也弄不掉：锅香阵阵何需寻他乡，美味佳肴酌酒饮归客。对联内容并不对仗，但为其增色不少，加上那个铜桌旁自斟自饮的铜人，一根铜棍摆在桌上，看不出是武器还是拐杖，店小二又端来一壶酒，立在桌旁。

一推门，人山人海。艰难地穿梭到楼上，寻了个方桌坐下，砂锅上得很快，熏酱在楼下自选，长长的柜台，赭红色的肉，堆了长长的一排。世间常吃的肉都在里面了，还有不大吃的牛蛋、猪宝之类的，沉默在那里，怪怪的，怪的不想吃，又因为怪还是尝尝吧，尝了还是觉得红肠、酱骨、猪蹄好吃，长相也端正，像男人拳头一样巨大的酱骨酱到肉很鲜嫩，用筷子一剥就掉下来，好大一块，本是啃骨头，变成了吃肉。吃完了别扔，还有一个节目：用吸管吸骨髓，真真做到绝处，想必吃你的肉、吮你的骨髓指的就是冰城的酱骨。

妈一边吃砂锅里的肉丸子，一边嘲笑爸："上午来时，有个南方人问哪里能买到正宗红肠，我刚想告诉他，路边连锁店不有的是？一手店，秋林里道斯，都可以。你爸一竿子把他们支到了大新鞋城旁边的商委红肠，用得着跑那么远吗？"

爸说："老有人排队，一排排那么远。"

我也觉得红肠没什么不同，便用手机上网查了一下，红肠竟然分为三大派系：哈肉联、秋林食品以及商委食品。外表似乎一样，滋味却各有不同，商委红肠几乎只有一家店，没有连锁。

至于味道，见仁见智，我也分辨不出。

我一边吃着老砂锅一边望着墙上的壁画，确切地说是壁画中人，房子还是这栋房子，人却是不同的人，他们戴着瓜皮帽，穿着长袍马褂，坐着人力黄包车，甲壳虫似的轿车，马车上拉着货物，人挑着扁担，只有两个女人——依偎在男人身边的太太，时间是 1937 年。

老字号见证着城市的变迁，随着变化改头换面，味道虽然不变，但是吃客们变了，穿着不一样了，搭乘的交通工具也不一样了，聊天的内容不一样了，年景也变了，社会制度都变了，人们的生活方式都变了，甚至连付款方式都不一样了，却仍然吃着一百年前人们吃着的食物。

这是一件神奇的事情。

生活在一座城市，不是买了多贵的房子，过了多少年的日子，而是和它一起成长，一起变化。可能你小时候生活的地方，早已经拆迁盖了楼，曾经车水马龙的商业中心却迁移到别处，如今门可罗雀，仅从两旁的老建筑、老房子，些许可见旧日的繁华。可能你出国留学几年，回来却开了几条地铁，一切都不一样了。不变的只剩下了老字号，以及老字号的味道。以不变应万变，大概是老字号立足百年的根本。

那样的老人是有魅力的，在诉说自己生活一辈子的城市时："你不知道，我小时候，那里是那样的，这里不是这样的……早些年，没有这些房子……只有这三个区……那时候动迁，这里修桥修地铁……我小时候，经常到这家店来吃东西，那时的店很简陋，但味道是好的，现在也是好的……只是总与小时候不一样……"

不一样的不是味道，是人。

如今的小孩子在他的小时候去吃时，老字号已经变成了与老人小时候不一样的老字号，但对于小孩子来说，味道是新的，就定格成这样。到他老时也还是会说："我小时候常去吃的那家店……那时是那样的，现在是这样的。味道……我孙子说好吃，我还是觉得小时候最好……"

实际上，他觉得最好的时刻已经是他的爷爷觉得变化的时刻。

这就是老字号的魅力，这就是生活。

当然，不是所有的老字号都合你的胃口，就像不是所有的文学名著都能令你振聋发聩一样，重要的不是它们是否名副其实，而是你如何选择。

去吃动你胃的老字号，阅读动你心的好作品，生活才是富足的，你才是幸福的，无论你是孩子还是老人。

让每一个当下都是幸福的，才是生命的哲学课题。

俄式西餐

　　每次回哈尔滨，必吃俄式西餐，因为只有在这里，才能吃到原汁原味的俄式西餐，才适合吃俄式西餐。很难想象，你到上海吃西餐，撕着大列巴，在广州吃着罐焖羊肉，在北京吃香煎大马哈鱼。

　　同样是欧洲，俄罗斯与其他欧洲国家完全不同，食物、酒、文学都很不相同。在阅读俄国名著时，会有去翻转地球仪的感觉，总觉得无论从文风、笔法、思维方式、传统文化都与西欧国家完全不同，但明确地知道它属于北欧，又与北欧三国那些小国家不相同，它是独特的存在，在欧洲。

　　还记得大学老师的那句话："在世界文学史中有资格被称为'翁'的只有二人，一个是莎翁，一个是托翁。"莎翁自是当之无愧的莎士比亚，托翁是指托尔斯泰。那时只是做笔记，浮躁时期，哪有定力去阅读如此厚重的《战争与和平》。

五年后，在浙大图书馆，我谨慎地打开第一页，疑心它与某些作品一样只是有名无实，得了"托翁"这样的称号，必是因为俄国这个大国的特别性，但是自从打开后，就不舍得合上了，连去食堂的路上，都捧着读，排队时还在读，直到被人温柔地打断："同学，你打什么菜？"我慌乱地抬头，随意指了两样儿，端着托盘和书，边吃边读。

终于合上书之后，微微点头：仅凭《战争与和平》，托尔斯泰就有资格被称为"托翁"的，更何况还有《复活》《安娜·卡列尼娜》。哪一部都振聋发聩，足够厚度去垫整个俄国文学的棺材板儿。更奇异的是，托翁的创造力和生命力是如此强悍，中国文学家一生只写一部大作就已经不得了了，曹雪芹连《红楼梦》也没来得及完成，托翁的力量来自哪里？

还有那更加令人惊颤的《罪与罚》，阅读的整个过程心惊胆战、跌宕起伏，能写这种作品的不是人，是超人。陀思妥耶夫斯基不只是一个单纯的作家，简直是一个天才的心理学家、哲学家、文学家的集合体，他的笔就像催眠师的声音，医生的手术刀，在给人类的心灵疗愈。

我一边喝着龙井，吃着酒酿圆子，一边在想：俄国人吃的是什么呢？能诞生这么多优秀的大家与作品？为何又与英、法作品如此迥异？

俄罗斯的独特造就了哈尔滨的独特，也造就了俄式西餐的独特。

一回哈尔滨，我就去找俄式西餐，漫步中央大街时，见到不少俄式西餐厅，连名字都很俄国：露西亚、波特曼、塔道斯、欧罗巴……一条街上就有十几家俄式西餐厅，差不多是中国纪录了，即使在北、上、广、深，也没有一条街有十几家一种口味西餐厅的。

可见，俄式西餐已经深入冰城百姓生活了。

走进波特曼的转门，豪华、典雅的俄式装修，宽敞得像剧场一样的大厅，这种阔绰的排场已经与法式、意式西餐厅区别开来。

上了二楼，正对楼下的舞台，拥有完美体态的俄罗斯少女在表演歌舞。我打开菜单，点了：俄式红菜汤、大列巴、罐焖虾仁、鱼子酱、红烩牛肉，伏特加度数太高，就点了自制红酒，服务员又送来一份酸黄瓜。味道浓烈，油重辣咸，这是寒带国家的饮食特点。只有在半年冬天的地区生活过的人才会明白，高度白酒、肉类食品、烤熏腌油是多么能够增加热量，抵御寒冷，罐焖系列也是俄式西餐独有。若是要他们吃清蒸、小炒、白灼那是多么要命，一出门就会被大烟泡给刮走。

知我小资，在天南海北流浪，老友们请我吃饭必选西餐厅，又过于热情、大气，西餐厅里能吃到盘子摞盘子、碗碰碗还搁不下的地步，也就哈尔滨了，换个城市岂不要惹来所有人侧目——吃西餐吃得跟做席一样？

哈尔滨好像不大有俄式之外的西餐厅，有也不会去，口味、风格、菜量与城市风格完全不搭，花了很多钱吃一次法餐，出门儿还得再吃一碗砂锅、两个卷饼、几串烤腰子，实在不上算。

再说，在哈尔滨吃俄式西餐，是哈尔滨的独特味道。

每次吃俄式西餐，回来时总得打包点什么，要么，我为了多尝几种味道，多点几样儿；要么，朋友请客，热情如火，点得太多，肯定有剩余。

中东铁路修建之后，俄国人、犹太人带给哈尔滨的礼物是：红肠、啤酒和巴洛克建筑，使得哈尔滨洋味儿十足，但它留下了适合自身气候的肉食，却没有形成咖啡文化。

大学毕业后，我到南方打工时，常听人说：要多吃鱼，南方人比北方人聪明，就是因为吃鱼多，尤其是鱼头，而北方人吃肉太多，所以，为人实诚。

俄罗斯人常年吃熏酱、喝奶茶，又有九个月的冬天，贵族很适合躲在书房里阅读、思考、写作，这是不是俄罗斯民族阅读量大，俄国文学深邃厚重的原因呢？

遗憾的是，哈尔滨承袭俄罗斯那么多风尚，也只在建筑与饮食方面，文学方面丝毫没有，哪怕是阅读习惯。能阅读的空闲都用来喝酒、唠嗑了。这似乎不只是哈尔滨的问题，我们在学习西方文化时，真正学了多少有益的文化呢？

搓澡记

　　陪朋友岩去长春玩，晚上入住 9 号公馆，外带洗浴、汗蒸和休闲。

　　我进入洗浴区，被东北大妈叫住了："你干哈去呀？大妹子？"

　　"洗澡。"

　　"穿着衣服洗啊！"

　　……

　　"脱了，那边。"

　　"没门吗？"

　　"要啥门哪！"

　　我思索了一下，依稀记得曾经在一群裸体中洗过澡，已是十八年前。

入乡随俗吧，闭着眼睛洗澡，洗完赶紧裹上浴巾，去湿蒸。

又被叫住："如风，搓澡不？"

"搓澡！"

我在记忆的字典中搜索着这两个字，曾经存在，但已经十几年没听过、没干过了。

眯眼瞧着岩享受的样子："搓……搓吧，搓哪呀？"

一位大妈兴奋地端着盆"哗啦"一下冲洗了旁边的美容床，麻利地铺上一条干净的浴巾，又铺上一层保鲜膜："躺下！"那嗓门儿似是命令。

我弱弱地躺过去："哎哟……热呀……"

"等着。"

大妈又端来一盆冷水，掀开薄膜，倒进去。又铺上。果然凉快了不少。

好奇地等着陌生奇异的程序，看她能折腾出啥名堂。

"搓哪个？"

大妈指着墙上的价目表：有奶搓，黄金搓等，价格从 20 到 200 不等。

"搓她那个吧。"我指指岩。

"躺下。"大妈用振聋发聩的音调说。

搓澡时，三个大妈聊着家常，声音让喇叭没有市场。

她们赤裸着上身，穿着普通内裤，我奇怪地问："你们咋不穿游泳衣？比基尼最好，又防湿又时尚。"

旁边的大妈卖力地搓着澡，扑哧笑了："哎呀妈呀，我们这身材还比基尼！"

我哈哈笑着："外国大妈肚子上的游泳圈都快掉到脚趾头了，照样自信地穿着比基尼。"

"姑娘，你那个比什么尼是游泳衣不？"

还是换个话题吧，找了一圈，没有共同语言，家长里短不会。跟岩说话吧，她闭着一双美目在享受。

"去冲一下。"大妈命令我。

我乖乖地冲干净，回来。

"趴下。"大妈把一大袋面膜涂抹在我整个后背上，我躺下后，她又在我身上敷了一层膜，然后在头发上涂抹发膜。

我生生被各种膜敷成了木乃伊。然后，大妈给木乃伊按摩头颈。

想起三毛的《沙漠观浴记》，木乃伊一边被搓澡，一边在头脑中写《东北搓澡记》。

大妈的手劲儿很像是打泰拳的，敲哪儿哪儿疼，拍哪儿哪儿响，我都咬牙忍着，她按完腿再拉腿，真是忍不了，那劲道特别适合做五马分尸的行刑手，马都不用，她徒手就能扯掉腿。刚要求饶，她放过了可怜的腿，开始按脚。

很快，脚就失去了知觉，随便她鼓捣。

"还要热水不？"大妈问我。

"要……要吧。"

她端来一盆水，掀起薄膜，冲在浴巾上，凉爽的床立即充满温度：真有招儿啊！

岩问："舒服吗？"

"除了疼之外是舒服的。"

岩眨了眨眼，不十分明白。

我赶忙说："挺好的，只是多年不搓澡，相当陌生。"

她说："我有个苏州朋友来玩儿，带她去浴场，等了俩小时她都没进来。"

我哈哈笑着："她一定是回客房洗澡，在房间里等你呢。"

"可不是嘛。"

"南方人从不在公共浴池洗澡，近年来东北人去开了一些浴场，都入乡随俗，单独的洗澡间、按摩房。至于搓澡，闻所未闻。"

东北人一段时间洗一次澡，所以洗得很隆重，独创了好多名堂。

第一就是搓澡，各种搓，最普通的澡堂，最普通的搓法十块钱，小时候只有两块，那是搓灰，真的好多灰！多到直感慨人是泥做的，可女人是水做的骨肉啊，肯定是掺了水的泥。

价位再往上搓的就是舒服了，有全身涂牛奶的，有涂精油的，还有敷面膜甚至体膜的。

搓完澡还有汉蒸，有单间，有大厅，有茶、有饮料、有酒、有零食，大浴场还有自助餐，演艺表演，还有各种球类，多的是台球，打出了一身汗再洗。

各种蒸，单间炕上铺满石头，躺在上面，立即被热得昏昏欲睡。大厅里，热得像撒哈拉沙漠的正午，人们却悠闲地喝着茶、吃着西瓜。

一个月不洗的澡集中在一天多洗几回，这样就可以泡浴场大半天。

商人谈合作，政客谈改革，也可以约来一起洗澡，甚至男女也可以相约，大厅都有休息区，各有各的汗蒸服。

对于纯正的南方人及多年生活在南方的人来说，来到北方浴场，观赏各种名堂，不亚于三毛看撒哈拉人洗肠子。

重返呼兰河

小学语文老师心情好时，在让我们背手念课文之前，会额外开恩，告诉我们这篇课文的作者及原名，于是，学到《火烧云》时认识了萧红，原名张迺莹。才十岁的我对于能把文章写在课本里的人是非常敬畏的，尤其是女作家，一听这个名字一定是女人，多了不起！可是，好奇怪，她原来的名字更好听，为什么要改一个大众化的名字呢？

所以，我记住了这篇文章："一切都变红了，老人的胡子也变成金色了……"课堂不敢问老师，课下偷偷问前桌：什么叫火烧云？我没看过。傻瓜，就是晚霞，你都没看过晚霞吗？噢，从那以后，我特别爱黄昏，爱晚霞，尤其是世界各地的晚霞，无论身在哪个国家，黄昏时分，眼睛一定朝向天边。新西兰的天空透彻而低矮，彩霞满天时，仿佛铺在屋顶的装饰画。

不记得是哪年看了一部可怜的电视剧，有一个恶婆婆把小团圆媳妇儿折磨死了，还有冯歪嘴子、有二伯……剧中有一个小女孩，最喜欢跟祖父玩。后来大学中读到《呼兰河传》，才知看的是它，那个小女孩就是萧红。

电视剧《呼兰河传》据我的记忆，一定是很小时看的，不超过六年级，一是因为那时候看的太少，二是太小，所以，电视剧对我的影响至深，以至于二十几年后，还能记起来某些情节，以及当时我看电视剧时的情景：我是一边看一边感慨：天哪！还有这样的坏女人！还有这样可怜的小女孩！还有这些没良知和正义感的乡邻，为什么呢？这就是《呼兰河传》要告诉世人的，能够培养出这样的女巫和木偶的传统和地方，即使没有外敌入侵，内部也会悄然瓦解，不然会同归于尽。

能够改变它的，一是时代，二是伟人，但需要很漫长、很痛苦的过程。

高考前遇到巨大逆境，使我从名牌大学落魄至呼兰读师范学院，直到快毕业了，才肯承认那是我的大学，唉，我这个被命运虐待的童养媳啊。

春暖花开的一天，突然意识到这个呼兰就是《呼兰河传》中提到的呼兰，便急切翻开《中国现代文学史》，放下书，去南二道街，找萧红故居。

推开荒凉的院门，走进荒凉的院子，在荒凉中寻觅寂寞的女孩儿

萧红故居

的寂寞的童年，一砖一瓦都是寥落的，一草一木都是无情的，唯一的温暖来自后花园和老祖父。五间砖瓦房，20 世纪初的样式，并无太多特别之处，存在的价值在于诞生了一位灵性的女作家。

呼兰河太小了，又太闭塞了，一个世纪之前都留不住萧红，更不可能留住我。一毕业，我就从呼兰直奔上海，那同一个村里的少女直接拿枪上前线是一样的，而我连枪都没有。

战场没吓住我，战场的人吓住了我：侬个乡下人（拧），敢闯上海滩。我这个乡下人，不只闯了上海滩，而且闯了中国，闯了世界，又重访呼兰河。

呼兰河已不是之前的呼兰河，我也不是从前的我。

远远地，就看到红色的大字：萧红纪念馆，虽是仿旧式建筑，却是新的。从前是没有的。

"老房子呢？"一到门口就问。工作人员说："旁边这个门进去就是。"好，在就好。上、下二层的纪念馆，安放着萧红一生的轨迹，才三十一年的生命历程，却走了半个中国，乃至香港，在那个时代，是很罕见的。

她所到的城市，我不只到过，而且生活过，甚至就距离她的住处不远。青岛的观象山，上海的襄阳南路，重庆北碚，武汉的武昌小朝街……我们都在流浪。她是因为战争和男人，我是因为自由和梦想，我的流浪比她深远，充满着自由的味道；她的流浪更加质感，充满着苦难与悲凉，在流浪中，诞生了《生死场》《呼兰河传》……

当我走遍万水千山，历尽人间磨难，会写作之后，再读《呼兰河传》，更加惊讶生于一个冷酷无情的旧式家庭的女孩儿，经历人生诸多情感磨难，在抗日战争期间，流亡香港时，仍然能够用如此轻松、近乎幽默，如此悠闲、近似于淡泊的笔调去描写东北一座小镇及小镇人的生活，这是多大的内心的力量！

面对命运，面对男人，面对战争，她是无力的，她是苦难的，她是脆弱的；面对生活，面对人性，面对文字，她是强大的，她是睿智的，她是超脱的。她开创了全新的写法：用散文的笔调去写小说，写散文却像在写小说。

这是她的特立独行之处，也是屡遭诟病之处。我却认为这是《呼兰河传》屹立于中国现代文学史的原因，她写小说的方式几乎是空前绝后的。

有人认为在战争年代，不写鼓舞抗战的文章，不写被日本帝国主义血腥侵略的小说，这是不够客观和宽容的。一、这不是《呼兰河传》的主题，所有人的童年都是灵光乍现、完美无缺的，无论后来他的人生多么悲伤；二、萧红离开呼兰河时不过十几岁，之后几乎未归，当时，呼兰河尚未遭到日本侵略；三、苦难的时代，苦难的人们，更需要轻松的精神的慰藉，以面对如此苦难的现实。

这个具有灵性的生命，似乎意识到了大限即将来临，所以在不到30岁的年纪开始回忆童年。两年后，她离开。如果她还在，会留下更多更好的文字。

男人不懂得珍惜女人，即使有旷世奇才的女人。他们即使不为自己，也应该为了文学史。在中国文学史上，得到男人珍爱的才女几乎是没有的。这不应该是女人的悲哀，而是男人的悲哀。

萧红描写的不只是呼兰河和小镇人的生活，这只是一个缩影，整个中国的乡村小镇，不都是过着这样千年如一日的刻板生活？人们不都是如此麻木不仁、愚蠢蛮横、可怜可憎吗？就像鲁迅先生在抗战年代写祥林嫂，他写的只是这一个女人吗？千秋万代里，有多少个这样的女人，被封建传统给吃了，还不知为何。

《呼兰河传》中被传统吃掉的人多了，所有人，包括吃人的人，用不同的方式消失。但萧红却用如此淡泊宁静的文字去揭示，他们不幸，也很善良。但不是善良就是好的，善良有时候也是一把刀，他们打着善良的旗号去杀人，杀完了，看个热闹，就散了。因为习惯了，太多的人被杀掉，死了也就死了，"轰动了一时，家喻户晓，可是不久也就平静下去了"。死掉的人的亲人，也会哭，"但一哭过了之后，她还是平平静静地活着"。"一年四季，春暖花开，秋雨、冬雪，也不过是随着季节穿起棉衣来，脱下单衣地过着。生老病死也都是不声不响地默默办理。"

茅盾先生在序中说"看不见封建的剥削和压迫"。我却认为这样活着，就是源自封建的洗脑和压迫，他们能怎么办？那么多束缚，那么多要求，那么多族规，那么多家法，以及这些调教出来的模式化的木偶。生吞活剥了童养媳的恶婆婆还很委屈："我没给她气受，哪家的团圆媳妇不受气……我是为她着想，不打得狠一点，她是不能够中用的……"至于为什么不中用，那是街坊邻居的公论："太高了，太大方了，不知羞了……"他们都是按照几千年的封建传统形成的思维方式和行为习惯去吃人和被吃。

深刻的作品不是直接描写人吃人的惨烈、悲壮，而是云淡风轻地描写吃人的人的要求、束缚，及吃人时的豪迈和委屈，淡定理智地描写被吃掉的人活着时的善良、无争，及被吃时的无知和悲凉。

是谁使他们变成这样？

苏格拉底认为："人的自由意志本质上是向善的，因为只有善事才对他有好处，恶事则使他亲受其害。一个人之所以要去作恶，也只是因为他以为那是善的，只要他知道了那是恶，它就不会主动去作恶了。因此要达到善，关键不在于限制人的自由意志，而在于教给人什么是善的知识。"传统既钳制了人的自由意志，又误导了善，使得诸多善良的人却做出可怕的恶事，做了还觉得自己受害了。

那个"大泥坑上翻车的事情不知道有多少"，淹死的马与小动物也数不清，"小孩子在泥坑子的沿上吓得狼哭鬼叫"，"下大雨的时候，一个小孩子掉进去"，"一年之中抬车抬马，在这泥坑子上抬了多少次，可没有一个人说把泥坑子用土填起来不就好了吗？没有一个。"封建传统，各种制度，不就是这个大泥坑吗？从古到今，淹死过多少人，折过多少车马，让多少忠臣浴血奋战疆场却惨死在奸臣与昏君手下，让多少女人生生世世埋没在厨房和产房……

两千年来，谁说过把封建传统这个大泥坑填上，换一个更理智、人性、英明、客观的传统？

后来，终于坑被填上了，时至今日，却仍然还有人一定要生儿子，仍然还有人敢逼婚、逼嫁、逼育，仍然还有人敢打老婆家庭暴力，仍然还有人逼才女相夫教子放弃理想……

敢逼迫他人的人凭的是什么？你凭什么觉得你有资格、有才能、有智慧去强迫他人按照你的方式生活？多可笑的传统，多无知悲哀的人。

太多人拽着传统的尾巴不肯撒手，不是传统有多好，而是他们实在没能力去学习更高尚、更圆满的智慧和哲学，只能抓住不用任何付出就很好用的千年不变的传统，顺手牵羊多轻松，填坑多麻烦，还是看戏简单。

我们看《呼兰河传》，觉得那些人活得愚蠢、顽固、残忍、无聊，可看看我们身边的人，有多少人在某些方面仍然像他们一样愚蠢、顽固和无聊？甚至有时有些不讲道理的残忍。

> 大家都相信自己先天是完全自由的……后天，从经验上，他会惊讶地发现自己并不自由，而是受制于必需品……他无法改变自己的行为……他必须扮演自己谴责的角色……
>
> —— 叔本华

《呼兰河传》中所有的人都是受到谴责的和谴责别人的。

再次重访萧红故居，物是人非事事休，欲语无泪可流。故居已经不是从前的故居了，气派辉煌、圆满完善，原来的五间房子变成了一圈房子，她家是大户人家，出租给了不少打工仔：养猪的、拉磨的、漏粉的、恶婆婆……但"我家的院子是很荒凉的。"在第四章的五个段落中萧红重复了四遍，因为时代是荒凉的，传统是荒凉的，用荒凉的传统生活在荒凉的时代的人也是荒凉的。

"他们就是这类人，他们不知道光明在哪里，可是他们实实在在地感到寒凉就在他们身上，他们想击退了寒凉，因此而来了悲哀。""他们被父母生下来，没有什么希望，只希望吃饱了，穿暖了。但也吃不饱，穿不暖。"还有比这更悲哀的吗？如果有，就是写他们的人的自己的人生。

萧红纪念馆也是新建的，但这并不能改变她人生的荒凉，反而承载了她所有的荒凉，一个小时穿透了所有的荒凉，凉意沁入心脾，透心儿地荒凉，为她。

她生于荒凉的家族，在荒凉的时代，荒凉的人生中，把这些荒凉的人写得如此轻盈、灵巧，是一种灵魂深处的丰盛。

子曰："不患人之不己知，患不知人也。"许多国内外学者评论家开始运用新的理论框架重新审视萧红及《呼兰河传》。香港文学评论家司马长风认为：《呼兰河传》应与《边城》一起列为中国现代文学史上'出类拔萃'的杰作"。美国学者及华人学者认为：萧红的文学成就一点不比同时代的张爱玲、冰心等逊色。"萧红的力作将因它们历久常新的内容及文采，终久会使她跻身于中国文坛巨匠之林。"

萧红的文学视野更宽广，文学关注更底层，开此前的女作家之先河。中山大学博士导师提出《呼兰河传》中"戏剧性讽刺"具独特素质。

我则觉出在这些"戏剧性讽刺"中隐含着中国作家罕有的幽默感。

在萧红纪念馆里买了第 N 本《呼兰河传》，回来后巴巴地第 N 次阅读，完全不同的我有了完全不同的感受。

大学里读的是故事，是呼兰河人的可怜的生存方式，是认识了几个没有光明的荒凉的人物；自由阅读时代读的是风格，是回忆，是写作技巧；现在读的是人生，是悲凉，是作者的文学智慧。读时，那些描写千年一日的平实句子，我会画上线，在歪歪扭扭的弧线后面写上："哈哈"。我在文字中是不具备幽默感的，虽然极尽可能、费尽心机，最后只能认命。

我们生活的时代歌舞升平、阳光明媚，我们在暖房中出生，在仙界长大，在天堂里生活，竟然还培养不出幽默感，实在是我无能。萧红不是故意要幽默的，她一生寂寞悲凉，笔下的人生也极其荒凉，何来快乐愉悦的心境，但就是让人不由自主地笑出声来。鲁迅先生说："悲剧是将人生有价值的东西毁灭给人看。"他的得意门生却做到：幽默是将人生悲凉的部分轻松给人看。

笑完了"大泥坑的盛举"之后，笑这句："一切不幸者，就都是叫花子……人们对待叫花子们是很平凡的。门前聚了一群狗在咬，主人问'咬什么？'仆人答：'咬一个讨饭的。'说完了也就完了。可见这讨饭人的活着是一钱不值了。"

再笑扎彩铺的，萧红用了一个小章节细致地描写活人为死人准备的豪宅、名车、财产、仆人，还有许多活人不曾拥有的、想象不到的，各类仆人繁多，以至于得在他们胸前挂一张纸条，写上名字，"这可真有点奇怪，自家的仆人，自己都不认识了，还要挂上个名签……阴间是完全和阳间一模一样的。只不过没有东二道街上那大泥坑子就是了。是凡好的一律都有，坏的不必有。"

活成那般模样的活人，还给死人扎这般豪华隆重的身后资产，可见他们的幽默，以及悲凉。"穷人们看了这个，竟觉得活着还没有死了的好。"但他们还是愿意活着，没有去死的。

"假若有人问他们，人生是为了什么？'人活着是为吃饭穿衣。'再问，人死了呢？'人死了也就完了。'"若问如今的人，人生是为了什么？想必他们会说：赚钱，买豪宅、名车，换年轻媳妇儿，送孩子出国留学，留够养老钱，周游世界。

名头多了很多，比吃饭穿衣似乎多了不少内容，细看看，大略也是吃饭穿衣的升级版本：在大房子里，吃好饭；穿名牌衣服，开豪车找朋友情人到饭店吃饭；跟旅行团拍照，一堆陌生人吃饭；买回好多国外的衣服回国穿，让孩子留学是为了能赚大钱，穿豪衣，吃豪饭，买豪宅，开豪车，娶豪美的媳妇儿。

不过升级版本的"食、色、性也"。

接下来让人捧腹的是写卖麻花的，"她一开门很爽快……这五个孩子也都个个爽快。像一个小连队似的，一排就排好了。"第五个孩子，"一伸手，就比其他四个都黑得更厉害，虽然他们的手也黑得够厉害的，但总还认得出来那是手，而不是别的什么，唯有他的手是连认也认不出来了，说是手吗，说是什么呢，说什么都行。"

这样的一只能活动的类手物件儿，想在筐子里挑选最大的，"全个的筐都让他翻遍了。"才发现最大的都在他的四个兄弟姐妹手里（太搞笑了），于是，五个孩子抢起来，抢得特别入戏，全世界只剩下那根大麻花。

直到母亲上场，"拿起烧火的铁叉子来，向着孩子奔去。"却跌进院子里猪打腻的小泥坑，"于是这场戏才算达到了高潮，看热闹的人没有不笑的，没有不称心愉快的。"那个时代的人比现在更容易称心啊，这样也愉快？母亲爬起来，吵了一阵之后，只买了三根麻花。

不用着急，休息一下，"提到另外一个胡同里去，到底也卖掉了。"一个脱了牙的老太太，"还一边走一边说：'这麻花真干净，油亮亮的。'"她眼睛也老花了，如今太多年轻人的生活都是被那些无形的黑手摸过的麻花，他们活起来还觉得很光亮。"是刚出锅的，还热乎着哩。"

正笑着，妈喊我吃饭。我放下书，笑呵呵地出了房间。

妈问笑什么，我说："笑萧红。不，笑她笔下的人。"

"以前买过多少书？没有三千，也有一千了吧，没有《呼兰河传》吗？"

"有。但是没有'萧红纪念馆'那个印章。"

"印章有啥用？"

对付爸妈我最有经验："活着有啥用？"

果然没有下文。

晚饭时，妈又说："你给我找萧红的电影，她才活了三十年，可惜了的。"

"看书，精华在书里。"

"想看，字太小，眼睛不好。"

"我一只眼睛闭着，一只眼睛还能写书呢。"

说完，我笑了。笑完，一只眼，是湿的。

人，在苦难中，能笑出来，要么，是麻木到无所谓；要么，是强大到无极限。

尤其是女人。

萧红对着文字的世界笑了，让读到她文字的人笑了，她对自己笑过吗？……

男人是她的悲剧。因为男人，她"半生尽遭白眼冷遇"。

她的文字是理智的，人生是糊涂的，最终"我将与蓝天碧水永处，留得那半部'红楼'给别人写了"。

"身先死，不甘，不甘。"

之于命运，她是脆弱的，之于作品，她是强大的。她用脆弱的手涂抹了一抹强大的色彩，不管你看没看到，它都在那里，熠熠闪光。

你看不看，与她无关，与你有关。你笑不笑，与他人无关，与你有关。

生命是苦难的，但生命是要化苦难为幸福，就像天空化风雨为彩虹。

这是生命的力量。

生活在这个时代的人是多么有福，我们拥有超乎前人想象的一切，但是，有多少人是幸福的？时常笑出声来，幸福快乐地笑？

一把钥匙，只开一把锁；心灵这把灵钥——智慧与慈悲，却开世间一切锁。

战争，是一个《生死场》；心灵，是一个生命场。

父母的元宵节

元宵节一早，吃完元宵，便带父母去中央大街，江北到江南要坐两趟车，一个多小时。打车他们是绝对不肯的，宁愿把车钱省下来吃饭，不管你有钱没钱，他们保持着固有的习惯。

母亲最怕过马路，尤其是没有信号灯的马路，她年轻时在那座连公交车都没有的小城，过马路时被轧过脚，从此就落下心理阴影。

每当过马路，我牵她的手，与其说我紧紧拽着她，不如说她紧紧拽着我，我往前走时，她往回拽我。

"妈，跟你说过无数遍了，别往回拽我。"

母亲尴尬地笑着："我害怕……"

"有我呢。"

很多年前，我们也是牵着手过马路，但那时，害怕的是我，我的小手紧紧攥在母亲的大手里，"我害怕……"奶气奶气的声音来自我，我们已经牵手了母亲半辈子，我的一辈子。

却原来，母子之间不需要海誓山盟，就花前月下几十年，走过千山万水。父亲则陪伴着，年轻时走在前头领路，年老时跟在后头随行，他不大牵我的手，但却一直在护佑我，在他能力范围内。

中央大街上缠绕了很多密密麻麻的小灯，纠结在每一棵树上，乃至层层叠叠的灯箱上，晚上，才是它们闪耀的时光。

刚好午饭，带父母去吃老字号的饺子。

"还有绿皮儿的饺子？"母亲夹了一个晶莹如玉的饺子。

"特意让你尝鲜。这是掺杂了菠菜汁儿的面。"

"好吃，还好看。"

饭后在中央大街上闲逛，中央书店的门上贴着"灯谜对奖"。这才发现悬挂在树枝上的红灯笼中间都有灯谜，父亲最是爱写字、对对联、猜灯谜，果然还没等我问，父亲就说："走，去猜灯谜。"

一只只红灯笼，一条条写着灯谜的红色条幅，在路两旁的挂了长长的两排，在风中摇曳，若猜中哪个，拍下来，到室内去对答案。拍时，中国的大红灯笼，与俄式的巴洛克建筑，交相辉映，很是别致。究竟太冷，不能细细品猜，冻得缩成一团。我们去金帝商城里取暖，一进门，往左边一条长长的通道挂着红色条幅，写着红色大字"闹元宵，过新年"。母亲最先看到，我们继续猜灯谜。

八骏随天子　猜一个字；

莫中美人计　打《论语》一句；

白头老干心不老　猜一个字；

休得多言　打一文学名词；

一路平安　打一城市；

四面八方　打一数字；

夸夸其谈　打一城市；

夕阳西下　打一城市；

千年古屋　打一作家名；

愚公之家　打一成语；

千里姻缘一线牵　打一汉字；

一半满一半空　打一汉字；

读书破万卷，下笔如有神　打一成语；

船出长江口　打一城市；

……

我会解灯谜，不会猜灯谜，写十万字的功夫，猜不出十条灯谜，但是别人给出的答案，我一分析就知正误，百发百中。我坐在太师椅上，等着解谜。

父亲走过来："'夕阳西下'是洛阳吧。"

"对！"

"'一路平安'，四平？"

我转转眼睛，摇摇头。

"旅顺？"

"对！"

母亲走过来："那年你带我去海南旅行，去海口了吗？有海口这个地方吗？"

"有。"

"'夸夸其谈'是海口不？"

"是！妈，你太聪明了。"

母亲一高兴，又去看灯谜了。

父亲走过来："'船出长江口'上海。"

"哇！这都能想得出来。"

我扫了二维码，把答案发过去：全对。

整点时，有人拉我进群，抢红包：2.66 元。

母亲很开心："不错，你来时的路费出来了。"

我随声附和着："只要你们开心。"

哪怕猜一条我发 2.66 呢。

我们沿着方砖路往松花江走去。一手挽着伴侣，一手牵着孩子，应该是温馨与责任；一手挎着父亲，一手挽着母亲，却是感动和踏实。一个和我一般高，一个比我矮一头——我的生命之源，现在需要我的反哺与佑护。

松花江上一片林海雪原，许多人划了几块空间，玩爬犁，但已经不是原始的几根木板拴两根圆木的那种自制的了，多是硬塑料的，还有花钱坐的狗拉爬犁。母亲叫道："你还记得你小时候玩爬犁吗？"我笑望远方，拨开记忆的云层，找出少年时的时光，几个孩子拉着爬犁吭哧吭哧爬上学校面前的山，把爬犁搁在半坡处，如风般呼啸而下，冰城的寒冬，是白色的天堂。北国长大的孩子，坚强而勇敢。

江边开阔，闲站更冷，便往回返，哈尔滨的冬天，天黑的异常早，不过四点多，已是华灯初上，整条中央大街幻化为一条金色的长江，在千里冰封的世界，异常炫目华丽。我们游过金色江水，回到林海雪原。

刚刚走进小区，四面八方的烟花冲天而起，绽放了整个夜空，围绕着柠檬色的月亮。我们驻足观看。

我搂着母亲，帮她捂住耳朵，就像很多年前，她搂着我，捂着我的耳朵。烟花时而像夕阳西下时的彩霞满天，时而像金色的瀑布飞流直下。人间的春节，许是仙人丰收的季节，却把五颜六色的幸运种子遍撒在我的头上，人生的收获季节，也到了。

母亲与我回来时，父亲已经拿了自家的鞭炮放起来，闷雷似的声音，暴跳如雷地炸走旧年的磨折，所有的逆境在电闪雷鸣中迸裂，所有的苦难粉身碎骨，只留下幸福。

独坐窗前看火海般的烟花四射，听暴雨般的炮仗声，大都市禁燃，很多年没有听过这么长久的鞭炮声了。妈端来一碗面，我吃着面，看着烟花，恒久不变的爱伴着转瞬即逝的美丽，端的是幸福，吃的是团圆。

问母亲："我有多少年没陪你们过元宵节了？"我们掰着记忆的指头上溯了十年，都没有，又往前回想，已经记不得了。做上班族时，初八就上班，过了年就得回南方；当老板时，初八得开业，员工上班；自由阅读时期，要履行另外一种人生义务，陪伴侣及他的父母过节；旅行期间，我会在温暖的岛国晒着太阳过元宵节。

回看窗前银色的玉蟾和绚烂的烟花，怪自己怎么会做随波逐流的傻事，春节到什么国外去过。春节是中国的春节，是父母的春节，只有在家里，陪父母一起过，才是真正的春节。

春节是一个让我们学习爱、陪伴爱、感受爱、撒播爱的节日。白天时真要多牵父母的手，带他们重拾失去的团圆节。

这个元宵节，是父母的元宵节。

冰城的春天

在冰城，千万不能说雪莱的那句名诗："冬天来了，春天还会远吗？"远，远得无边无际。冰城的冬天来得特别早，又走得特别迟。

春天和秋天都被漫长的冬天挤没了，一场秋雨，一场春寒，不过才9月份，就下霜了，10月，就得穿保暖衣裤了。10月飘雪，冬天就来了。

它来的特别直接爽快，来了，就不肯走了。

2月，花城阳春了，冰城还是冷的；3月，西湖边桃花开了，冰城还是冷的；4月，山城快入夏了，冰城还是冷的；5月，岛城樱花大道，该下樱花雨了，冰城刚刚摆脱冷。

冷着冷着，突然有一天，出门时觉得莫名其妙的暖，暖到了不能自持，一定要脱厚衣服了，噢，春天终于破冰了！没两天，直接进入夏天。

冷习惯了，偶尔热起来，反而觉得怪怪的，不用着急，一场大雨，回归寒凉，心下踏实了许多。十几年不曾在故乡过冬天，习惯了几个月，才能接受冷的现实，冷着冷着就冷习惯了。热了二日，还觉得恼，不如冷着。热了，反而奇怪。现在可好了，又冷了回去。

冰城人，有足够的经验，用足够的喧嚣，去迎接漫长而寒冷的冬天，对于春天，来了就来了，反正很快会过去。

似乎才刚刚脱掉秋裤和夹克，就夏天了。但屋子里面还是凉快的，不出门便不知夏天悄悄来了。

但总要春天。再短，也是春天。

不由分说地，春天真的来了。如果你在冰城过了一整个冬天，春天来时，你会感动得热泪盈眶。被极寒和棉衣禁锢了整整半年，终于有温暖的阳光提醒你，该换衣服了，多好哇！除却几公斤的重负，轻盈了沉重一冬的脊背。出门再不用戴手套了，不冻手了。

春天是轻盈飘逸的，春天是疗愈的季节，疗愈人们被冬季夺去的自由的痛苦，可以到原野上撒野了，到街道上散步了。满城丁香花开，为了这花，我特意乘坐公交车，坐在窗边的位置，贪婪地欣赏着花的美色。尤其从秋林公司到哈工大一带，娇艳的花朵开满长长的长长的巴洛克式建筑街道，相映成趣，交相辉映。

在冬季寒冷而漫长的北方，春季尤其浓烈而厚重，带着浓浓爱意、满满的幸福，孩子欢快的叫声从楼下传上楼，婉媚的夕阳牵引着她的脸庞，娇艳欲滴的草莓在玻璃碗中跳跃着，香味从锅边逃出来，钻入耳朵，谱着温馨的序曲。粉色的樱花摇曳地柔柔地绽放，喊着春天：回家吃饭啦。

多年以后，我都不会忘记春天的哈尔滨满城丁香花开。

冰城的春天

失心的女人

　　为了一个承诺，我从南三道街一直走到南十六道街，直到我发现了那幢建筑，那里像雷峰塔一样困住了一个凡人女子，她没有任何法力和修炼，却能写出天才的文章。

　　但这个天才女孩，却在红尘中做了莫名其妙的错误抉择，又赌错了男人的本性，使得她差一点成为法国作家杜拉斯，差一点被卖做妓女。

　　从中华巴洛克街一路向北，天气很好，屋檐下的冰凌融化了，不时地滴下水来。春天来了，冰城会变成水城，直到这些水被蒸发晒干。

　　路两旁不时出现废弃的巴洛克建筑，看不出是要整修还是要拆除，只是静默着，守候了一个世纪的时光，不在乎多守一两年。这里的老，老出了时光之外，当下的时光是年轻的，属于当下的我们。

如果不是那个女子，我不会来这里，我的根不在冰城，所以不会到冰城的根处寻根。

根，这个东西很是奇怪，尽管每个省会城市都是乡村人的共同向往，但我向往的是山东老家，所以，尽管我走在哈尔滨的根上，却没有动心，从小，我就知道我的根在关内。

这些建筑曾经发生过什么？曾经是谁的根呢？那破败的窗户里曾经透出怎样的悲催与绝望？抑或是片刻的爱意与希望……我走近它。

我们都知道里面发生过什么。但我更想知道没有受过任何文学熏染的萧红，何以能够写出《呼兰河传》。

我反对人们对女作家的情爱往事的关注多于作品本身，毫无疑问，最有价值的是文字的力量。本来，在我们的传统中，能够诞生女性诗人与作家，已是十分罕见，却仍有大批人去宣扬和评论她们的私生活，这与激励更多天才女性从事文学创作背道而驰，谁愿意把自己的情事当成百姓茶余饭后的谈资？

对于作品而言，创作根植于生活，对于作家而言，个人的生活与创作，应该是分离的。这不是文学圈儿应该担当的任务，演艺圈儿的是非已足够搬弄闲话了，后者仅凭脸蛋与身材，前者凭借的是才华与智慧。仅有脸蛋的人却获得千倍于有才华的人的收入，被说两句已是轻的，那是他们的义务。这是需要平衡的，如果要改变社会物欲横流的现状的话，重文轻利是必须的途径。

这是哈尔滨常见的俄式巴洛克建筑，没什么特别，特别之处就是曾经被禁锢在里面的人和人生。一个丰满的大"V"形建筑，交叉拐角处的门里是邮政银行，左翼是一个寥落的商场，右翼的一扇门上写着"萧红纪念陈列室"，但门是紧闭的。

萧红的门也是紧闭的，老板等她生产之后将她卖到妓院抵债，怕她跑了，她能跑到哪儿去？她跑出来，本是为了自由，却又让自己陷入永久的禁锢，这一直是奇异的，与她的才华何来一样奇异。

逃婚之后又与未婚夫未婚同居，在一个世纪之前，多么骇人听闻，还不如像秋瑾一样婚育后再逃，就不至于以品行不端为人诟病终身，流离失所，招致短命。写下沉痛而负面的文字："女人的天空是低矮的。"

萧红自认为："我一生中最大的痛苦和不幸，都是因为我是女人。"

完全不是。

萧红离世时太年轻，还不懂男人和女人，不懂得生命和心灵的力量，她一生中最大的痛苦和不幸，是做了一个将爱情及一切寄托在男人身上的女人。某种意义上说，在任何时代，女人所有的痛苦和不幸都来自男人。男人是女人的悲剧。

女人不是弱者，女人将心完全交给男人时，才是弱者！

交心的女人等同于失了心，放弃了自己的力量，由男人来决定她的自由与幸福。而男人，绝无可能把女人的自由和幸福当作全部，哪怕是短暂的。

当女人把力量交给男人时，是极其无知而幼稚的，她根本没有思考过这个男人有没有意愿和能力接住你和你的未来，那需要时间来验证，有时需要一生。

而男人的意愿大半随着时间的流逝越来越淡漠，甚至转移到别的女人身上。意愿淡漠了，其他就无从谈起。

当女人被抛弃在早已失控的人生草原时，才开始懂得原来最脆弱的不是被男人抛弃，而是被自己抛弃——是自己亲手把力量交了出去。

女人若将一切交付给男人，势必成为生命的赌徒，赌注是一生的幸福。

要不要把心交给男人呢？这是一个严峻的哲学悖论。

女人，真爱一个男人，一定是失了心的，无心，才会以男人为尊；有心，才有自己，才有创造梦想与幸福的可能与机会，才谈得上真正的快乐与自由。

我二十几岁时，并不懂这样深刻的道理，但我懂自己：与传统女人一样，只要我发自内心爱上一个男人，会疯狂地为之付出一切。

无心的女人最是脆弱，无心的人生是一场若有若无的梦，做什么梦，却由交心的男人决定，而男人已经失却了她的心，没准，在试图让别的女人动心。

学着像男人爱女人那样去爱男人，便不会受伤。

极少男人因为爱情而失心，他们永远理性而清醒，一边爱着女人，一边有条不紊地生活。他们永远不怕爱情的流逝、婚姻的变故，因为他还有自己的人生。

他们从来就没有把爱情和婚姻当作全部，爱情可以与不同的女人去品尝，但人生，只有一次。他们明白，易逝的东西不可作为永恒。

城市与村庄
追自由的女孩
四海为家
生命·家·生活

....

....

番
外

城市与村庄

一个人，守着一个村庄，一片土地，就可以生老病死一辈子。

村儿里的人生都是相似的，不同的是早死还是晚死。大家是一样的，干的活儿是相同的，吃的饭是相同的，思维方式是相同的，甚至人生内容都是相同的。

生活在村庄里的人，世世代代都在村庄里转悠，哪怕从东头走到西头不过十几分钟，也够几代人守上几辈子。

一代人和一代人之间也只有时间不同和生死轮回。

如果世道不变，他们就不变，即使世道变了许久，只要有地种，有房住，他们也不变。那些想变的人，他们还要想办法压制。除非那变（革命、天灾、人祸）让他们无法安身立命，才肯动一下不想变的身板，去寻求活下去的方式。

　　他们只是挪了一个地方，其他一切不变，在另外的土地上重复着老家村儿里的一切，继续娶妻养子、生老病死。

　　没有什么能让他们改变的，曾经。

　　还有一种变，极大地刺激了人性的欲望，使他们"觉醒"，外面的世界还有另一种生活，竟然有更大的发展，于是，他们像潮水一样到城里去赚"大钱"，最终还是拿回村儿里花：盖大房子，娶更年轻、更漂亮的媳妇儿，用最先进的电子设备。

　　如果要村儿里人变，在当代这个瞬息万变的时代，尤其是日新月异的中国，只有更改一个身份：城里人。不然，村儿里人的生活方式还是会继续。无论时代与城市发展到什么地步，都不影响他们在自己的村庄里延续已经过了上千年的生活。

　　"中国城市的发展及名声的建立是鳞次栉比、变幻莫测的，价值不断地在改变，现代的许多重要城市，往往在历史上没有地位……而历史上占重要地位的许多城市，现代也没落得没有了痕迹……"（柏杨《中国人史纲》）

　　中国漫长的农业社会，又因朝代更替南北轮换，没有一座城市像黄河流域的村庄那样普遍而久长。现在，城市却用野火烧不尽，春风吹又生的速度如火如荼地发展：村庄变城镇，小城变大城，大城变都市，仅仅几十年，就掩盖了村庄四千年的锋芒。

跳着舞的，如果不是看到妈妈一直在哭，我会唱出声来。我很奇怪她会哭，离开一个没有任何奇迹的村庄，去城市里寻找别样的生活多好啊！

村庄，想回就回；想出，却没那么容易。

在我之前，村儿里还没人经过商、打过工、上过大学。能够离开村庄的方式，只有出嫁，但要有流星撞地球的运气嫁到城里，如果嫁到另外一个村庄，一切跟这里一样。只要跟这里一样，我无法生活，从出生到死亡的过程一目了然。

我活着，不是复制，而是创造。

人长脑子是为了思考，应该不只是好看。

打从我能够思考伊始，就在想，山的那一面是什么，山外的世界是什么样。有一种奇异的想法，穿透我小小的灵魂，它不可能来自规规矩矩的祖辈，也不可能来自安安分分的乡亲。他们生养了我，我却从一出生就跟他们不一样，不想跟他们一样，因为厌恶他们的生活，抗拒他们给我的未来，尽管那是世世代代生活着的生活。

我不要。

作为一个鲜活的生命，我有资格选择要与不要，更有资格远离不想要的一切。

我要寻找别的人生方式。

很快，就知道，要摆脱这种未来，就要离开村子，于是，搬离故乡的那一天，等同于我出嫁的日子，虽然我才八岁。

四海为家

　　四海为家的好处，我是没捞着，我妈捞着了——免费全国旅行，而且是贵族奢华游，无购物，无拼房，无导游催着花钱、集合。亲闺女全程伺候，陪吃陪喝陪睡，其全陪程度绝对是宇宙最全面的，外带陪洗澡，给搓背，陪去医院，给看病。

　　妈第一次豪华游是海南。

　　那一年，杭州分公司超额完成任务，经理一高兴，就跟公司申请了旅游，专人专团侍候。妈刚好从兴凯湖小城坐了十几个小时绿皮火车到哈尔滨过年，一听我要去海南旅行，她问："我能去吗？"于是，在同事们聚餐时分，我问了经理。

　　我才毕业两年，人际关系四六不懂，察言观色一窍不通。这种事怎么能在众人面前问呢？万一不行，领导怎么下台？我还不会修台阶。

经理自然极其意外，自然不得不答应，自然不行也得行，还得表扬我一番："看看人家，毕业不到两年，入职不到一年，杭办营销冠军！还这么孝顺，带妈妈去旅行。你们都在公司泡四五年了吧，你们旅行带谁？女朋友吧，有些还……"

女孩不宜的话，他会留到晚上泡吧时说，他哪里像我这样说话从不分场合，不会三思而后行。于是我妈就成全了我孝顺的美名，还捞一白玩。

那可是她平生第一次旅行，还一下子从大中国的最北端跑到最南端，美得心尖儿都颤了。

寒冬腊月里，从雄鸡头到脚丫子，一路向南脱：到哈尔滨脱了棉袄棉裤，到杭州脱了毛衣毛裤，到了海南，只能穿短袖短裤，热得她有些恍惚。但处女游给她的影响是从此爱上了旅行，只要一听说我又搬了一座城市，立马申请"侍候"我，其实都是我侍候她。

她对海南印象极其深刻，回家逢人就说，到访者必给看海南照片：

"你看海南的海，那可真是海！"

"海南根本没有冬天，冬天都穿短袖，还出汗，哪像咱这，半年冬天，没完没了，穿得跟狗熊一样。"

没过多久，照片都给摸毛糙了，直说到搬离小城为止。

她所谓的"梦想"是在三亚买房子，今年过年还怯怯地问："有可能吗？"

"如果我还做公司的话，就买。但现在……我得写多少本书啊！还得能卖出去。你听说过写书赚钱吗？"

妈说："没听过。那你还去做公司呗。"

我斜睨她一眼："公司不是开了就有钱赚，商人重利轻知识，我喜欢精神富足……我全力以赴养活你和我。"

妈讪讪地嘟囔："……忍着吧，在哈尔滨凑合过。"便不再说啥了，知道说了也没用，我决定的事情从来都是板上钉钉，亲妈反对无效，就因为是我亲妈，才了解我。

很快，我回过味儿了："妈呀，你现在胃口大了，哈尔滨不比咱村好？那儿连公交车都没有。"

妈貌似自言自语："三亚不更好吗……"

我就当她自言自语。

都是我惯坏了她。她跟着我游了海南、上海、杭州、重庆、青岛、深圳、广州，哈尔滨待不下了，等着我还搬家呢。

我初到上海，不到两年搬了八个家，到了交了上月房租没下月的地步，竟然也带妈去了上海。我带她去逛外滩、南京路、陆家嘴，反正不花钱。那时也没钱，能坐得起地铁带她转上海就不错了。

上海那么大，交通费很贵。2000 年时，吃得也不贵，时而搞特价，我就带她在陆家嘴附近的餐厅吃了 10 元一只的螃蟹。

她吃了半天，也只有一点蟹肉能吃："不划算，还不如吃碗面来得饱。"

"如果我没记错的话，这是您第一次吃螃蟹吧。感觉如何？"我诱发她的兴奋。

"太小，没肉，吃起来费劲。"

后来，我住在深圳时，带她吃真正的阳澄湖大闸蟹时，她对螃蟹的曲解就正过来了：

"哇！好吃，没白传（名不虚传）！螃蟹太好吃了，这么大的黄，比鸡蛋黄还大，还好吃一百倍。太香了。还有吗？还有……好……"

她没空说话了，只顾在我掰好的蟹壳儿里夹黄夹肉，"这个螃蟹得十好几块吧……"

那时，我已经了解她的风格了，如果告诉她价格，她能叨咕仨月。母女之间的了解不只靠血缘关系，还得靠生活中的点滴，被她刺激十几年，才明白价格不在她想象和承受范围之内，坚决不露口风，否则后果很严重。

"还好，比那年在上海吃的贵些……"

"跟这比，那也叫螃蟹……"

"妈哟，您这口味……真高噢……"

杭州就变成豪华游了，但杭州却没有收费的景点。我就带她在断桥边的两岸咖啡吃台塑牛排、喝咖啡，我妈哪会切呀，我切好了一块一块叉给她。

"你怎么不吃呀？"

"等筷子呢。"

"……用叉子插。"

"不会。"

妈拿勺子鼓捣了半天，用勺子舀着牛排，好歹吃上一块："好吃，原来牛肉不只炖着吃啊。"

"……"

"哦，这么好吃的牛肉，不便宜吧。"

那时，我还完全不了解我妈："还行，三百多吧。"

"啥！三百多！"妈一声惊叫，嗓门又大，婉约的杭州人可不习惯，纷纷看过来。

"不吃了，不吃了，够我和你爸吃一个月菜钱了。"

惊着她老人家了，忙安慰："这一桌子加起来才三百，快吃吧，不吃也得拿钱。"

结果妈把沙拉酱都用菜叶子蘸光了。"不吃光浪费。"

"吃完饭，去哪儿？"

妈瞄了一眼窗外："去白娘子水漫金山的地方走走，我看看许仙。"

"给你神奇的！你要不是我亲妈…"

"你咋地？"

我挽起她的胳膊，小心翼翼伺候着："老佛爷您慢着点，看白娘子去。先看她与许仙分手的地儿——断桥。"

"这就是断桥啊，桥也没断哪……"

"西湖这么小啊……这还用水漫金山吗？填块石头就行了……"

平湖秋月处可以划船，刚好包一艘。

"划个船 180！不划，哈尔滨的公园才五块钱。"

"这叫孤山？不就是一个小土包。"

孤山上有茶座，可以俯看西湖："喝茶 30？听话，咱喝水。"

"这是苏堤？也不低啊，这么多桥……"

"这是哪个伟人的墓？在西湖边？"

"苏小小。"

"什么小？西湖是挺小。"

"墓主。"

"干吗的？"

"……名妓。"

"名妓，不也是妓女？妓女的墓都放西湖边！我死后有墓吗？"

"……没有。"

"凭什么？"

"我买不起……国家也不卖了，只卖盒子……"

"妓女都有墓……"

"妈！祖宗！那边是秋瑾墓。走，转过去，孤山上。"

"就那个大土包。"

"秋瑾我知道，女英雄。"伺候我妈一整天，她就说过这么一句不想让我跳湖的话，"电视上看过，有演她的电视剧。"

"这是涌金门，电视剧中说白娘子的家在这里。"

"在哪儿？有故居吗？可以参观吗？"

"……"都怪我多嘴。

"这是长桥？这么短！"

"妈！是因为梁山伯、祝英台十八相送时难分难解来回相送，送上一天，短桥也变长桥。"

我妈在桥上走来走去："我已经来回走了三趟了，还是挺短……"

"你别拦我，我跳桥了。"

"找个大桥，这个太小……"

这是亲妈吗……

"这就是雷峰塔！这就是镇压白娘子的缺德的雷峰塔！"东北风格的嗓门只要一开，一定会引得周围人侧目。

"这雷峰塔长成这样……白娘子还在里边不……"

我想上里边去，清静。

"法海有墓吗？我去'呸'一口。"

"……"

在灵隐寺里："这就是济公睡觉的地方，这么硬，他怎么能睡得着……"

老实说，做我妈的全陪，我的灵魂很辛苦，她能破坏我所有的美感、知识甚至智慧，还好，那时候，我啥都没有。

但是，杭州老百姓耳熟能详的地方太多了，避不开。

我只想问我妈一句话："来世我当你妈，行不？"

她一定问为啥。

"那你多清净。我总是一个人思考，一个人旅行，一个人写作，一个人生活，你守着我，我嫌烦。"

到现在我都想不通，我们祖宗八辈的女人们，都是我妈这种思想文化水平。奶奶裹着小脚在灶台上吃了一辈子饭，我们举家平生唯一一次关里家过年，让她上桌，她死活不上。

我是怎么敢把写作当成终生理想，竟然能放下赚钱的事业去当不赚钱的作家。是不是因为水平太低，所以没有底线，失败了天经地义，成功了多么开天辟地！

阿弥陀佛！

突然觉得，这肯定与祖辈女人们裹小脚、锅台吃饭有关，没有任何经济头脑，一辈子只做一件事——她们：生儿育女；我咬文嚼字，追求自由和梦想。

我妈下一站的旅游圣地是青岛，那是因为我搬到了青岛。

那时，不只她一个了，旁边还多了个小人儿，除了不厌其烦回答我妈的各种奇葩问题，还有小侄女恬恬，她问得更奇葩，但我却很开心，问得越多越好——孩子是天生的哲学家。

夏日的青岛，金色的黄昏，我带她们去看海，一想到我平生初次看海时的震撼，就呵呵笑出声来，对我妈和恬恬得多震撼。

是很震撼，恬恬一看到大海，就哭起来，把头埋进我怀里，小手儿紧紧抓住我的胳膊。

"怎么啦？这是……"

她哭得上气不接下气:"害怕……"

观音菩萨啊! 我等你长大等了三年, 就想带你来看海, 你的反应超出我所有想象, 这可是一个想靠脑子过活的人哪。扭头看看青岛宝宝, 才几个月, 最多一岁, 在海滩上爬得不亦乐乎, 一个劲儿想往海水里钻, 大人得盯紧了, 一看宝宝又想爬, 便抱回沙滩, 他扭头还爬, 爬到水边, 又被抱回来, 还是爬。我怀里的宝宝抱着我, 岂止是不敢爬, 看都不敢看。人类的天性是爱水的呀, 这水太大了吗?

井蛙不可以语于海者, 拘于虚也; 夏虫不可以语于冰者, 笃于时也。

把宝贝抱回家, 塞了好多鸡翅, 才让她开心起来。

"姑姑, 怎么有那么大的湖呀……"

"那是海。"

"啥叫海?"

"……你看到的就是, 无边无际, 最大的湖。"

"啥叫'无边无际'?"

"……一眼看不到边, 你看到边了吗?"我一边为她剔骨头, 一边答小人儿问。

"我不敢看……"

"你怕什么呀, 姑姑在呢, 保护你。"

"姑姑, 除了吃烤鸡翅, 我还喜欢吃排骨, 还有虾、螃蟹……只要是肉肉, 我都爱吃。"真是肉食王国养出来的宝贝呀。

"海里有螃蟹吗？"

"有，但你得亲自抓。"

第二天，我给她买了一堆虾和螃蟹，她才答应再去看海。看在螃蟹的面子上，她没哭，但还是不敢下水。

第三次，又塞了一堆虾贝，她才敢沿着沙滩玩海，还得攥着我的手。她一看到涨潮的海水，就跳到我身上，我把她揪下来，她再上去，这个小寄居蟹，我揪，却揪不下来，我假装倒下，躺在海水里。她"啊，啊"地往岸边爬，我笑得在海水里打了几个滚，一伸手就把她给揪回水中。她还是往岸边爬，我还是往海里扯，看谁执着……最终，她被我驯服了，不再怕海。

晚上回家给她看《哪吒闹海》，"看看哪吒，人家跟你一样大，敢闹海。"

恬恬看了半天，没说话，末了来了一句："姑姑，他脚上蹬的圈圈，手里拿的绳绳，我没有，你给我，我也去闹海。"

我把好容易剥了皮的虾虎扔她嘴里："要是我有，早大闹天宫了，还等着你！"

"你姑姑可不是省油的灯，祖宗八辈没出过一个这么能闹腾的。"我妈来了一句。

我一跺脚："妈！教育孩子呢……"

恬恬从沙发上跳起来，一掐小腰，一跺小脚："奶奶也在教育孩子呢。"

妈放声大笑，我不得不作揖叩头，"俩祖宗……"

"姑姑，冬天去海上滑冰吧。"

啊？！

"冬天，爸爸就带我在松花江上滑冰。可好玩了。"

"……可是，海不结冰啊。"

"为什么海不结冰？"

我还想知道呢。

　　重庆没有一望无际的海，但却有数不清的台阶，她不仅不怕，还觉得好玩。妈带她来时，是3月份，哈尔滨仍是冬天，重庆已经春天了。来时带了婴儿车，可是根本用不上，找段平路都很难，上、下楼梯时抱婴儿还行，再抱个婴儿车，我倒成了苦力。在朝天门，我一口气将恬恬从江边抱上广场，累得坐一边直喘。重庆女人，最强悍的功夫是扛着宝宝及物品上下台阶，这还真需要千锤百炼，我可以围着标准操场跑十圈儿、转冈仁波齐、徒步喜马拉雅，不在话下，但天天抱着孩子、拎着包与婴儿车爬台阶，真是吃不消。

　　一方水土养一方人。

　　恬恬问："姑姑，怎么那么长、那么长，那么多、那么多的楼梯呀！我家就没有。"

　　我笑了："你家是一望无际的平原，想登高只能爬山。"

　　"姑姑，什么叫平原啊？"

　　我手拄着脑袋："平原就是平的，这里是陡的，到处都是弯儿。"

　　"为什么会这样呀？"

造物主，创世纪，地壳变迁，哪个答案你能明白呀？

"她生来就是这样的。就像你，生来就是个小天使。"

"姑姑，我想吃冰激凌。"

"好啊，前面还有一小段爬坡的路，才能找到我们的车，你自己爬啊。"

"嗯！我最喜欢爬楼梯了。"她跳着、蹦着、扭着、唱着，往前跑。

我们不是在爬山，只是在山城走路，比爬山还累。

爬了一天楼梯，黄昏时，她说什么也爬不动了，我说什么也没力气抱着她爬楼梯了，可我们面对的是十八梯，简直深不可测，都不晓得我们是怎么溜达下来的。"你别看我！我能不能自己爬上去，不用你背都两说……"妈说。

我找了个棒棒，多出一倍的钱把她背上去，恬恬却不干，揪着我的衣襟不撒手："不要他……不要……姑姑抱……"

"乖宝宝，你知道姑姑抱不动你了，还要爬这么高的台阶，你看，多高呀。"

"那也不要。"

"那我们没法回家了，你看这里黑咕隆咚的，天黑以后，这里有老虎。"

恬恬抱住我的脖子不撒手："我不怕老虎，我就是小老虎，我怕人……"

"不怕，姑姑和奶奶一边牵你一只手，好不好。"说了半天，外带承诺她吃烤肉、三个冰激凌，她才肯。

"姑姑不许撒手。"

"你让我撒我也不撒，你的小命儿比我重要。"

棒棒走得太快了，我妈根本跟不上，爬得气喘吁吁，"你说……他们……棒什么棒的……背不背老人……"

我刚刚开车到达深圳的第二天，我妈一听说，我要在深圳开分公司，租了房子，立即让我哥订票，带恬恬来深圳。

"啊，你等两天啊，家具、沙发还没买呢。"

"你买你的，我来我的。小恬恬还花一个机票钱，我买的火车票，没有直接到深圳的，是到哪儿……广州。"

"哪天到？"

"后天。"

我的妈呀。我与S便以火箭的速度在两天之内搞定房子里所有的一切，外带开车去广州接皇太后和小公主。

时值广东深秋，哈尔滨初冬，妈一下车就说："好热啊。"

恬恬叫着："冰激凌。"

我从后视镜里瞄了她一眼："我看你长得像冰激凌，刚下火车，吃冰激凌对身体不好，明天再吃啊。我带你们吃广州最好吃的早茶。"

"茶能吃吗？"

"……烤生蚝。"

"好！我要吃两个，不，四个。"恬恬叫道。

"随便你吃，别吃坏肚肚。"

深圳真是老人与孩子的天堂，她俩天天徜徉在绿树成荫的公园里，不肯回家，我得把办公室搬到芭蕉树下，她俩放风筝，我接打电话。打到累得趴在户外垫子上，恬恬跑过来，扎进我怀里。

"干吗……"

"嘘……"她用小手儿放在小嘴儿上："我跟奶奶捉迷藏呢。"

我倒……

"别倒啊，立着，罩着我……"

"去藏那棵树后面。"

"刚才藏过了。"

深圳有数不清的免费公园，而且环境特别好，她们把公园当成游乐场，我则变成了车夫与随从。

"深圳真干净啊！发展真好啊！比哈尔滨好多了……"

不是一个级别……

"深圳离海南近吗？公园里的树怎么跟海南一样啊，叶子又大又宽，真好看。你还去海南不？这都十几年了，也不知道变成什么样了，什么时候再去海南……"

我的妈呀！你饶了我吧……

"深圳也挺好，待在深圳也好。以后，冬天就来深圳。"

她忘了她有一个不靠谱的闺女，才在深圳待了两个冬天，又跑广州去了。

　　一听说我在广州，知道广州与深圳气候相仿，就去过冬天，恬恬上学离不开。一边吃着南信的艇仔粥，一边说：

　　"广州也不错，就是比深圳破点儿。"

　　等我带她去花城广场，看小蛮腰，"哇，广州也有新的地方。"

　　又到花溪公园："广州也有公园呢，比深圳老点。"她处处跟深圳比，我还没摸清广州的情况呢。

　　"这叫啥……肠粉，这也叫肠！跟哈尔滨红肠有什么区别……区别真大……没肉啊……"

　　"这是虾饺做的，哈尔滨啥饺子没有，就是没有虾饺。"

　　"虾还能做饺子馅儿……"

　　"你忘了？我带你在青岛吃过海鲜馅儿饺子，墨鱼、黄鱼、八爪、虾爬子，都能做馅儿。"

　　"嗯，嗯，原以为，最好吃的饺子在哈尔滨，现在才知道，海鲜馅儿的更好吃。但是，这也太少了，才仨，哈尔滨人一顿得吃十屉吧。"

　　"……这不能那么吃，有钱人也吃不起……这吃的是味道，是感觉。"

　　"感觉，就是太少，太小，味道倒是好吃。广州人吃那么少，一屉点心就放两三个，吃多少能吃饱？"

　　"不是为了吃饱……"

　　"不为吃饱吃东西干啥……"

我十分怀念恬恬，只有她在，我妈才能安静地侍候她，她不在，我便被迫喧嚣地侍候我妈。

妈以为我会留在南方，最终，我在中国转了一大圈儿，又折回山东，花落青岛。

奢华旅行究竟是有用的，她竟然无形中知识爆长，不用我教，自己说："定在青岛了……那不能冬天去了，夏天去避暑，看海，吃海鲜馅儿饺子……那个叫什么鱼？"

"鲅鱼饺子。"

"我吃了一辈子鱼，也没听说过鲅鱼。鲅鱼饺子好吃。"

"你带我去黄岛吃刚从海上打捞的海鲜，啥都不用放，煮熟了就吃，那叫一个好吃啊。"

"真好啊！哈尔滨的冬天太长了，还是深圳好……夏天怎么还不到……夏天就是青岛好，青岛的海比海南好看，饭也比海南好吃的很，毕竟咱是山东人嘛。你是不是因为这个落在青岛的？"

我一抱拳："妈！你厉害，成精了，您呐。"

四海为家的我宣布终结流浪人生，倒把我妈给培养出来了。

"那还不是因为你。自小不定性，野心大，非要去看外面的世界，从你会说话起就问'山的那边有啥'？我哪知道有啥？我又没去过。"

"为什么不想去？"

"哪敢想？"

不想就不可能做到:"现在知道了?"

"嗯。有好大的世界。难怪你一心只想往外跑。村儿里太小,留不住你。"

我微笑着,外面的世界也未必留得住我,能留住我的,是内心的世界。

生命·家·生活

1

某种意义上说，生命就是一场寻遇自己的旅程。

在这个旅程中，我们慢慢地认识了自己，找回了真实的自己，并且爱上自己，然后，明白了自己想要的人生，这是最重要的成长历程。

当我们能够去构建自己想要的人生，这是又一场关乎生命探险与创造的旅程，是更强大的蜕变，甚至重生的历程。

生命，在这一场场发现自己、成就自己的过程中变得立体、丰满，充满意义。生命若无意义，这80年，你当如何捱过？

终有一天，也许你40岁，也许60岁，也许是弥留之际，你会发现，这一生，是沉睡的，这一世，生命是静止的。

　　就像《白日梦想家》中的男主一样，朝九晚五了16年之后，在一个交友网站上要发一个笑脸发不出去，原因是漏填了一些项目，"去过的地方，做过的事，"但是他除了家与公司没去过其他任何地方，没有做过任何惹人注意或值得一提的事情。

　　42岁，在一家公司洗胶片16年，无婚无友，特长是做白日梦，以此意淫他想要冒险、有创意的生活态度。

　　从心理学的角度来讲，白日梦是被压抑的梦想和野心。出现的原因是潜意识一直在提醒：你应该去做你自己了，去过你真正想要的生活。

　　确实有一些人，可能到死都没有跨出这一步，潜意识提醒了她一辈子，直到最终被死神收走。

　　这在中国旧式女人身上体现得尤为明显，比如我的外婆，外婆一辈子生儿育女，侍候外公，没有动用过头脑这个物件，于是，晚年时，头脑收回了思考这个功能，使她患上老年痴呆，连自己的亲闺女和外孙们都不认识。潜意识仅留给她一些感觉：我们是她的家人，我们会对她好，我们也有对她好的义务。

　　因而，尽管她已经认不出我，但是，我带她出去玩时，她紧紧地攥我的手，就像小时候我紧紧攥着她的手一样，不肯离开我半步。

　　我是在旅行中认识自己的。

　　尽管我的处女作是行旅散文，但现实中的旅行并非我的最爱。

　　其实，在周游完中国之后，我沉寂了两年，没有出游，因为厌倦，因为无聊，因为迷茫，我不知道旅行是为了什么，也没有在旅行当中获得潜意识想要的东西。

从 25 岁背包开始正式自由旅行，是抱着探秘的心态出发，但是，路上没有奇迹，那些原本生发和掩藏过秘密的地方都稀松平常：楼兰古国的遗址只是一堆黄沙；敦煌只有一个莫高窟，骑着骆驼行进在一望无际的沙漠中，只遇到一对北京来的母女，放眼望去，月牙儿泉干涸成一弯水沟；西夏王陵，只剩下一堆空冢，以及一个史实：一夜之间，党项族就消失了，带着他们的历史、文化、文字；泸沽湖边，参加了一个篝火晚会，学会了一首《泸沽湖情歌》；在喀纳斯湖也没有发现水怪，只是遇到了一个负面、抱怨的旅行团，一个人迟到二个小时，让大家等在大巴车上。

在最能够发现奇迹的地方都没有奇迹产生，只有西藏给了我些许安慰。

和平年代，既不用担心生命随时葬送在炮火当中，也不用为了和平而上战场披荆斩棘，但要对抗的是毫无意义的重复与无聊。

除了极少数国家和地区，去到哪里都是和平，只有生活，没有故事，没有传奇。

我很失望，所以，不再出游。够了，乏了。

真正原因是：我一直向外寻找，妄想探秘世界，寻找他人的故事，失却了自己，我没有走上发现自己的内在之旅，因而，内在的真我提出严重抗议，使我不再对旅行抱有热忱与向往。

如果，只是换个地方无聊与失望，不如窝在家里的沙发上失望，还有一堆亲人陪着，不用对他们说抱歉，解释出行的原因。

但是，不要以为，这种状态，不去旅行就能够解决。很快，我发现，不与真我合一的状态生活也不快乐，总有那样的诡异感：这个肉体不是自己的，不属于自己，它被动地完成义务与任务，它不快乐，"我"也不快乐，它和"我"没有融为一体，"我"常常不由自主地做某些事情，却不知为何。

于是，我开始迈开灵性成长的脚步，阅读此类书籍，上此类体验式课程，开始逐渐地认识自己。

两年之后，当我带着自己再次出发时，我，已不是我，旅行，也不是曾经的旅行。每一次，在旅行当中，我都有许多惊奇的发现，无论是之于外在，还是内在；每一次回来，我都成长了不少，精进了不少，幸福了不少，安静了不少。

此时的旅行是开始走出国门，不是国外一定会比国内神秘，而是"我"不一样了，我带着"我"上路，无论去到哪里，都能有所发现和收获，都能让自己十分快乐，实在找不出快乐的地方就自己创造快乐。

于是，旅行，就变得极其快乐，无论去到哪里，都很快乐，哪怕是曾经去过的国家。

2

小时候，父母在的地方，就是家。

成年以后，伴侣在的地方，就是家。

老了以后，孩子在的地方，就是家。

我在很年轻的时候，竟然可以做到：我在的地方，就是家。

很明显，这种自我剖析不是骄傲，而是充满着些许无奈和宿命的味道：

四处流浪是我的无奈，追求自由是我的宿命。

我必须认命。

每一次，到达一座喜欢的城市，都信誓旦旦，这一次，真的留下来，把这里当成家，好好生活。

毕竟，只有安居，才能乐业。但每一次总有不得不离开的理由。

离开一座城之后，到达另外一座城，我都尽可能让自己最快安顿下来，最快开始中断的生活。时间是三天以内。

这种频繁的搬家，会出现特别可笑的后遗症。

在上海的夜晚，找不到家，结果大半夜越墙而入；在青岛的八大关，开车转了一个小时，找不到太平角那套房子；在深圳的白天，一手拎着榴莲和山竹，一手撑着漂亮的太阳伞，站在高楼林立的街头，却迷失了。

找不到家。

家是什么？

房子？空间？家人？

无数次搬家及更换城市的流浪生活，使我感觉：家不是一个有多少平方米的房子，不是有多少家人，不是有多么奢华的装修，而是那些跟随多年的心爱物品，以及多年来养成的生活习惯。

还有梦想、心与自由。这是最重要的。

人是习惯的动物。

人总是下意识或有意识建立一些习惯，来让自己觉得生活丰富多彩、忙碌有序，并有安全感和充实感。无论这些习惯是好是坏，会让我们渐渐依赖与习惯。当习惯被打破之后，我们会无所适从。

搬家、旅行甚至流浪，就意味着旧有习惯的暂时性破碎与新习惯的即将到来。许多人不愿意适应这个过程，甚至认为这是一种折磨与分崩离析，于是宁可守着已经习惯的一切，不愿意或者不敢去习惯新的习惯。

于是，在惯常的生活中重复、枯萎。

这中间，不乏对新世界与新生活的恐惧，就像生长在船上的《海上钢琴师》，拎着皮箱面对遥远而未知的陆地，最终选择转身，回到自己熟悉的船上。

"阻止了我的脚步，并不是我所看见的东西，而是我所无法看见的那些东西。"正是那些看不见的东西，才是生命存在的意义。

与他相反，我渴望看不见的那些，总觉得未知的世界存在想要的生活，曾经；现在，没什么看不见的了。

生活，在哪里，都是一样的。

其实，搬家、旅行甚或流浪，到头来，不过是换个地方生活，没有什么探险、跋涉比生活本身更值得珍重和记忆。

生活是持久的，流浪不过是点缀，无论流浪多久，漂泊多远，记得回家的路。

　　然后，回家。

　　我一直在寻找到回家的路。

　　这是一条非凡的路，绝非机票可以到达，它需要内在的力量，舍得的智慧，需要在人生中历练。

　　回家，不易。

　　我旅行的时间很长，

　　旅途也是很长的。

　　天刚破晓，我就驱车起行，

　　穿遍广漠的世界，

　　在许多星球之上，留下辙痕。

　　离你最近的地方，路途最远。

　　最简单的音调，需要最艰苦的练习。

　　旅客在每一个生人门口敲叩，

　　才能敲到自己的家门；

　　人要在外面到处漂流，

　　最后才能走到最深的内在。

　　我的眼睛向空阔处四望，

　　最后才合上眼说："你原来在这里！"（泰戈尔）

　　我回家了。

3

我们来到这个世界上，都不知道因何而来，为何而来，就被迫开始生活。

有的国家创造了宗教，告诉你世界是这么来的，你是这么来的，你来是为了爱人和修行的；有的国家创造了哲学，不用管世界是怎么来的，你是怎么来的，你来了，就得服从这个世界的规则，要乖巧听话。

无论怎样，都得活着；活着，就是生活。

生活的意义是什么？谁能确定一个有效的意义？

也许，生活没有意义。

也许，生活的意义就是在寻求意义本身，必须由自己亲自寻觅和确立，才对自己的生活有意义。

我到网上搜索"生活"的定义："生活实际上是对人生的一种诠释。生活也是体现人类所有的日常活动和经历的总和。生活是比生存更高层面的一种状态，也是人生的一种乐观的态度……"

这都没有问题，有问题的是这一句："人生就是由欲望不满足而痛苦和满足之后无趣这两者所构成。"

把人生说得极其消极无趣，追逐梦想也痛苦，梦想成真又无趣，人生不只无意义，而且充满不可忍受的无奈与无谓。

为何不更换为"生活是为了实现欲望及梦想所经验的过程，以及在这个过程中身心灵的成长。"

二者的区别是生活的维度与状态完全不同，差异就在于自由选择。

有些人的欲望和梦想是传统和他人给的，有些人则是自己选择和创造的。到头来，最是有意义和回味无穷的就是心与灵的成长，也是绝大多数人放弃的幸福，所以他们只能眼睁睁地看着自己身体的衰老，痛苦无边。

真正能让身不老，或减缓身的衰老的只有心与灵的健康、幸福和快乐。

活着，是为了经历生活。成长，是为了让活着更接近生活。

无数的生活片段和选择，组合成人生。

我们只能拥有一次人生，因而可以通过改变生活来转换人生。

还很年轻时，甚至很小时，我最恐慌的是：人生方式就被确定一种常规模式，那等同于尚未生活，就失去自由；尚未人生，就失去了人生。也等同于放弃作为一个生命独特的权利和力量，那么，生命的意义何在？

初入社会时，我简单善良，相信他人和世界也简单善良；

相信我一伸手，别人就会握手，握手时表达的都是友好；

我相信，简单会换取他人的友谊，善良会让世界更美好。

十年后，我不再相信，伸手别人会握手，握手时的思想是单纯可爱的，乃至后来，我甚至不愿意轻易伸手；我不再相信：他人善良，世界简单，于是我隐藏起来，防止受伤。

除非出家，否则躲得开其他生命，躲不开生命的无常。

我又花了近十年时间，倾尽心力找回原有的简单、善良，尽管我知道他人和世界未必报以简单和善良，但由他去，我还是我。

此时的简单变得沧桑、立体，善良变得有原则、有选择：简单拨开复杂，善良化解邪恶。就像太极。

我相信，世界的存在与发展，自有它的道理。

他人的成长需要时间和智慧。

生活是一场灵性成长课程，漫长而价值不菲，残酷而深入骨髓，我们用生命做学费，用一生的去长度去学习，学习如何生活。

生活是最好的培训师。

追逐梦想的过程充满希望，学习在逆境中成长，在苦难中重生；梦想成真之后，学习感恩和欣赏，活在当下，人生是多么美好而富有乐趣，所有的一切都是乐趣，包括克服逆境和苦难的过程，是充满坚强和智慧的乐趣。

我们都是艺术家，都在创造生活这件艺术作品。

生活会成为我们唯一的宝藏，珍藏在生命的博物馆。

图书在版编目（CIP）数据

生活在别处 / 如风著 . —北京：中国文史出版社，2018.9
ISBN 978-7-5205-0612-0

Ⅰ.①生… Ⅱ.①如… Ⅲ.①散文集－中国－当代

Ⅳ.① I267

中国版本图书馆 CIP 数据核字（2018）第 229602 号

生活

在

别处

责任编辑：梁 洁

美术编辑：飞 羊

出版发行：中国文史出版社

社　址：北京市海淀区西八里庄 69 号　邮编：100142
电　话：010-81136606　81136602　81136603（发行部）
传　真：010-81136655
印　装：北京温林源印刷有限公司
经　销：全国新华书店
开　本：880mm×1270mm　1/32
印　张：13.25　字数：306 千字
版　次：2019 年 3 月北京第 1 版
印　次：2019 年 3 月第 1 次印刷
定　价：42.00 元